Sauerlandkrimi & mehr

2001 by Kathrin Heinrichs
Alle Rechte vorbehalten
Umschlagfoto: Birgit Pfeil
Druck: Zimmermann, Balve
Erste Auflage 2001
ISBN 3-934327-02-8

Kathrin Heinrichs

Bauernsalat

Sauerlandkrimi & mehr

Blatt-Verlag, Menden

Denen gewidmet,
die eine Kuh melken können

Ähnlichkeiten zu realen Orten sind gewollt. Personen und Handlung des Romans dagegen sind frei erfunden. Bezüge zu realen Menschen wird man daher vergeblich suchen.

1

Ich liebe den Herbst. Ich liebe den Herbst, obwohl er mich fürchterlich melancholisch macht. Und der Herbst im Sauerland scheint dazu eine besondere Begabung zu haben. Der Laubwald im Borketal hatte eine zauberhafte Mischung von Gelb- und Rottönen angenommen. Jetzt, wo die Sonne durch die lichter werdenden Baumwipfel schimmerte, erschien der Herbst goldener denn je. Rechter Hand plätscherte der Fluß, dessen Oberfläche märchenhaft im Sonnenlicht glitzerte.

Im Zuge meiner zunehmenden Melancholie mußte ich unwillkürlich an ein Gedicht aus meiner Studienzeit denken: *„Herbsttag"* – ein Klassiker von Rainer Maria Rilke, der in dieser Jahreszeit bei jeder Gelegenheit rezitiert wurde: *„Herr: es ist Zeit. Der Sommer war sehr groß."* Schon wußte ich nicht mehr weiter, was mir peinlich war. Schließlich hatte ich Germanistik studiert und mich mit speziell diesen Versen beschäftigt.

Mir schoß in den Kopf, daß dieser Sommer bereits mein zweiter im Sauerland gewesen war, nachdem ich vor eineinhalb Jahren eine Lehrerstelle an einer katholischen Privatschule angenommen hatte. War ich mir damals nicht sicher gewesen, daß ich es höchstens ein Jahr lang hier aushalten würde? Nun, inzwischen hatte ich meine Aufenthaltsdauer mental verlängert, wenngleich mich der Gedanke an ein kühles Glas Kölsch nach wie vor noch sehnsuchtsvoller stimmen konnte als jede sauerländische Herbstlandschaft. Alexa - natürlich hatte vor allem sie dazu beigetragen, daß ich mich in der neuen Umgebung zunehmend wohler fühlte. Meine Freundin Alexa, mit der ich seit über einem Jahr den Beweis antrat, daß mit Rheinland und Westfalen nicht zwei unvereinbare Mentalitäten zusammenkommen. Darüber hinaus machte mir auch der Lehrerberuf Spaß, noch dazu, da ich an meinem ländlichen Gymnasium das Klassenzimmer noch ohne Kugelweste und Verteidigungsspray betreten konnte.

Es sprach eben alles für eine Zukunft im Sauerland, eine Zukunft an Alexas Seite – es sprach alles für festgefügte Strukturen und glückliche Jahre im Eigenheim. „Sie sind schließlich nicht mehr der Jüngste!" hatte mir die Sekretariatsnonne Gertrudis erst unlängst im Lehrerzimmer mitgeteilt - und im selben Atemzug hinzugefügt, der anstehende Millenniumswechsel sei das ultimative Datum für meine Trauung. Ich hatte mir abgewöhnt, dem zu widersprechen. Schwester Gertrudis war nun mal der Meinung, daß man in meinem Alter nur noch unter Zuhilfenahme mehrerer Erbschaften verheiratet werden konnte.

Bei solcherlei Überlegungen überkam mich dann jedesmal dieses flaue Gefühl. Es hatte irgendwie Ähnlichkeit mit den Vorzeichen einer Magen-Darm-Grippe. Es war so ein Ziehen, das gleichzeitig ein Drücken war. Es begann direkt in der Magengegend, zog sich von dort in den Herzbereich, sorgte da für einen Beinahausfall der Herztätigkeit und schlug dann auf den Kreislauf über, so daß mich ein heftiger Schwindel überkam, der meist mit einem Klirren in den Ohren endete. Während ich das Ortsschild von Alexas Heimatdorf passierte, setzte das flaue Gefühl in der Magengegend bereits zum Sprung auf die Herzregion an. Ich versuchte mich zu entspannen. Heute konnte ich mir Schwächeleien nicht leisten. Heute hatte ich einen Auftrag. An diesem Samstag sollte ich mich um Alexas Oma oder, wie man im Sauerland sagt, „Ommma" kümmern. Ein Kinderspiel, denn ich brauchte noch nicht einmal selbst für Ommmas Unterhaltung zu sorgen. Vielmehr sollte ich Ommmas Schwester Mia, die im selben Ort wohnte, herbeikutschieren und nachher wieder zurückbringen. Alexa selbst war der tierärztliche Notdienst dazwischengekommen und so war ich eingesprungen. Warum auch nicht? Schließlich war ein Ausflug in eine herbstlich geschmückte Dorfidylle eine durchaus verlockende Vorstellung. Ich ahnte noch nicht, was der Nachmittag mit Ommma und ihrer Schwester an Überraschungen für mich bereithalten sollte. Viel weniger noch sah ich voraus, wie sehr mein Bild von der Dorfidylle in wenigen Stunden aufs heftigste erschüttert werden würde.

Von all dem machte ich mir keine Vorstellung, als ich den Wagen vor Alexas Elternhaus parkte und gutgelaunt auf die Eingangstür zuschritt. Als sich die Haustür öffnete, blieb mir keine Zeit für eine Begrüßung. Ommma

Schnittler zog mich sofort zu sich heran und flüsterte mir verschwörerisch etwas zu, ohne zu berücksichtigen, daß wir sowieso ganz allein im Haus waren.

„Von mir aus bräuchten Sie meine Schwester gar nicht zu holen", raunte Ommma. „Ich lade sie immer nur ein, um ihr einen Gefallen zu tun. Damit sie auch mal etwas Abwechslung hat, in ihrem Alter."

Ich versuchte mich zu erinnern. Alexa hatte mir erzählt, Tante Mia sei 84, also knappe zwei Jahre älter als Ommma.

„Mia hat eben nicht so viele Bekannte wie ich, was auch kein Wunder ist bei ihrer eingebildeten Art. Sie bekommt nie Besuch und wird auch nirgendwohin eingeladen."

„Ah ja!" Ich lächelte verständig.

„Wenn es nach mir ginge, bliebe jeder, wo er ist. Aber man muß ja Mitleid haben mit ihr. Sie hat ja sonst keinen."

Soviel ich wußte, lebte auch Tante Mia mit der Familie ihrer Tochter unter einem Dach.

„Früher mußte ich jeden Samstag zu ihr hin", erklärte Ommma jetzt aufgebracht. „Das war noch viel schlimmer für mich. Aber damit sie überhaupt noch einen Schritt vor die Tür macht, kommt sie jetzt jeden Samstag zu mir." Ommma hielt sich die Hand vor die Stirn, um zu signalisieren, wie sehr sie die samstägliche karitative Aufgabe belastete.

„Es muß ja auch bitter für sie gewesen sein, daß unsere Eltern mich lieber mochten als sie", zeigte Ommma plötzlich ein vorher undenkbares Verständnis für Mias Situation. „Ich spreche da natürlich nicht drüber, aber Mia war ein schrecklich ungeschicktes Kind, gar nicht praktisch veranlagt, im Haushalt überhaupt nicht zu gebrauchen. Da ist es ja kein Wunder, daß unsere Eltern mich immer bevorzugten."

Ommma warf einen Blick auf die Wanduhr. „Es wird Ihnen wohl nichts anderes übrig bleiben", seufzte sie, „als Mia jetzt abzuholen. Es ist schon drei Uhr."

In Wirklichkeit war es erst halb drei, aber ich wollte Ommma nicht auf ihre Sehschwäche aufmerksam machen.

„Sie haben sich den Weg ja beschreiben lassen", meinte die indes, „einfach die Straße rauf, am alten Sägewerk abbiegen, und dann ist es das Haus, wo das Unkraut im Vorgarten fast bis zu den Knien hoch steht."

Der Vorgarten war topp in Ordnung. Davon konnte ich mich überzeugen, als ich mich fünf Minuten später bei Tante Mia vor der Haustür wiederfand. Tante Mia öffnete lächelnd, ohne daß ich klingeln mußte.

„Na, dann wollen wir es mal wieder hinter uns bringen!" seufzte sie, als sie auf mein Auto zumarschierte. „Glauben Sie bloß nicht, daß mir diese wöchentlichen Besuche Spaß machen. Aber was tut man nicht alles für seine Schwester? Sie hat ja außer mir keine Bekannten. Kein Wunder, so besserwisserisch wie sie ist."

Mir blieb der Mund offenstehen.

„Sicher hat sie schon über mich gehetzt, nicht wahr?"

Gott sei Dank brauchte ich nicht zu antworten. Tante Mia sprach sofort weiter. „Das liegt daran, daß unsere Eltern mich immer bevorzugt haben. Ich war eben ein so niedliches Kind. Ist doch klar, daß man mich da lieberhatte." Mia warf einen Seitenblick auf mich. „Leider hat Magda das bis heute nicht verkraftet."

„Verstehe!" Ich öffnete die Beifahrertür und suchte krampfhaft nach einem anderen Gesprächsthema. Vorerst hieß es jedoch, Tante Mia in mein kleines Auto zu bugsieren. Immerhin tat sie sich mit dem Laufen schwer, und es fiel mir nicht leicht, ihre steifen Beine vorsichtig im Auto zu verstauen.

„Jeden Samstag diese Tortur!" stöhnte sie. „Aber von meiner Schwester Magda kann man natürlich nicht erwarten, daß sie noch zu solchen Unternehmungen in der Lage ist. Seit ihrer Hüftoperation kriegt sie ja gar nichts mehr auf die Reihe. Ich bin zwar die ältere von uns beiden, aber ich war schon immer die robustere. Wenn Sie mich fragen: Ich glaube, sie macht es nicht mehr lange!" Mit Schwung zog Tante Mia die Autotür zu.

Das Aussteigen vor Schnittlers Haus erwies sich als noch schwieriger. Ich mußte Tante Mia erst in eine leichte Seitenlage bringen, bevor ich ihre Beine aus dem Auto herausbekam.

Ommma hatte hinter dem Fenster gestanden. „Du warst aber auch mal wendiger", sagte sie zur Begrüßung ihrer

10

Schwester. „Seit der Thrombose vor sechs Monaten ist nicht mehr viel los mit ihr!" zischte sie mir zu.

„Dafür höre ich aber noch recht gut!" rächte Tante Mia sich sofort. „Aber mit deinen Augen scheint ja auch was nicht in Ordnung zu sein. Sonst hättest du heute morgen vorm Spiegel gemerkt, in welchem Zustand sich deine Haare befinden. Oder ist da nichts mehr zu machen?"

Ommma marschierte wutentbrannt vor Tante Mia ins Wohnzimmer. Letztere wandte sich einmal mehr an mich. „Mit ihrem Aussehen hat sie es eben nicht. Ihren Mann hat sie nur mitgekriegt, weil ich bereits vergeben war. Eigentlich hatte Willi nämlich ein Auge auf mich geworfen, aber zu der Zeit war ich bereits mit Anton verlobt!"

Inzwischen waren wir im Wohnzimmer angekommen.

„Das wäre aber nicht nötig gewesen!" sagte Ommma und nahm Tante Mia ein Geschenk aus der Hand. Sie packte es nicht aus, sondern stellte es kurzerhand auf einen Seitenschrank. „Ich nehme an, es ist wieder ein Pfund Kaffee!" murmelte Ommma. Zu mir zischte sie: „Glaubt die eigentlich, wir könnten uns keinen leisten? Wahrscheinlich bekomme ich demnächst noch ein Care-Paket von ihr."

Ich hätte wetten können, daß das Kaffeegeschenk bei nächster Gelegenheit unausgepackt weiterverschenkt wurde, vielleicht sogar an Tante Mia höchstselbst.

In diesem Augenblick klingelte das Telefon. Ich war froh, daß ich mich für einen Augenblick in den Schnittler'schen Wohnbereich zurückziehen konnte. Am Apparat war Alexa.

„Na, ist alles in Ordnung?" fragte sie gutgelaunt.

„Wie man's nimmt!" antwortete ich. „Sie arbeiten gerade ihre Kindheit auf, die ja auch erst schlappe 80 Jahre zurückliegt. Außerdem bin ich mir nicht sicher, ob sie nicht gleich anfangen, sich um ihre verstorbenen Ehemänner zu prügeln."

„Ich sehe, es läuft alles wie immer", meinte Alexa lapidar. „Du kannst sie jetzt alleine lassen, die kommen nun zurecht."

Ich lehnte mich in dem festen Glauben zurück, das Schlimmste bereits überstanden zu haben.

„Sag mal, warum tun die sich das an?" wandte ich mich an Alexa. „Es ist doch für beide nur eine Qual!"

„Das denkst du! Ein Samstag ohneeinander und sie sind kreuzunglücklich. Tief in ihrem Herzen mögen sie sich!"

„Dann können sie es aber prächtig verbergen! Ach, eine Frage habe ich noch", die Sache ging mir schon die ganze Zeit durch den Kopf. „Meinst du diese Art, die die beiden haben, die ist erblich? Hast du das auch in deinen Anlagen?"

„Nicht die Spur!" hörte ich durch den Hörer Alexas selbstsichere Stimme. „Aber du mußt mal meine Schwester erleben. Die ist unmöglich. Als wir klein waren, da hat sie mir immer gesagt, nur sie..." Ich weiß auch nicht, wie es kam. Es muß ein Reflex gewesen sein. Irgend etwas in mir hatte den Hörer aufgelegt.

Einen Moment später klingelte es wieder. Ich nahm ab. Schließlich war ich heute verantwortlich. „Bei Schnittler!"

Ich hörte förmlich, wie am anderen Ende jemand stutzte. „Ich wollte eigentlich Alexa sprechen", sagte eine männliche Stimme. „Ist sie da?"

„Nein!" sagte ich knapp. „Wer ist denn da überhaupt?" Plötzlich tutete es in der Leitung. Der Mistkerl hatte aufgelegt. Nachdenklich lehnte ich mich zurück. Wer war der Anrufer gewesen? Woher hatte er gewußt, daß Alexa heute kommen wollte, und warum hatte er so komisch reagiert? Offensichtlich hatte Alexa hier Kontakte, von denen ich nichts ahnte. Ich schnaubte vor Wut. Ich Blödmann saß hier, um ihre Ommma zu versorgen, anstatt zu realisieren, daß sie noch andere Männer bei Laune hielt. Eine neue Welle herbstlichen Selbstmitleids überkam mich. Wie endete das Gedicht von Rilke noch? *„Wer jetzt kein Haus hat, baut sich keines mehr. Wer jetzt allein ist, wird es lange bleiben"*.

Scheiß Herbst, Scheiß Gedicht, Scheiß Sauerland!

Fünf Minuten später klingelte erneut das Telefon. Ich ließ es länger klingeln. Wahrscheinlich wieder ein pubertierender Verehrer, der ein Rendezvous mit Alexa arrangieren wollte. Beim siebten Läuten ging ich dran – es konnte ja auch für mich sein.

„Vincent, wo warst du denn so lange?" fragte Alexa aufgeregt.

„Muß ich neben dem Telefon sitzen, um deinen Verehrern geduldig Auskunft zu geben? Vielleicht darf ich sogar deine Handy-Nummer weitergeben, falls jemand sie noch nicht hat?"

„Wovon redest du?"

„Warum weiß jemand, daß du um diese Zeit bei deinen Eltern sein wolltest, fragt nach dir und legt dann einfach auf? Das stinkt doch wie ein sauerländischer Misthaufen!"

„Vincent, ich bitte dich, das muß Elmar gewesen sein! Genau seinetwegen rufe ich jetzt auch an. Er hat sich anschließend hier bei mir in der Praxis gemeldet. Er braucht Hilfe!"

„Wie schön! Gut, daß du gerade Notdienst hast. Kannst du solche Hilfeleistungen auch abrechnen?"

„Du spinnst ja! Elmar ist ein alter Freund!"

„Na, wie praktisch! Da kennt man sich ja dann sehr detailliert."

„Können wir vernünftig miteinander reden?"

„Weißt du, wie ich mir vorkomme? Ich Esel sitze hier und passe auf deine Seniorenverwandtschaft auf und ahne nichts von den Elmars dieser Welt."

„Ich hatte in letzter Zeit fast gar nichts mehr mit Elmar zu tun. Er ist ein Freund aus Kindertagen. Vor zwei Wochen hat er mich dann mal angerufen und mich um ein Gespräch gebeten. Ganz kurzfristig hatte ich aber keine Zeit. Danach hat er sich bei meiner Mutter erkundigt, wann ich mal wieder bei meinen Eltern bin – er wollte bei der Gelegenheit vorbeikommen. Deshalb dachte er, daß ich da bin."

„Und warum hat er dann nicht mal die Güte, einen vernünftigen Satz mit mir zu sprechen? Warum legt er einfach auf?"

„Er hat ein Problem – und zwar ein ganz gewaltiges. Sein Onkel ist tödlich verunglückt – und zwar nach einem heftigen Streit mit Elmar. Jemand hat die Polizei gerufen, und jetzt steht Elmar natürlich ziemlich blöd da."

„Klar, daß er da als erstes seine lang verschollene Sandkastenfreundin anruft!"

„Vincent, ich habe keine Ahnung, warum er in dieser Situation gerade mich um Hilfe gerufen hat. Als er sich in der Praxis gemeldet hat, war er völlig verwirrt. Einer der Polizisten hat ihm gesagt, er dürfe jemanden anrufen. Aber er brauche keinen Anwalt, hat er zu mir gesagt. Irgendwie ist er statt dessen wohl auf mich gekommen. Wahrscheinlich, weil er mich heute sowieso bei meinen Eltern anrufen wollte. Aber darum geht es jetzt auch gar nicht. Elmar braucht Hilfe, und ich kann nicht kommen, jedenfalls nicht sofort."

„Falls das ein Wink sein sollte, so habe ich ihn überhört. Ich kenne Elmar nicht, und ich weiß auch gar nicht, ob ich ihn kennenlernen möchte. Ich könnte ihm nicht die geringste Hilfe sein. Außerdem ruft Ommma gerade nach mir. Wahrscheinlich braucht sie Unterstützung im Wortgefecht mit ihrer Schwester, und ich tue gut daran, jetzt -"

„Vincent, ich brauche dich jetzt. Ich habe Elmar versprochen, daß ich dich vorbeischicke. Schließlich hattest du schon häufiger mit Mordfällen zu tun."

„Du tust, als würde ich bei der Kripo arbeiten. Ich bin zweimal in so eine Mordsache reingeschlittert, doch nach einem Jahr Abstinenz sehe ich mich als geheilt an. Ich werde mich nicht nochmal in sowas reinziehen lassen. Außerdem kannst du nicht einfach jemandem versprechen, daß du mich vorbeischickst. Ich bin doch kein Paketdienst!"

„Vincent, es ist eine Notlage. Leg doch nicht jedes Wort auf die Goldwaage. Ich bitte dich darum: Fahr zu Elmar nach Hause und sieh, ob du ihm helfen kannst!"

„Und was ist mit Ommma und ihrem Besuch?"

„Die kommen schon klar, wenn sie zusammen sind! Frag mal, ob sie was im Fernsehen gucken wollen! Ich bin dir so dankbar, Vincent. Ich liebe dich!"

Seufzend legte ich den Hörer auf. Ich war einfach zu gutmütig. Da saß ich nun, im Gepäck Ommma, Tante Mia, einen vermeintlichen Nebenbuhler und einen Todesfall. Da sollte mir nochmal jemand was von Idylle erzählen. Oder von Liebe!

2

Den Weg zu Elmar fand ich ganz problemlos. Ommma und Tante Mia hatten sich praktisch darum gerissen, mir eine Wegbeschreibung zu liefern, und waren sich daher permanent ins Wort gefallen. Dabei hatte ich erfahren, daß die Schulte-Vielhabers einen Bauernhof bewohnten, den größten weit und breit, wie Tante Mia versicherte. Ein Jungbauer war es also, der um Alexa buhlte. Ich bezweifelte, daß sein Interesse sich allein auf Alexas tierärztliches Fachwissen beschränkte. Schließlich war es kein Geheimnis, daß die Zunft der Landwirte Probleme bei der Heiratsvermittlung hatte. Kein Wunder also, daß Hoferbe Elmar mal in den Fotoalben geblättert und sich dabei an seine Kindergartenliebe Alexa erinnert hatte - noch dazu, da sie in der Zwischenzeit einen so handfesten, vom Landleben geprägten Beruf ergriffen hatte. Wahrscheinlich sah dieser Elmar seine Zukünftige bereits morgens zum Melken unter der Kuh liegen und abends... Ich drehte ab. Heute gab es schließlich Melkmaschinen! Außerdem war die Vorstellung grotesk, daß Alexa sich als Bäuerin bewähren könnte. Wenn ich an ihren freien Tagen die Rolladen vor zehn Uhr hochzog, lief ich glatt Gefahr, noch in derselben Stunde hingerichtet zu werden. Und auch an ihren Arbeitstagen war Alexa in den frühen Morgenstunden nicht gut ansprechbar - als Bäuerin also gänzlich ungeeignet, resümierte ich befriedigt und bog von der Bundesstraße auf den schmalen Feldweg zum Hof ab.

Der Bauernhof präsentierte sich von seiner besten Seite. Schon die Zufahrt war eindrucksvoll. Zu beiden Seiten von hohen Linden gesäumt, wirkte der Weg wie eine hochherrschaftliche Allee. Nach etwa dreihundert Metern tat sich dann vor mir der Hof auf: Zur Linken eine gepflegte Scheune, vor mir das eigentliche Haupt- und Wohngebäude. Es war in allerbestem Zustand, wahrscheinlich erst vor kurzem frisch weiß verputzt – das Ganze wirkte wie ein Bilderbuchhof. Mittig veredelte eine großflüglige Holztür das Gebäude, die vielen kleinen Holzsprossenfenster vervollständigten das Bild. Rechts und links schlossen sich in ein paar Metern Abstand nach hinten hufeisenförmig zwei größere Nebengebäude an, das eine auch so eine Art Scheune, in der aber offenbar die landwirtschaftlichen Fahrzeuge untergebracht waren, das andere wahrscheinlich ein Stall. Mitten auf dem Hof lockerten zwei riesige Kastanienbäume das Bild auf. Ihre Blätter hatten sich bereits gelb gefärbt.

Ich parkte mein Auto in einer Reihe neben fünf anderen Wagen, von denen einer ein Streifenwagen war. Als ich mich abschnallte, sah ich im Spiegel, wie eine Katze hinten um mein Auto strich. Sie sprang davon, als ein weiteres Fahrzeug auf den Hof fuhr. Es war ein Leichenwagen, die klassische Variante, wie sie fast jedes Beerdigungsunternehmen besitzt. Langsam kletterte ich aus dem Auto aus und beobachtete, wie zwei Männer aus dem Leichenwagen stiegen und anschließend einen metallenen Sarg aus dem hinteren Teil zogen. Ich ging auf sie kurz und sah erst jetzt, daß sich ein Polizist in Uniform näherte.

„Tach zusammen", grüßte er. „Sie müßten dann einmal um die Scheune rum!"

Ganz offensichtlich glaubte der Polizist, ich gehörte zum Beerdigungsunternehmen. Die Beerdigungstypen wiederum hielten mich wohl für einen Ermittler. Ich dagegen wußte selbst nicht so genau, warum ich hier war. Trotzdem folgte ich dem Sarg um die Scheune herum bishin zu einem Schiebetor, das rückwärtig angebracht war. Der Anblick war fürchterlich. Der Tote lag auf dem Betonboden, der die Scheune in etwa drei Metern Abstand umgab, direkt neben einer überlangen Leiter aus Aluminium. Sein Gesicht war blutüberströmt, offenbar war ihm auch Blut aus Mund und Nase gelaufen, seine Arme waren unnatürlich nach hinten gedreht. Ich wollte nicht wissen, was an ihm alles gebrochen war. Eine Gruppe von Menschen wirbelte um den Toten herum. Irgend jemand fotografierte, zwei weitere Männer fuchtelten mit anderen Gerätschaften herum.

„Ihr könnt ihn mitnehmen!" sagte gerade jemand zu den beiden Männern mit dem Metallsarg. „Er geht natürlich in die Obduktion."

Der, der gesprochen hatte, drehte sich um. Ein alter Bekannter – Christoph Steinschulte. Steinschulte blickte irritiert: „Was machst du denn hier?"

„Ich war zufällig ganz in der Nähe!" antwortete ich und merkte im selben Augenblick, wie blöd der Satz klang.

„Aha!" Steinschulte gab mir die Hand. „Ich dachte, vorne ständ' jemand als Absperrung." Steinschulte sah einen seiner Mitarbeiter mißmutig an.

„Der Jungbauer ist ein Freund von Alexa!" schob ich nach, als würde das meine Anwesenheit rechtfertigen.

„Ach!" Jetzt zeigte Steinschulte erstmalig Interesse.

Ich hatte den Kommissar kennengelernt, als vor gut einem Jahr in einem Schützenverein ein Mord passiert war. Steinschulte hatte damals zusammen mit seinem Vorgesetzten die Ermittlungen geleitet. Ganz nebenbei war er auch ein alter Bekannter von meinem Freund Max, dem Taxifahrer.

„Was ist denn eigentlich passiert?" Mit einer Kopfbewegung deutete ich auf den Toten hin, der gerade eingesargt wurde. Ich vermied es, einen weiteren Blick auf ihn zu werfen.

„Er ist von der Leiter gestürzt!" erklärte Christoph Steinschulte und steckte die Hände dabei in die Jackentasche. „Er hat wohl da oben an der Dachrinne gearbeitet. Dabei ist er hier voll auf den Beton geknallt."

Ich mochte mir nicht vorstellen, mit welcher Wucht er aufgeprallt war. Die Dachrinne war bestimmt fünf, sechs Meter hoch.

„Bei aller Tragik – warum ist das ein Fall für die Kripo?" Einer der Männer von der Spurensicherung hob den Kopf und warf mir einen neugierigen Blick zu. Dann strich er weiter mit einem Pinsel auf der Leiter herum.

„Eine Zeugin hat gehört, daß der Tote unmittelbar vor dem Sturz mit jemandem gesprochen hat. Genauer: Er hat jemanden angebrüllt, er solle die Leiter stehen lassen. Einen Augenblick später ist er gestürzt."

„Hat die Zeugin den anderen denn nicht gesehen?"

„Die Zeugin hatte bei der Frau des Hauses Eier gekauft. Sie verließ das Wohnhaus und ging über den Hof zu ihrem Auto. Plötzlich hörte sie von dieser Seite der Scheune das Gebrüll, dann den Aufprall. Nach ein paar Schrecksekunden lief sie um die Scheune herum und fand hier den Toten. Nach ihren Angaben war kein anderer Mensch zu sehen."

„Wenn der Täter der Zeugin nicht entgegengekommen ist, kann er immer noch in mehrere Richtungen geflüchtet sein", resümierte ich mit Blick auf das angrenzende Feld und den Feldweg, der den Hof vom Feld abgrenzte. Auf diesem Weg konnte man innerhalb kurzer Zeit hinter der nächsten Biegung verschwunden sein.

„Kann er", meinte Christoph Steinschulte lapidar. „Vielleicht ist er aber auch einfach nur um die Scheune herumgegangen, und zwar nicht auf der Vorderseite, die auch Frau Wiegand genommen hat, sondern an der Rückseite entlang. Dann kann er plötzlich wie selbstverständlich auf dem Innenhof gestanden haben. Ein Mitglied der Familie zum Beispiel." Steinschultes Tonfall ließ keinen Zweifel daran, daß dies für ihn die wahrscheinlichste Möglichkeit war.

„An wen denkt ihr?" Steinschulte wandte sich zum Gehen. Ich schloß mich einfach an.

„Elmar Schulte-Vielhaber, der Hofnachfolger und Neffe des Toten, hatte vorher eine heftige Auseinandersetzung mit seinem Onkel. Das streitet er gar nicht ab."

Ich schlenderte mit Steinschulte zum Wohnhaus hinüber.

„Elmar wird also tatsächlich verdächtigt?"

„Das kann man so sagen!"

„Und was habt ihr jetzt vor?"

„Wir werden mit allen Beteiligten nochmal sprechen. Vielleicht ergeben sich dadurch neue Gesichtspunkte. Vielleicht macht auch jemand eine Aussage." Christoph hob verheißungsvoll die Augenbrauen. Ein schnelles Geständnis hielt er wohl nicht für ausgeschlossen. Inzwischen waren wir an der Haustür angekommen.

„Hast du was dagegen, wenn ich für einen Moment mit reinkomme?"

Christoph zögerte einen Augenblick, während er die Klinke in der Hand hielt. Dann hatte er sich entschieden. „Wenn du nicht störst, hab' ich nichts dagegen."

Als wir in die Diele traten, hörte man eine Wanduhr ticken. Obwohl Personen im Haus sein mußten, war eine unheimliche Stille zu spüren, die das Geräusch um so mehr hervorhob. Plötzlich öffnete sich eine Tür und ein Polizist in Uniform kam auf uns zu.

„Ich bin mit den Schulte-Vielhabers hier drinnen", erklärte er im halblauten Tonfall. „Schneider ist mit Frau Wiegand drüben im Wohnzimmer."

„Gut, ich spreche nochmal kurz mit der Zeugin", sagte Christoph. „Dann kann sie endlich nach Hause gehen. Anschließend komme ich zu euch."

Ohne ein weiteres Wort öffnete Christoph eine Tür und ließ mich stehen. Kurzerhand schloß ich mich dem Polizisten an, der wieder in die Küche ging. Als ich reinkam, hoben sich zwei Köpfe. Auf einem Stuhl saß eine Frau mit kurzen, grauen Haaren. Sie hatte eine jugendliche Figur und einen jungen Haarschnitt, doch ein Blick in ihr verweintes Gesicht ließ mich sie auf um die sechzig schätzen. An die Küchenzeile gelehnt stand ein junger Mann in Arbeitskleidung. Er war groß und sportlich, hatte braunes, welliges Haar und ein offenes Gesicht. Er schaute mich ernst an, wahrscheinlich hielt er mich für einen der Ermittler.

„Ich heiße Vincent Jakobs", erklärte ich und gab erst der Mutter, dann Elmar die Hand. „Alexa hat mich eben angerufen. Sie kann nicht selber kommen, aber vielleicht kann ich etwas für Sie tun."

Elmars Mutter blickte fragend ihren Sohn an, Elmar wippte auf seinen Wollsocken herum.

„Es wird sich bald alles aufklären", grummelte Elmar. „Ich brauche keinen Anwalt."

„Aber es ist trotzdem nett, daß Sie gekommen sind", sagte seine Mutter leise.

„Allerdings wäre es nicht nötig gewesen", beharrte Elmar. „Hier ist ein Unfall auf dem Hof passiert – ein schlimmer Unfall. Mein Onkel ist von der Leiter gestürzt. Und jetzt behauptet eine Nachbarin, sie hätte meinen Onkel mit jemandem streiten hören. Dabei kann das gar nicht sein." Elmar fuhr sich unwillig durch die Haare. „Es war niemand mehr auf dem Hof – außer uns, meiner Mutter und mir. Und wir waren am Arbeiten, meine Mutter im Haus und ich im Stall. Kurz vorher war noch einiges los hier, Leute, die Eier gekauft haben, ein Freund, der mir ein

Werkzeug zurückgebracht hat, aber dann war endlich Ruhe, und wir konnten an unsere Arbeit gehen. Und jetzt behauptet diese Frau, mein Onkel hätte vom Dach aus mit jemandem gestritten. Das kann gar nicht sein." Elmar ereiferte sich.

„Jetzt wollen die diesen Unfall womöglich meinem Sohn unterschieben, nur weil er vorher einen Streit mit Franz gehabt hat", sagte Elmars Mutter mit bebender Stimme.

„Wer wußte denn überhaupt von dem Streit?" wollte ich wissen.

„Na, das hat eben auch die Wiegand mitgekriegt", schimpfte Elmar. „Als sie zum Eierholen kam, habe ich mit Onkel Franz an der Stalltür gestanden. Er wollte mich schon wieder wegen dem Futtermittel belabern. Immer wieder fing er damit an. Ich hab' ihm gesagt, daß ich selbst weiß, was ich den Tieren gebe, da ist er dann laut schimpfend abgezogen und wollte weiter seine dämliche Regenrinne reparieren."

„Und Sie?"

„Ich bin zum Füttern gegangen, was sonst? Ich bin erst wieder rausgekommen, als meine Mutter mich rief."

„Frau Wiegand hatte bei mir Eier gekauft und ist dann gegangen", erklärte Elmars Mutter. „Ein paar Minuten später kam sie wieder ins Haus gestürzt und schrie, der Franz sei tot."

„Ich bin die ganze Zeit im Stall gewesen", wiederholte Elmar patzig. „Und sonst war niemand auf dem Hof."

„Das würde ich an Ihrer Stelle nicht ganz so fest behaupten", meinte Christoph Steinschulte. Er trat zur Tür herein und hatte offensichtlich den letzten Satz mitangehört. „Ihre Nachbarin Frau Wiegand bleibt bei ihrer Aussage, daß sie Stimmen gehört hat, und es gibt bislang keinerlei Anlaß zu der Annahme, daß die Zeugin falsch aussagt. Folglich müßten Sie eigentlich ein Interesse daran haben nachzuweisen, daß sich noch jemand anders auf dem Hof befand. Ansonsten sind Sie nämlich unser Hauptverdächtiger."

Elmar verschränkte die Arme vor der Brust und schwieg trotzig. Seine Haltung verlieh ihm etwas von einem widerborstigen Kind. Gleichzeitig mußte ich mir eingestehen, daß Elmar ein sehr attraktiver Mann war.

„Wir gehen den Nachmittag noch einmal durch", bestimmte Christoph und ließ sich gemächlich auf einen Küchenstuhl fallen. „Sie sind damit einverstanden, daß Herr Jakobs im Zimmer bleibt?" Steinschulte deutete in meine Richtung.

„Ich hab' ja selbst bei Alexa angerufen", grummelte Elmar, als wäre das eine Antwort.

Dann ging alles von vorne los. Elmar erzählte, wie er den Nachmittag verbracht hatte, wer auf dem Hof gewesen war. Es wurden Uhrzeiten verglichen und Namen aufgeschrieben. Elmars Mutter bekam einmal einen Heulkrampf und bat, ob sie sich einen Augenblick zurückziehen könne. Immer wieder fragte Christoph nach Elmars Verhältnis zu seinem Onkel.

„Warum sind Sie überhaupt der Hoferbe?" wollte er wissen.

Elmar verdrehte die Augen. „Jetzt fangen Sie auch noch damit an. Onkel Franz hatte keine Kinder. Deshalb war ich an der Reihe. Mein Vater war der Bruder und hat hier auf dem Hof mitgearbeitet."

„Frau Wiegand erwähnte, Ihr Onkel habe sehr wohl ein Kind - ein Adoptivkind."

„Das stimmt, aber der wollte von Landwirtschaft nichts wissen."

„Hat er trotzdem Erbansprüche?"

„Nein – ja! Das ist ziemlich kompliziert."

„Hatten Sie deshalb häufiger Streit mit Ihrem Onkel?"

„Ja, aber nicht nur. Ich hatte wegen allem möglichem Streit mit meinem Onkel. Wegen des Fütterns. Wegen der Familie, wegen -"

„Ja?"

„Mein Onkel machte nichts lieber als streiten. Man konnte mit ihm einfach nicht klarkommen."

„Ist der Streit deshalb eskaliert?"

„Nein, es war wie immer. Er hat mich angegriffen. Und ich habe Kontra gegeben."

„Aber Sie waren verärgert."

Elmars Gesicht glühte. Seine Augen sprühten vor Zorn. „Ich sag' überhaupt nichts mehr. Sie -"

„Ich habe Ihnen eine Frage gestellt!"

„Sie wollen mir da etwas unterschieben. Ich habe Onkel Franz nicht umgebracht." Elmars Stimme überschlug sich beinahe. In dem Moment kam Alexa herein. Vielmehr: Sie stürmte herein. An Christoph vorbei, an mir vorbei– in die Arme von Elmar Schulte-Vielhaber.

„Elmar, geht's dir gut?"

„Alexa!" Elmar schossen die Tränen ins Gesicht. Er begann zu weinen. Ich hätte mich nicht überflüssiger fühlen können. Einige Sekunden später stand ich auf dem asphaltierten Hof unter dem Kastanienbaum. Der Boden war übersät mit Kastanien. Es gab eben keine Kinder, die die Früchte aufsammelten und damit bastelten. Ich schoß eine braune Kugel mit voller Wucht hinweg. *„Wer jetzt kein Haus hat, baut sich keines mehr"*, kam es mir in den Sinn, *„wer jetzt allein ist, wird es lange bleiben."* Vielleicht wurde das ja bald was mit Kindern auf diesem Hof. Es war schließlich zu schade um die Kastanien.

3

Es war meinem unbändigen Pflichtgefühl zu verdanken, daß ich nicht sofort nach Hause fuhr. Ich wollte erst nach Ommma und ihrer Schwester schauen. Womöglich hatten sich die beiden im Streit um die Gunst ihrer Eltern etwas angetan. Es war viel schlimmer. Schon als ich die Schnittler'sche Haustür öffnete, scholl mir ein heiserer Gesang entgegen. Ich stürmte in Ommmas Wohnzimmer und war entsetzt. Die beiden meiner Obhut überlassenen Senioren lagen sich singend in den Armen. Ihre Nasen waren auf eine verräterische Art und Weise rot gefärbt und ihre Augen so glasig wie ein glibbeliges Spiegelei.

„Na, wen ha- wen habben wir denn da?" Tante Mia war offensichtlich nicht mehr in der Lage, ganze Sätze stolperfrei auszusprechen. „Ist das nicht mein – mein rei-, mein ratz-, mein reizender Choffür?"

„Wenn er das nicht wirklich ist!" jodelte Ommma und prostete mir vergnügt mit ihrem Glas zu. Ich war immer noch wie gelähmt. Endlich aber griff ich nach der Flasche. Es war eine Eckes-Traubensaftflasche. Auf einem kleinen Schildchen war jedoch handgeschrieben *Johannisbeerlikör* vermerkt. Gerade in diesem Moment nahm Ommma aus ihrem Wasserglas einen herzhaften Schluck. Panisch blickte ich durch das dunkle Flaschenglas. Es war nur noch eine kleine Pfütze zurückgeblieben.

„Was macht ihr denn da?" schrie ich hysterisch und vergaß dabei, daß Ommma, Mia und ich noch gar nicht im Duz-Dreieck angekommen waren.

„Wir sitzen hier - und erzählen uns was", erklärte Ommma und fand ihre Antwort so lustig, daß sie vor Vergnügen losprustete.

„Ja, aber habt ihr denn gar nicht gemerkt -?"

„Wir habben uns nur ein bißen - ein bichen – ein bißchen Traumsaft gegönnt!" versuchte es Mia.

„Da haben Sie doch nichts dagegen?" lallte Ommma, „oder hätten Sie gerne ein Gläschen mitgetrunken?"

„Von wegen Traubensaft", schnaubte ich, konnte aber nicht ausreden.

„Der gute -", brabbelte Ommma inzwischen, „kricht man sons nur im Krankenhaus, wonnich Mia?"

„Aber wir -" Mia verschluckte sich und holte nochmal Schwung für einen zweiten Anlauf. „Aber wir kriech - krien - das auch hier." Mia bekam erneut einen Lachanfall und auch Ommma konnte sich kaum mehr halten.

„Ich müßte jetzt nur mal aufstehn", murmelte Ommma, nachdem sie sich beruhigt hatte. Ich schlug die Hände über dem Kopf zusammen. In diesem Zustand würde Ommma niemals lebend die Toilette erreichen.

„Was ist denn hier los?" Der entsetzte Aufschrei kam von der Tür her. Ich fuhr herum. Da standen Schnittlers mit aufgerissenen Augen, offenen Mündern und einem Blick, der zwischen Ungläubigkeit und Entsetzen schwankte.

„Was ist denn hier los?" wiederholte Frau Schnittler, als würde die Frage dadurch harmloser.

„Nichts Besonnenes – Besonderes", antwortete Mia indes. „Wir trinken nur einen Taubensaff mit unserm Choffür."

Eine Stunde später saß ich mit den Schnittlers völlig erledigt im Eßzimmer. Es hatte uns eine Heidenmühe gekostet, die beiden Damen aus ihren Sesseln zu bugsieren und ohne Zwischenfälle abzutransportieren. Ommma war nach einem Zwischenstopp auf der Toilette direkt ins Bett verfrachtet worden, für Mias Heimfahrt waren Papa Schnittler und ich zuständig gewesen. Tante Mia hatte auf der Fahrt zunächst lautstark protestiert, weil es schon nach Hause gehen sollte, kurz vor ihrem Haus nickte sie dann aber kurzerhand ein. Als sie beim Aussteigen wach wurde und mich zu einem Glas Traubensaft in ihr Schlafzimmer einlud, stürzte ihre Tochter aus dem Haus.

„Was ist denn hier los?" kreischte sie und faßte ihre Mutter hektisch unter den Arm.

„Das iss mein Choffür", stellte Tante Mia mich vor. „Ein ganz ratzender Mann." Mias Tochter würdigte mich keines Blickes, während Tante Mia an ihrem Arm ins Haus torkelte.

Ich blendete diese Erinnerung aus, als ich mit den Schnittlers vorm Kaminfeuer saß.

„Alles halb so wild", grummelte Alexas Vater. „Für eine Alkoholvergiftung hätten die noch eine Flasche gebraucht."

Ich rieb mir die Augen. Die Ereignisse der vergangenen Stunden hatten mich deutlich erschüttert. Ich wollte nach Hause.

„So schlimm ist es wirklich nicht, daß die beiden sich einen gepichelt haben", tröstete Mutter Schnittler mich. „Wenn Sie das gleich der Alexa erzählen, dann lacht die sich kaputt."

„Alexa ist ganz hier in der Nähe!", murmelte ich kleinlaut.

Und dann erzählte ich vom Unfall, der vielleicht ein Mordfall war, von Elmar Schulte-Vielhaber und seiner Mutter und von der Nachbarin, die ihre Aussage gemacht hatte.

„Das gibt's doch gar nicht. Ein Mord bei uns in Renkhausen?" Frau Schnittler starrte ungläubig geradeaus. „Und dann soll das auch noch der Elmar getan haben? Das glaube ich im Leben nicht." Sofort unterstellte ich ihr, daß sie den Jungbauern lieber zum Schwiegersohn hätte als mich.

„Ist das so unvorstellbar?" fragte ich deshalb patzig.

„Das ist unvorstellbar ", trompetete Frau Schnittler los. „Der Elmar ist schließlich ein durch und durch sanftmütiger Mensch. Ich kenne ihn doch von unseren Kindern her. Ein guter Kumpel war das, ein ganz echter Kerl."

„Immerhin hat er Streit mit seinem Onkel gehabt", führte ich an.

„Kein Wunder!" schnaubte ihr Mann. „Mit dem Schulten Franz kam man auch nicht klar. Es muß eine Tortur für den Jungen gewesen sein, zusammen auf dem Hof mit diesem Griesgram."

„Seit Elmars Vater nicht mehr ist, steht er ja ganz allein da", fügte Frau Schnittler erklärend hinzu. „Seine Mutter ist eine starke, fleißige Frau, aber gegen den Franz, ihren Schwager, kommt sie auch nicht an."

„Wie sind denn jetzt die Familienverhältnisse auf dem Hof?" fragte ich verwirrt. „Elmar und seine Mutter habe ich kennengelernt. Und der Vater ist tot?"

„Der Paul, der Bruder vom Franz, das war ein feiner Mensch", schwärmte Herr Schnittler. „Der war immer da, wenn man ihn brauchte, und arbeiten konnte er auch. Aber leider war er eben der Zweitgeborene, und deshalb ging der Hof an den älteren Franz."

„Er hätte nicht auf dem Hof bleiben sollen, der Paul", sagte seine Ehefrau nachdenklich. „Das wäre besser für alle gewesen, wenn er sich mit der Hannah, seiner Frau, etwas ganz anderes gesucht hätte. Aber so?"

„Der Franz kam und kam nicht ans Heiraten, trotz des großen Hofes", führte Alexas Vater weiter aus. „Er war zu wählerisch."

„Er war ein Fiesling. Deshalb wollte ihn niemand haben", widersprach seine Frau.

„Wie auch immer, er hat geheiratet, da waren er und seine Frau schon über die vierzig. Da haben sie keine Kinder mehr gekriegt."

„Und da hat der jüngere Bruder gehofft, sein Elmar könne den Hof übernehmen?" schlußfolgerte ich.

„Wird er wohl", gab Frau Schnittler zu, „wenngleich er kein berechnender Typ war." Langsam beschlich mich das Gefühl, daß der verstorbene Paul ein so feiner Kerl gewesen war, daß auch die liebe Frau Schnittler glattweg seinem Charme erlegen war.

„Wahrscheinlich ist Paul deshalb nicht vom Hof weg", bilanzierte ihr Mann nüchtern. „Und als dann der Adoptivjunge kam, da gab's natürlich ernsthaft Probleme."

„Obwohl der mit der Bauerei gar nichts am Hut hatte", beeilte Frau Schnittler sich zu sagen.

„Wo ist denn dieser Adoptivsohn?" wollte ich endlich wissen.

„Der Frank? Keine Ahnung", schnaubte Herr Schnittler. „Der konnte gar nicht schnell genug von zu Hause loskommen. Als die Mia, die Frau vom Franz, noch lebte, da kam er immer mal, um sich Geld zu holen, aber seitdem nur noch der Alte da ist, kriegt man gar nichts mehr zu hören von dem."

„Na, dann hat Elmar doch freie Bahn", warf ich ein. „Das Zwischenspiel des Adoptivvettern war nur von kurzer Dauer, und er, der Bauer aus Fleisch und Blut, kommt ungehindert zum Zuge."

„Ja, das sagt sich so leicht", meinte Frau Schnittler unwillig. „aber Elmar versteht sich nun mal nicht mit seinem Onkel. Und der hat ihm, soviel ich weiß, den Hof noch keineswegs überlassen. Wenn's mal wieder Ärger gab, dann drohte Franz, er werde den Hof doch dem Frank übergeben, und wenn der auch eine Autowerkstatt daraus machen werde."

„Trotzdem: Wenn Elmar der Hof noch nicht überschrieben war, dann hatte er doch gar keinen Grund, seinen Onkel umzubringen", stellte ich fest.

„Ich weiß nicht, wie das bei den Bauern läuft", seufzte Herr Schnittler. „Vielleicht war er ja als Blutsverwandter Hoferbe. Die haben doch da ihre ganz eigenen Gesetze."

„Auf jeden Fall ist das schlimm für den Elmar", meinte Alexas Mutter abschließend, „wo er doch so ein prächtiger Junge ist."

Mir kam Alexa in den Sinn, die immer noch beim prächtigen Jungen weilte. Ich dachte an den Kastanienbaum, an das blutige Gesicht von Franz Schulte-Vielhaber und an die verweinten Augen von Elmars Mutter. „Ich fahr' dann mal", sagte ich und stand auf.

„Wie schade, daß Sie jetzt die Alexa nicht mehr treffen", sagte Frau Schnittler. „Sie wird enttäuscht sein, wenn Sie nicht mehr hier sind."

„Vielleicht!" antwortete ich leise, „vielleicht."

Wahrscheinlich hatte das keiner gehört.

4

Mein Montagmorgen war nicht gerade ein gelungener Wocheneinstieg, vor allem weil er mit der Frühaufsicht auf den Mittelstufenklos begann und sich dann über sieben Unterrichtsstunden erstreckte. Um genau zu sein, verbarg sich hinter meinem Montagmorgen die Schadenfreude meines Kollegen Bernhard Sondermann, der für die Stundenpläne verantwortlich war und sich mit kleinen Schikanen das Leben versüßte. Man mußte nicht Psychologe sein, um herauszufinden, daß es sich dabei um Rache dafür handelte, daß ich ihn als Vorsitzender des Lehrerrats abgelöst hatte. Natürlich hatte Sondermann nach der Wahl mit erhobenen Händen beteuert, wie froh er sei, dieses Amt nach achtzehn Jahren endlich an einen Jüngeren abgeben zu dürfen, doch in Wirklichkeit war er zutiefst gekränkt. Und diese Kränkung bekam ich vorzugsweise montags zu spüren. Es war kein Zufall, daß ich ihm am Montag nach Schulschluß regelmäßig im Stadium totaler Erschöpfung in die Arme lief, woraufhin er mich mit scheinheilig-grinsendem Gesichtsausdruck fragte: „Na, schönes Wochenende gehabt?" In diesen Momenten versuchte ich, keine Schwäche zu zeigen. Ich versuchte, das Chaos auf meinem Tisch, das meine Seelenlage spiegelbildlich wiedergab, mit meinem Körper zu verbergen, und antwortete mit Sätzen wie: „Aber natürlich, Herr Sondermann. Ich war zum Surfen am Meer. Haben Sie sich ebenfalls gut erholt?" Dabei versuchte ich meinen Blick nicht allzusehr an der Kaffeemaschine festzukrallen, von der ich mir baldige Wiederauferstehung versprach.

Auf jeden Fall war es meinem Stundenplan zu verdanken, daß ich am Montag morgen nach Franz Schulte-Vielhabers Ableben kaum dazu kam, einen weiteren Gedanken daran zu verschwenden. Selbst die ungeklärte Situation mit Alexa, mit der ich den ganzen Sonntag kein Wort gewechselt hatte, war für etliche Stunden aus meinem Kopf verdrängt, und in meinem Deutschunterricht stand Gott sei Dank nicht Rilke auf dem Lehrplan. So wurde ich erst am späten Mittag an die Geschehnisse des Wochenendes erinnert und zwar, als ich mit meinem Sportkollegen Leo beim Mittagessen saß. Leo hatte mich zunächst mit einem Espresso ins Leben zurückgeholt und quetschte mich jetzt, da wir auf unsere Pizza warteten, nach Strich und Faden aus.

„Wie – du hast mit einem Mord zu tun und sagst keinen Ton?" furzte er mich an.

„Ich habe nicht mit einem Mord zu tun", sagte ich ungehalten. „Ich habe mit einer Frau zu tun, die ich bislang für meine Freundin hielt, und die mit einem Mann zu tun hat, der mit seinem Onkel zu tun hat, der vorgestern von der Leiter gefallen ist."

„Aber eben sagtest du doch, er sei nicht gefallen, sondern er sei wahrscheinlich heruntergestürzt worden."

„Was weiß ich!" antwortete ich aufgebracht. „Vielleicht hat er vorher Selbstgespräche geführt und sich dann selbst in den Tod gestürzt. Vielleicht hat diese Zeugin auch Halluzinationen akustischer Art. Woher soll ich das wissen?"

„Du mußt es nicht wissen, aber es könnte dich interessieren", maulte Leo und strich sich mit dem Handrücken über seine große Nase, die mich regelmäßig an Gerard Depardieu erinnerte. „Schließlich hast du schon lange nicht mehr das Glück gehabt, direkt in einem Mordfall drinzuhängen. Wenn ich nicht irre, schon über ein Jahr nicht mehr."

Das hatte mir noch gefehlt. Ich hätte es mir denken können. Schließlich kannte ich Leo. Leo und sein Faible für ungeklärte Kriminalfälle. Hilfesuchend blickte ich mich in der Pizzeria um, als könnte ich dort einen Ausweg aus dem unweigerlich folgenden Gespräch finden. Ich warf einen Blick auf die Wand, an der früher immer das zimmergroße Aquarium gestanden hatte. Damals hatte ich es immer fehl am Platze gefunden, aber jetzt, nach der Renovierung, fehlte es mir. Nachdem ich keinen Trost bei wildfremden Fischen gefunden hatte, wandte ich mich wieder an meinen Kollegen:

„Leo, ich weiß nicht, welches Schicksal mich bestimmt hat, immer wieder mit derartigen Unglücksfällen konfrontiert zu werden, aber ich kann dir sagen, ich betrachte dies als Bürde, nicht als Freude. Kurz und gut: Ich will damit nichts zu tun haben, genauso wie in den vergangenen Fällen auch."

Ich überging bei diesem Statement, daß ich mich bei den letzten beiden Malen durchaus mit in die Ermittlungen hatte hineinziehen lassen, übrigens auf ausdrückliches Drängen von Leo hin. Dieser mein Kollege zwirbelte inzwischen in einer seiner zahlreichen Locken herum. Er schwieg schon seit etwa acht Sekunden, was eine Seltenheit war, zumal wenn man berücksichtigte, daß es um sein Lieblingsthema ging. Gerade wollte Leo zu sprechen ansetzen, da kam das Essen, was Leos Schweigen auf glatte 20 Sekunden verlängerte.

„Na, dann guten Appetit", wünschte ich und hoffte einen Moment lang, das Thema sei damit erledigt. Amüsiert nahm ich zur Kenntnis, daß Leo eine Pizza mit Meeresfrüchten gewählt hatte. Vielleicht hatte man den Inhalt des Aquariums als „frutti de mare" kostengünstig verarbeitet.

„Und was ist mit Alexa?" fragte Leo, während er seine Pizza in mehrere kuchenstückgroße Teile zerschnitt.

„Was soll schon sein?" erwiderte ich gleichgültig. „Sie wird sich irgendwann melden."

„Du hast sie doch nicht etwa mit diesem Elmar allein zurückgelassen?" fragte Leo und hielt sich ein Stück Pizza vor den Mund ohne zuzubeißen, gerade so, als wäre er auf einem Kindergeburtstag beim Stoppessen mitten in der Bewegung gebremst worden.

„Was denkst du denn?" raunzte ich. „Sollte ich mich etwa wie Hein Blöd hinsetzen und zusehen, wie Alexa weiter ihre Jugendliebe umarmt?"

„Du bist ein Idiot!" konstatierte Leo und biß endlich zu.

Es war unter meiner Würde, auf diesen unqualifizierten Kommentar zu antworten.

„Alexas Kumpel ist in einer dramatischen Situation. Er steht unter Verdacht, seinen Onkel ermordet zu haben. Ist es da nicht natürlich, daß Alexa ihn stützt?"

„Dann soll sie eben", murmelte ich trotzig, „aber da muß ich ja dann nicht dabei sein."

„Alexa hätte dich am Wochenende gebraucht, vielleicht mehr als in der ganzen Zeit eurer bisherigen Beziehung zusammen. Sie benötigte deine Unterstützung, dein Verständnis, verstehst du das denn nicht?"

Mißmutig kaute ich auf dem trockenen Rand meiner Pizza herum.

„Außerdem", Leos Augen wurden zu Schlitzen, „bist du nicht nur rücksichtslos, sondern auch dumm. Durch dein beleidigtes Teenagerverhalten treibst du sie ja geradezu in Elmars Arme, das ist doch ganz klar. Also ehrlich!" Leo schüttelte verständnislos seinen Kopf. „Ich kann mich nur wiederholen. Du bist wirklich..."

„Ein Idiot!" komplettierte ich. Und dann sagte ich es nochmal. „Ein Idiot!"

5

Als ich gegen drei in der Tierarztpraxis Hasenkötter anrief, ließ mir die Sprechstundenhilfe ausrichten, das Wartezimmer sei rappelvoll und Alexa in einer Untersuchung. Sie könne jetzt nicht gestört werden. Ich gab mich geschlagen und beschloß, Alexa nach der Arbeit in der Praxis abzuholen. Bis dahin widmete ich mich der Vorbereitung für meinen Leistungskurs. Kurz nach fünf tauchte ich aus den Büchern wieder auf und fluchte. Womöglich war Alexa jetzt schon weg, andererseits – wenn das Wartezimmer rappelvoll war...

Ich sprang ins Auto und eilte zur Praxis. Vor dem Haus gab es wie immer keinen Parkplatz. Ich blieb in der zweiten Reihe stehen und hastete hinein. Es war bereits totenstill im Inneren der Praxis. Selbst die Sprechstundenhilfe saß nicht mehr an ihrem Platz. Endlich kam sie aus einem der Behandlungsräume.

„Ach, Vincent, tut mir leid, Alexa ist schon weg." Ich fluchte. Karin lächelte verständnisvoll. „Sie ist erst vor zehn Minuten gegangen, allerdings wollte sie nicht direkt nach Hause, sondern noch woanders hin." Ich fluchte noch mehr, diesmal still in mich hinein. Leo hatte recht. Ich war wirklich ein Idiot und hatte es nicht besser verdient, als daß Alexa nun an Elmars Brust klebte und ihm tröstende Worte zusprach. Ich rang mich noch zu einem „danke" durch und trat auf die Straße. Vor meinem Auto stand eine dunkelblau gekleidete Frau und tippte etwas in einen Mini-Computer. Das fehlte jetzt noch.

„Nein!" schrie ich. „Ich bin hier!" Ungnädig tippte die gelockte Frau weiter und sah erst hoch, als ich unmittelbar vor ihr stand.

„Ich war nur ganz kurz weg – ein Notfall", stammelte ich, „da, eine Tierarztpraxis." Ich zeigte auf das messingfarbene Schild der Praxis Hasenkötter, als stände dort der Ablaß über sämtliche Sünden, die ich in den letzten zehn Jahren begangen hatte. Leider fehlte mir das passende Tier im Arm, um die Geschichte mit dem Notfall überhaupt untermauern zu können.

„Es ist Ihnen doch wohl klar, daß Sie nicht mitten auf der Straße parken dürfen", sagte die Politesse freundlich, aber bestimmt.

„Unter 'mitten auf der Straße' verstehe ich etwas anderes", antwortete ich unfreundlich und unbestimmt. „Der pädagogische Effekt dieses Bußgeldes ist gleich null", fügte ich hinzu. „In einem Notfall wie diesem würde ich es immer wieder tun, in der zweiten Reihe parken, meine ich. Glauben Sie mir, ich habe mich nur ein paar Minuten drinnen aufgehalten. Ich war sehr in Eile – das kennen Sie doch sicher."

„Ich habe Ihre Daten bereits eingegeben. Ich kann sie nun eh nicht mehr rückgängig machen", erklärte die Knöllchenfrau und wandte sich inzwischen weiterer Arbeit zu.

Wie ich dieses Argument haßte! Alles zu spät! Schon eingegeben! Nichts mehr zu machen! Pech gehabt!

Hätte sie irgend etwas anderes gesagt, über die miese Finanzlage der Stadt, über einen neueingeführten Fängerbonus für Politessen, ich wäre ihr dankbar gewesen. Aber nicht dieses verdammte Schon-zu-spät-Argument! Angespannt kniff ich meinen Mund zusammen. Jetzt nur nichts sagen. Die Frau machte schließlich ihre Arbeit, wie andere Leute auch. Wahrscheinlich kniffen sich bei mir ähnlich viele Menschen den Mund zu, wenn sie mich sahen. Vielleicht, weil ihr Sohn schon wieder eine Fünf in Deutsch mit nach Hause gebracht hatte, weil ich in Geschichte regelmäßig die Hausaufgaben kontrollierte, weil ich ihre Kinder nachmittags zum Schulhofsäubern bestellt hatte. Es gab ja tausend Gründe, mich zu hassen.

„Darf ich Ihnen mal eine persönliche Frage stellen?" Ungläubig fuhr ich herum. Die Politesse war ein paar Schritte zu mir zurückgekommen. Ich war verunsichert. Es war noch nie eine Politesse ein paar Schritte zu mir zurückgekommen, um mir eine persönliche Frage zu stellen.

„Sind Sie zufällig Lehrer?"

In meinem Kopf fiel eine Klappe. „Nein, ich bin in der Stadtverwaltung tätig", brummte ich. „Der neue Dezernent für innerstädtischen Verkehr. Und ab morgen wird der Laden aufgeräumt, das kann ich Ihnen aber sagen."

Wütend schmiß ich das in Plastikfolie eingeschweißte Knöllchen ins Auto und machte mich davon. Hundert Meter weiter fand ich einen Parkplatz, einen ganz legalen diesmal. Ich erwog, erneut auf einen Parkschein zu verzichten. Schließlich war die Politesse in die andere Richtung abgezogen. Am Ende entschied ich mich dann doch dafür. Allein die Vorstellung, daß sie gegen meine Erwartungen zurückkommen und mir mit unverhohlener Schadenfreude ein zweites Ticket verpassen konnte, hielt mich ab.

Gedankenverloren schlenderte ich auf die Fußgängerzone zu und überlegte, wie ich Alexa jetzt am besten erreichen konnte. Einen Moment lang hielt ich es für möglich, daß sie zu meiner Wohnung gefahren war und wir uns unglücklich verpaßt hatten. Doch dann wurde mir klar, wie unwahrscheinlich das war. Ich glaubte nicht, daß Alexa nach dieser Sache den ersten Schritt tun würde. Also würde ich mich auf den Weg zur nächsten Telefonzelle machen und von dort aus versuchen, sie telefonisch zu erreichen. Unterwegs schlenderte ich an einem Juweliergeschäft vorbei und betrachtete die Auslagen. Eheringe waren ausgestellt. Heiratete man überhaupt im Herbst? Ich hatte den Eindruck, daß die ganze Welt im Sommer heiratete, so daß zwischen Mai und August die Zeitung überschwemmt war mit originellen „Wir trauen uns" - Anzeigen. Manchmal amüsierte ich mich auch vor den Schaufenstern der Fotogeschäfte, wo in dieser Zeit spaßige Bilder von Hochzeitspaaren hingen. Er in einem Cabrio und sie verkrampft lachend auf der Motorhaube oder beide versonnen unter einer Eiche. Der Herbst war wohl keine gute Jahreszeit zum Heiraten, eher zum Trennen, so daß man dann bis zum Frühling über Rainer Maria Rilkes Klassiker nachdenken konnte.

Ich löste mich von den Eheringen und kam an einer Eisdiele vorbei, die der aufkommenden Kälte trotzte. Als ich endlich auf eine Telefonzelle zustrebte, raschelten ein paar riesige Ahornblätter unter meinen Füßen. Sie waren so groß wie Klodeckel und sahen wunderschön aus. Ich hob eins auf und nahm es mit in die Telefonzelle. In Alexas Wohnung meldete sich niemand. Auf ihrem Handy hatte ich es nur mit der Box zu tun. Ich sagte Alexas Stimme, daß ich sie gerne sprechen wolle, und legte auf. Als ich die Tür der Telefonzelle wieder öffnete, hätte ich beinahe jemanden umgerannt.

„Was machst du denn hier?"

„Alexa! Ich suche dich, und du?"

„Ich wollte mal eben anrufen. Mein Handy hat keinen Saft mehr."

„Wen wolltest du denn sprechen?"

Als wir uns küßten, kam uns das Ahornblatt in die Quere. Wir küßten uns sozusagen durch das Laub, und irgendwie schmeckte der Kuß ausgesprochen nach Herbst.

6

Als wir versöhnt und zerwuselt in Alexas Wohnung eine Tasse Kaffee tranken, kamen wir sofort auf das Thema Elmar. Alexa sprach Gott sei Dank ganz unverkrampft darüber.

„Ich hoffe, daß sich bald irgendwelche Hinweise auftun, die Elmar entlasten", seufzte sie. „Elmar steht unter erheblichem psychischen Druck. Er leugnet die Streitereien mit seinem Onkel keineswegs und tut damit alles, um sich selbst zu belasten. Außerdem behauptet er ja selbst, es sei niemand mehr auf dem Hof gewesen. Kein Wunder, daß die Polizei sich da an ihm festbeißt."

„Aber die eine Zeugenaussage der Nachbarin ist ein bißchen wenig, um Elmar tatsächlich festnehmen zu können", warf ich ein, „zumal die ja gar nicht Elmar direkt belastet. Oder hat diese Frau Wiegand ausgesagt, daß sie seine Stimme erkannt hat?"

„Nein, das wohl nicht", murmelte Alexa, „aber trotzdem wäre es gut, wenn die Sache vom Tisch käme. Es ist schließlich schlimm genug, einen Todesfall in der Familie zu haben. Noch schlimmer ist es, wenn man falschen Verdächtigungen ausgesetzt ist. Außerdem ist Elmar wegen der Sache mit Anne noch angespannt genug."

„Welche Sache mit Anne?"

„Habe ich das noch gar nicht erzählt?" Das liebte ich an Alexa. Ihre bruchstückhaften Darstellungen, die wiederum auf Dingen basierten, die sie vergessen hatte, mir zu erzählen, wobei ihr im selben Augenblick aber noch ein wichtiges Detail einfiel, das zwar nur sehr assoziativ zum Thema paßte, aber trotzdem unbedingt heraus mußte.

„Anne ist doch Elmars Freundin. Zumindest ist sie es gewesen, bis es auf dem Hof zum großen Krach kam."

„Was für ein Krach? Wer gegen wen?"

„Elmars Onkel mischte sich ständig in die Beziehung ein, nörgelte herum und machte den beiden das Leben schwer. Anne sei als Bäuerin gänzlich ungeeignet, behauptete er und nutzte jede Gelegenheit, um sie bloßzustellen. Anne hatte verständlicherweise irgendwann die Faxen dicke und stellte Elmar vor die Entscheidung: Entweder wir bleiben zusammen, aber woanders, oder ich bin weg. Elmar war natürlich hin- und hergerissen. Schließlich hängt man als Bauer ganz besonders an seinem Beruf. Auf der anderen Seite wollte er Anne nicht verlieren. Das war dann auch der Anlaß, mich anzurufen und mich um Rat zu bitten."

„Wie hat er sich entschieden?"

„Anne hatte vorgeschlagen, sich drei Wochen nicht zu sehen und in Ruhe über die Sache nachzudenken. Die drei Wochen sind übermorgen rum."

„Oh nein!"

„So ähnlich habe ich auch reagiert. Ich weiß nicht, was genau Elmar der Polizei über die Angelegenheit gesagt hat. Aber eins ist klar. Nach der Geschichte machen die sich ein ganz dickes Ausrufezeichen in ihr Notizbuch."

„Diese Anne macht sich dadurch selbst verdächtig", schmunzelte ich. „Schließlich hatte sie allen Grund, den ungeliebten Onkel loszuwerden. Zumindest dann, wenn sie sich wirklich eine Zukunft mit Elmar erhoffte. Kennst du sie?"

„Nein, leider nicht. Sie ist Krankengymnastin und erst vor ein paar Jahren mit ihrer Mutter hier in die Gegend gezogen, ein Umstand, der Elmars Onkel zum Beispiel gar nicht paßte."

„Warum hatte Elmars Onkel überhaupt einen solchen Einfluß? Elmar ist ein erwachsener Mann. Klar, dem Onkel gehörte der Hof, aber trotzdem-."

„Auf einem Bauernhof läuft das Zusammenleben anders ab, als wir es gewohnt sind", erklärte Alexa und streckte sich etwas nach hinten. „Ich kenne das doch von meinen Hofbesuchen. Auf einem Hof, da leben die Generationen nicht getrennt voneinander, da hocken wirklich alle zusammen. Allein schon, weil das Bauernhaus ja räumlich gar nicht zu unterteilen ist. Dann kam bei Elmar hinzu, daß sein Vater schon lange tot ist. Der Onkel hat also frühzeitig die Rolle des Hausherrn eingenommen. Durch den Tod der Tante rückten dann alle noch näher zusammen. Ganz ehrlich gesagt, war Elmar ja auch auf seinen Onkel angewiesen, nicht nur, weil der ihm einmal den Hof überschreiben sollte. Die beiden haben sich die Arbeit geteilt. Es ist praktisch unmöglich, solch einen Hof mit Tierhaltung und Anbau ganz allein zu führen, noch dazu, wenn man sich ein Minimum an Freizeit erhalten will."

„Anne hatte also in gewisser Weise recht, wenn sie glaubte, daß Elmar auf dem Hof nicht allein zu kriegen war."

„Natürlich. Diese Generationskonflikte sind beinahe auf jedem Hof zu finden. Wenn überhaupt, dann klappt es nur, wenn sich entweder die Eltern oder die junge Familie auf dem Hof ein neues Haus bauen, um sich darin zurückzuziehen. Doch bei dieser Konstellation: Mutter, Onkel und

Elmar war da wohl nicht dran zu denken."

„Nüchtern analysiert, hatten also Elmar, seine Freundin und auch Elmars Mutter tatsächlich ein Motiv, den Onkel umzubringen?"

Alexa sah mich von der Seite entsetzt an. „Du meinst das nicht ernst, oder? Es ist völlig ausgeschlossen, daß Elmar oder seine Mutter irgend etwas mit der Sache zu tun haben. Anne kenne ich zwar nicht, aber auf sie wird wahrscheinlich dasselbe zutreffen."

„Warum bist du dir bei Elmar und seiner Mutter so sicher?"

„Warum? Weil ich sie kenne, und weil ich weiß, daß sie so etwas nie tun würden." Alexa verschränkte trotzig die Arme vor der Brust und signalisierte, daß damit praktisch alles gesagt war.

„Was ist mit anderen Personen? Wer könnte noch einen Brass auf Elmars Onkel haben?"

Alexa brummte zum Zeichen ihrer Unentschlossenheit. „Ich habe den Onkel kaum gekannt. Ich weiß nur, daß er nicht gerade ein sympathischer Typ war. Aber deshalb allein bringt man wohl kaum jemanden um, oder?"

„Vielleicht sollten wir Elmar danach fragen!" sagte ich und legte den Arm um Alexa. „Unter Umständen können wir ihm damit helfen."

„Natürlich sollten wir das!" rief Alexa begeistert und legte ihre Hand auf meinen rechten Oberschenkel. „Wir sollten jetzt gleich losfahren!"

„Gleich ist nicht jetzt", murmelte ich und küßte Alexa, um ihren Tatendurst noch eine halbe Stunde auf etwas anderes zu konzentrieren. Aus dem Unterricht weiß ich, daß meine Argumente zur Motivation der Schüler nicht immer auf fruchtbaren Boden fallen. Bei Alexa hatte ich in diesem Fall mehr Glück.

7

Es war fast acht, als wir endlich auf dem Hof Schulte-Vielhaber ankamen. Natürlich war es längst dunkel, aber das Mondlicht war stark genug, um sich vor dem Haus orientieren zu können. Zwei Fenster waren beleuchtet und warfen ein warmes, gedämpftes Licht nach draußen. Es wirkte wie eine Einladung. Erst jetzt fiel mir auf, daß an der Haustür keine Klingel angebracht war. Ich trat einen Schritt zurück und versuchte die Inschrift zu lesen, die oberhalb der Haustür auf einen dunklen Holzbalken aufgetragen war. *Von Franz und Martha Schulte-Vielhaber erbauet mit Gottes gütiger Hülfe im Jahre 1856*, stand dort geschrieben.

„Wird wohl nicht unser Franz gewesen sein", murmelte ich zu mir selbst, während Alexa kräftig an die Tür klopfte und dann sogleich in den Flur trat. Dort öffnete sich fast gleichzeitig eine eichene Innentür und Elmars Mutter trat heran. Ihr Gesicht wirkte zwar weniger verweint, ihr Körper aber hatte an Zerbrechlichkeit gewonnen.

„Alexa!" ein leises Lächeln huschte über ihr Gesicht. „Wie schön, daß du gekommen bist!"

Alexa strich der Frau vertraulich über den Arm.

„Vorsicht!" sagte Elmars Mutter und hob ihre Arme. „Meine Hände sind voll Teig. Ich backe gerade ein Brot."

Alexa blickte zu mir herüber. „Das ist mein Freund Vincent. Ihr kennt euch ja schon ein wenig."

Elmars Mutter schien mich tatsächlich erst jetzt wahrzunehmen. „Aber natürlich! Kommt doch herein!"

Wir betraten die Küche, wo Elmars Mutter sich sofort wieder an dem Teig zu schaffen machte.

„Ich mache das eben zu Ende, ja?" fragte sie in unsere Richtung, ohne tatsächlich auf eine Antwort zu warten. „Meistens komme ich gar nicht dazu, selbst Brot zu backen, aber heute dachte ich mir, daß Arbeit mich jetzt am besten vom Grübeln abhält."

„Eigentlich kenne ich dich gar nicht anders als arbeitend", meinte Alexa und rutschte auf die urige Küchenbank. Ich selbst ließ mich auf einem Stuhl nieder.

„Wie geht's denn Elmar?" wollte Alexa wissen. „Ist er hier?" Nur ich wußte, daß die Frage auch die Angst beinhaltete, daß man Elmar vielleicht mitgenommen hatte, festgenommen, wie es nun mal landläufig heißt.

„Ich glaube, er duscht gerade!" erklärte die Mutter. „Ohne Franz ist die Arbeit auf dem Hof kaum zu schaffen. Er ist gerade erst aus dem Stall gekommen!"

„Wie alt war Ihr Schwager denn eigentlich? Konnte er noch soviel mithelfen?" Ich stellte die Fragen, weil plötzlich wieder der Körper des Toten in meiner Erinnerung aufgetaucht war. Im Grunde war er ein alter Mann gewesen, und ich konnte mir nicht vorstellen, daß er noch allzu viel körperlich hatte arbeiten können.

„Er wäre nächsten Monat siebenundsiebzig geworden", erklärte Elmars Mutter, während sie sich die Ärmel ihrer Bluse noch einmal hochschob. „Genau zehn Jahre älter als mein Paul", fügte sie hinzu. „Die beiden waren tatsächlich fast zehn Jahre auseinander."

„Für siebenundsiebzig war dein Schwager aber wirklich sehr agil", kam Alexa auf den Toten zurück. „Ich hätte ihn um einiges jünger geschätzt, zumindest, als ich ihn das letzte Mal gesehen habe."

„Franz war eben ein zäher Bursche. Er hat immer nur gearbeitet, war fast den ganzen Tag draußen. Das hält jung."

„Immerhin so jung, daß er in sechs Metern Höhe herumklettern konnte", fügte ich hinzu. Es erschien mir immer wahrscheinlicher, daß eine banale Gleichgewichtsstörung den alten Mann von der Leiter befördert hatte.

„Franz hat den Hof sehr jung übernommen. Sein Vater, mein Schwiegervater, hatte sich gleich zu Beginn des Krieges als Soldat einziehen lassen. Daher mußte der älteste Sohn ran, auch wenn der noch keine zwanzig war." Elmars Mutter knetete mit aller Macht den klebrigen Teig durch. Es erstaunte mich, wie kräftig sie war. Zwar war sie von ihrer Figur her eher zierlich, aber die tägliche Arbeit mußte sie kräftig und zäh gemacht haben.

„Eigentlich wurden die Bauern zur Versorgung des Landes auf dem Hof gelassen", führte Elmars Mutter weiter aus, „aber mein Schwiegervater war leider Gottes ein Überzeugter. Er ist freiwillig gegangen, nachdem er hatte vorweisen können, daß für den Hof gesorgt war. Er war sechs Monate an der Front. Dann kam die Todesnachricht. Allerdings weiß ich all das nur aus Erzählungen. Mein späterer Mann Paul war zu der Zeit schließlich erst zehn. Wir lernten uns kennen, als er fünfundzwanzig war."

„Im Alter von Franz einen Hof zu übernehmen, ist allerdings ein starkes Stück", murmelte ich, „noch dazu in Kriegszeiten."

Elmars Mutter kam nicht dazu zu antworten, denn plötzlich öffnete sich die Küchentür und Elmar steckte seinen Kopf herein.

„Ach, ihr seid's!" meinte er und kam ganz herein. Sein muskulöser Körper, der unter seinem T-Shirt gut erkennbar war, ließ mich daran denken, daß ich bald mal wieder joggen sollte.

Ohne große Begrüßungsformeln ließ Elmar sich am anderen Ende der Küchenbank nieder. Seine Mutter warf einen liebevoll-besorgten Blick auf ihn. „Soll ich dir ein Spiegelei machen? Du hast doch noch gar nichts gegessen."

„Ich nehme mir gleich schon was", grummelte Elmar und fuhr sich mit der Hand durchs Haar.

„Man kann nicht den ganzen Tag arbeiten und dabei nichts essen", schimpfte seine Mutter, knetete aber weiter.

„Heute war die Polizei nochmal da", meinte Elmar in Alexas Richtung, „wieder dieser Steinschulte. Ich glaube, er will sich an diesem Fall goldene Lorbeeren verdienen. Dabei hat er außer Frau Wiegands Aussage überhaupt keine Hinweise auf ein Verbrechen."

Ich erinnerte mich, daß Steinschulte die letzten Male mit seinem Vorgesetzten Hortmann zusammengearbeitet hatte. Es war tatsächlich nicht auszuschließen, daß der junge Kommissar jetzt mal alleine ran durfte und sich beweisen mußte.

„Du hast nun mal ein klassisches Motiv", sagte Alexa. „Für die Polizei ein gefundenes Fressen. Außerdem hast du kein Alibi. Von deinen Schweinen einmal abgesehen."

„Ist das mein Problem?" Elmars Augen glänzten plötzlich. Ich fragte mich, ob das Tränen der Angst oder des Zorns waren. Elmars Mutter wusch sich währenddessen den Teig von den Fingern und breitete ein Tuch über der Schüssel aus. Der Hefeteig mußte jetzt gehen.

„Was ist mit Anne?" wollte Alexa wissen. „Hast du mit ihr sprechen können?"

Elmars Mutter blickte einen Augenblick erstaunt zu Alexa

herüber. „Ich geh' mich mal umziehen!" sagte sie und verließ die Küche. Ich hätte wetten können, daß sie einem Gespräch über Anne auswich.

„Was ist nun?" bohrte Alexa weiter. „Hast du mit Anne gesprochen?"

„Nein!" antwortete Elmar patzig. „Sie ist wie vom Erdboden verschluckt. Das ist ja das Problem. Wahrscheinlich denkt der Steinschulte deshalb, wir beide wären es gewesen. Und während ich hier die Stellung halte, hat Anne sich vorerst aus dem Staub gemacht."

„Das ist doch absurd!" meinte Alexa, während ich selbst noch darüber nachdachte, wie absurd das wirklich war.

„Ich nehme an, sie will irgendwo in Ruhe über unsere Beziehung nachdenken", unterbrach Elmar meine Gedanken. „Ihre Freundin Sabine erzählte, Anne habe erwogen, ein paar Tage allein ans Meer zu fahren."

„Ohne irgend jemandem Bescheid zu sagen?" Das fand immerhin auch Alexa eigentümlich.

„Vielleicht hat sie ihrer Mutter Bescheid gesagt", überlegte Elmar laut, „leider ist die zur Zeit in Kur, und ich kann beim besten Willen nicht sagen, wo."

„Irgend jemand wird das wissen", insistierte Alexa. „Wir sollten die Nachbarn der Mutter fragen, wenn wir dadurch eine Chance haben, an Anne ranzukommen. Du brauchst Anne jetzt so oder so, zumindest als Kumpel."

Elmar schluckte merklich an dieser Bemerkung. Auch seine Stimme war etwas brüchig, als er zu sprechen ansetzte. „Ehrlich gesagt habe ich selbst etwas Angst vor der Begegnung", erklärte er stockend. „Was ist, wenn selbst Anne mir diesen Mord zutraut? Sie wußte doch, wie verzweifelt ich bin. Sie wußte, daß dieses Dilemma mit ihr und meinem Onkel fast unlösbar war. Womöglich traut sie mir eine Kurzschlußreaktion zu."

„Niemand, der dich kennt, traut dir so etwas zu!" Alexa legte ihre Hand auf Elmars Arm, „erst recht nicht die Frau, die dich liebt." Alexa hielt inne, weil sie wußte, daß sie etwas Falsches gesagt hatte. „Oder hast du Angst, daß es aus ist?"

„Ich – ich weiß auch nicht!" Elmars Worte gingen in einem Schwall von Tränen unter. Er, der schon von klein auf hatte Verantwortung übernehmen müssen und der sicherlich arbeiten konnte wie ein Stier, schluchzte wie ein kleines Kind in seine großen Hände hinein. Alexa streichelte vorsichtig seinen Rücken, ich selbst saß da und dachte, daß ich besser nicht da wäre. Alexa merkte das und warf mir einen Blick zu, der irgendwo zwischen Verzweiflung und Zuneigung lag.

„Ich ertappe mich ja selbst dabei, wie ich denke, jetzt ist alles einfacher", schluchzte Elmar tränenüberströmt. „Diese ständigen Streitereien wegen dem Hof haben mich in der letzten Zeit richtig fertiggemacht. Ständig nörgelte er an mir herum. Jede Veränderung lehnte er schlichtweg ab. Dabei ist jedem Idioten klar, daß man den Hof nicht so weiterführen kann wie bisher. Er geht sonst innerhalb kürzester Zeit den Bach runter."

„Was konkret wolltest du denn verändern?" Ich hoffte, mit einem solchen Sachthema würde Elmar sich leichter wieder fangen.

„Bei den Preisen kommen wir mit dem Hof schon seit langem nur so gerade eben über die Runden", erklärte er, während er sich mit einem Taschentuch die Nase schneuzte. „Und das wird sich wahrscheinlich auch in Zukunft nicht ändern. Es wird wohl eher noch schwieriger werden, so daß wir den Betrieb weiter vergrößern müssen. Konkret habe ich mich für Öko-Landwirtschaft interessiert. Es gibt da ganz gute Förderungsmöglichkeiten, und ich bin sicher, daß bald die große Stunde der Biobauern kommt. Ein paar neue Skandale, und die Verbraucher sind ausreichend motiviert, um etwas mehr für ihre Lebensmittel zu bezahlen."

„Bist du sicher?" Ich erinnerte mich, daß ich beim Einkaufen sehr wohl auf die Preisschilder achtete.

„Guck dir den Rinderwahnsinn in Großbritannien an. Jeder sagt dir, so etwas kann in Deutschland nicht passieren. Wir haben bessere Kontrollen und so. Soll ich dir was sagen? Ich bin überzeugt, daß es diese Krankheit längst bei uns gibt. Es wird nur nicht darauf getestet, deshalb ist es noch nicht rausgekommen."

„Meinst du wirklich?" Das Steak, das ich erst letzte Woche zusammen mit Leo gegessen hatte, lag mir plötzlich wieder schwer im Magen.

„Na, ich weiß nicht", meinte Alexa und sah mehr als skeptisch aus.

„Kannst du garantieren, daß im Kraftfutter für Rinder kein Tiermehl ist? So genau ist das Futter gar nicht deklariert. *Tierisches Eiweiß* steht darauf, mehr nicht. Und kontrolliert werden die Futterinhaltsstoffe schon mal gar nicht. Außerdem haben etliche Tiere aus Großbritannien in den letzten Jahren die Grenzen passiert. Es wäre ein Wunder, wenn BSE bei uns noch nicht in den Ställen wäre."

„Es gibt keinerlei Krankheitsfälle in Deutschland, sonst wäre längst Großalarm ausgerufen worden", maulte Alexa.

„Die Tiere werden sehr jung geschlachtet", argumentierte Elmar. „Wahrscheinlich bricht die Krankheit in den seltensten Fällen aus, doch der Erreger kann ja trotzdem im Körper sein."

Alexa legte einen Gesichtsausdruck auf, der ihre Meinung ganz offenkundig machte.

„Auf jeden Fall wolltest du den Betrieb umstellen?" dirigierte ich das Thema in eine andere Richtung, um weitere Fachdiskussionen zu vermeiden.

„Ich habe erst vor einem Jahr angefangen, mich damit zu beschäftigen", erklärte Elmar, der sich inzwischen sichtlich beruhigt hatte. „Unsere Sauenhaltung ist immer schon relativ artgerecht gewesen, keine Vollspaltenböden, Liegeplätze, Strohhaltung, aber natürlich erfüllen wir bei weitem nicht die Richtlinien der Öko-Verbände. Fütterung, Freilauf, Medikamente müßten weiter umgestellt werden. Sollte ich das jemals schaffen, würde ich gleichzeitig mästen und eine Direktvermarktung anstreben, Verkauf hier am Hof. Aber all das waren Dinge, vor denen mein Onkel die Augen verschlossen hat. Allein die Vorstellung, hier auf lange Sicht einen Hofladen zu eröffnen, hat ihn ganz krank gemacht. Er meinte, es wäre unter unserer Würde, selbst hinterm Verkaufstresen zu stehen. Schon daß ich mir die Hühner angeschafft habe, konnte er nicht verstehen. Ich hab's immer damit begründet, daß es mein Hobby ist. Aber daß seitdem Leute zum Eierkaufen auf den Hof kamen, war meinem Onkel gar nicht recht. Und als ich einmal einen Berater von Bioland herbestellt hatte, hat er mich beinah gelyncht." Elmar rieb sich müde die Stirn. „Natürlich sehe ich die ganze Sache nicht durch die rosarote Brille. Eine Menge Investitionen wären notwendig, und ob es klappt, ist dann immer noch unsicher."

„Kannst du dir vorstellen, die Sache durchzuziehen, jetzt, wo dein Onkel tot ist?"

Elmar blickte starr auf die Tischplatte vor sich. „Im Moment weiß ich noch überhaupt nichts. Ob ich überhaupt weitermachen soll und in welcher Form. Vor allem möchte ich Klarheit wegen Anne haben, aber dazu müßte sie sich erstmal melden."

„Vielleicht fällt mir ja was ein", murmelte Alexa, und dann versank sie ins Grübeln.

Dieser Zustand dauerte an, bis wir im Auto saßen und zurückfuhren.

„Man sollte mit den Leuten sprechen, die kurz vorher auf dem Hof waren", riß ich Alexa aus ihren Gedanken. Meine Freundin blickte erstaunt hoch. „Wenn man in der Sache wirklich weiterkommen will, ist das die einzige Möglichkeit."

„Willst du denn weiterkommen?" Alexa sah mich nachdenklich von der Seite an.

„Vermutlich ist nicht viel dran an der Geschichte. Seien wir mal ehrlich: Wahrscheinlich hat die vermeintliche Ohrenzeugin sich getäuscht. Nachdem sie den Toten gefunden hat, wird sie unter Schock gestanden haben, da phantasiert man sich wahrscheinlich alles mögliche zusammen, vor allem, wenn man abends viel allein ist und Fernsehen guckt."

„Kann schon sein!" murmelte Alexa.

„Ich denke mir einfach, wenn man mit den Zeugen gesprochen hätte, könnte man die Sache für sich besser einschätzen", argumentierte ich.

„Aber wie sollen wir das machen?"

„Von 'wir' kann gar nicht die Rede sein", warf ich ein. „Ich habe Schule und muß mich um tausend Sachen kümmern. Aber du hast doch morgen frei. Außerdem bist du im Dorf bekannt. Man wird dir daher gerne Auskunft geben."

„Soll ich einfach zu den Leuten hinlatschen und ihnen

ein paar merkwürdige Fragen stellen?" Alexa ließ allein durch ihren Tonfall durchblicken, daß das ganz und gar unter ihrer Würde war.

„Ist es so abwegig, daß du als Elmars Freundin dich um die Klärung der Zusammenhänge bemühst?"

„Ich weiß nicht!" Alexa sah nicht gerade glücklich aus angesichts der Aufgabe, die sie da übernehmen sollte. Andererseits hatte ich den Eindruck, daß sie schon begonnen hatte, sich auszudenken, wie sie es am besten anstellen sollte. „Aber wenn's jetzt gar nicht klappt", sagte sie plötzlich und hatte ihren Hundeblick aufgelegt.

„Dann kannst du mich ja anrufen", seufzte ich. Und Alexa machte ein zufriedenes Gesicht.

8

Altenschlade war ein so kleiner Ort, daß er nicht einmal über Straßennamen verfügte. Die Häuser waren schlichtweg durchgezählt. Als Alexa in dem winzigen Dörfchen das Haus mit der Nummer 8 suchte, eröffnete sich ihr eine scheinbare Idylle. Drei Frauen hatten sich mit einem Besen bewaffnet, um die Straße von heruntergefallenem Laub zu befreien, waren darüber allerdings in ein Schwätzchen verfallen. Als Alexas Auto sich dem Trüppchen näherte, hielten die drei in ihrem Gespräch inne und starrten das Fahrzeug samt Inhalt unverwandt an. Man hätte den Eindruck gewinnen können, daß hier nur alle paar Wochen ein fremdes Auto vorfuhr. Ungeniert folgten die Blicke der Frauen Alexas Wagen, besonders als dieser nach wenigen Minuten am Straßenrand anhielt.

„Einen guten Tag zusammen", sagte Alexa fröhlich und hoffte, damit das geballte Mißtrauen einzuschmelzen, das ihr in den Gesichtern der Frauen entgegenschwappte. „Sie haben bestimmt jeden Tag gut mit dem Fegen zu tun, bei diesen vielen Bäumen hier."

Die Frauen nickten, murmelten auch etwas, was ein wenig wie „Guten Tag" klang, und schauten Alexa ansonsten weiter an, als käme sie vom Mars.

„Suchen Sie wen?" fragte schließlich eine von den dreien, als benötigte man eine Legitimation, um diese Straße zu befahren.

„Genau. Deshalb bin ich hier. Frau Behrend wohnt ja hier in der Nummer 8. Ich weiß, daß sie in Kur ist, und dort würde ich sie gerne besuchen. Leider habe ich den Zettel verloren mit ihrer Anschrift drauf und da wollte ich Sie als Nachbarinnen mal fragen."

Die drei starrten Alexa jetzt an, als hätte die gerade zugegeben, daß sie in das leerstehende Haus ein wenig einbrechen wolle und zu diesem Zwecke von den Nachbarn den Schlüssel verlange.

„Woher kennen Sie denn die Frau Behrend?" wollte schließlich diejenige der Frauen wissen, die eben schon die Frage gestellt hatte. Wahrscheinlich war sie insgeheim die Gruppensprecherin.

„Ich bin eine gute Freundin von ihrer Tochter Anne", log Alexa ohne Zögern. „Wir kennen uns aus unserer gemeinsamen Schulzeit. Anne ist ja leider im Urlaub, sonst hätte ich mir die Adresse natürlich von ihr geholt. Um ehrlich zu sein", Alexa wandte sich jetzt ganz vertrauensvoll an die Dorffrauen, „Anne hat mich gebeten, ein wenig nach ihrer Mutter zu sehen. So ganz viele Freunde hat sie ja nicht." Das war aus der Hüfte geschossen, ganz klar, aber man konnte es ja mal versuchen.

„Die Frau Behrend hat mir tatsächlich ihre Telefonnummer hiergelassen", sagte die Gruppensprecherin jetzt zögerlich, „für den Fall, daß mit dem Haus was ist."

Dann rück sie endlich raus, dachte Alexa genervt. Laut sagte sie: „Na wunderbar, dann kann ich Annes Mutter ja anrufen und nach dem Kurort fragen. Ich bin Ihnen ja so dankbar für Ihre Hilfe."

Endlich sah auch die Gruppensprecherin ein, daß sie die Hilfe jetzt nicht mehr verweigern konnte. Sie stellte umständlich ihren Besen an den Jägerzaun, der den Gehsteig von ihrem Grundstück abgrenzte, und ging schwerfällig auf ihr Haus zu. Unterwegs drehte sie sich noch einmal nach Alexa um, als wolle sie sich vergewissern, daß sie auch wirklich vertrauenswürdig sei. Alexa lächelte extrafreundlich. Die anderen beiden Frauen fingen demonstrativ an zu fegen, um bloß kein weiteres Gespräch aufgedrängt zu bekommen. Nach etlichen Minuten kam die Nachbarin wieder heraus.

„Das ist die Nummer. Sehen Sie nur zu, daß sie nicht in fremde Hände gerät."

Was dachte diese Frau eigentlich? Daß man mit dem Wissen um eine Telefonnummer aus der Ferne einen ganzen Kurort mit einem Fluch belegen könnte? Alexa riß sich zusammen.

„Um Gottes willen", sagte sie verschwörerisch. „Ich werde die Nummer auf keinen Fall weitergeben. Ich werde nur kurz anrufen und den Zettel danach sofort vernichten."

Die Gruppensprecherin bemerkte die Ironie nicht im geringsten.

„Nochmals meinen herzlichsten Dank", Alexa ging schleunigst zu ihrem Auto und winkte ein letztes Mal mit der Nummer. „Und fröhliches Fegen."

Alexa wendete mit Karacho und machte sich aus dem Staub. War das eine Prozedur gewesen! Ob die Menschen in diesem Kuhkaff so mißtrauisch waren, weil sie von Fremden in der Vergangenheit nichts als Bedrohung zu erwarten gehabt hatten? Verteidigte man sich früher gegen räuberische Eindringlinge, so mußte man sich heute doch wohl eher vor dummschwatzenden Anlageberatern in acht nehmen. Alexa hielt an einer Bushaltestelle. Immerhin ein Kontakt zur Außenwelt, dachte sie, während sie die hart umkämpfte Telefonnummer in ihr Handy hämmerte. Am anderen Ende meldete sich ein Sanatorium in Bad Neuenahr. Alexa fragte nach Frau Behrend und bekam als Antwort eine metallische Version von „Pour Elise" ins Ohr geschremmelt. Zwischendurch leierte eine Frauenstimme: „Bitte warten! Bitte warten!" Endlich meldete sich jemand, leider nicht Frau Behrend, sondern eine Frau Sommer.

„Ich möchte gerne Frau Behrend sprechen, bin ich da richtig?"

„Frau Behrend ist meine Mitbewohnerin, einen Moment bitte." Offensichtlich wurde das Telefon durch die Gegend gereicht, es knackte und grummelte, und Alexa dachte schon, das Gespräch sei weg, als sich endlich eine tiefe Stimme mit „Behrend" meldete.

„Hier ist Alexa Schnittler", erklärte Alexa, „eine Freundin von Elmar Schulte-Vielhaber. Es klingt vielleicht ungewöhnlich, daß ich mich bei Ihnen melde, aber es ist für uns die einzige Möglichkeit, um mit Ihrer Tochter Anne Kontakt aufzunehmen. Es ist nämlich so, daß Elmar ziemlich in Schwierigkeiten steckt, weil sein Onkel tödlich verunglückt ist und er selbst deshalb... Auf jeden Fall wäre es gut, wenn Anne sich mal bei Elmar melden würde. Haben Sie Annes Adresse?"

In der Leitung trat Stille ein. Offensichtlich mußte Frau Behrend erstmal Alexas Sermon verarbeiten.

„Ich habe Annes Adresse nicht und auch keine Nummer", sagte Frau Behrend schließlich. Alexa rutschte das Herz in die Hose. Alle Mühe umsonst!

„Aber Anne wird sich heute abend bei mir melden. Ich werde ihr dann ausrichten, was Sie mir gesagt haben."

„Großartig!" Also doch nicht umsonst.

„Ich danke Ihnen sehr für Ihren Anruf!"

„Ich habe zu danken, und gute Erholung!" Alexa atmete tief durch. Das hatte schon mal geklappt. Jetzt konnte es weitergehen. Als Alexa losfuhr, kam ihr ein weißer Golf entgegen. Wenn sie nicht alles täuschte, saß Christoph Steinschulte auf dem Beifahrersitz. Alexa grinste in sich hinein. Wenn jetzt noch ein waschechter Polizeibeamter nach Frau Behrends Adresse fragte, dann würden die drei Fegerinnen mit Sicherheit davon ausgehen, das gesamte menschliche Unheil sei über ihr kleines Altenschlade hereingebrochen.

9

Auf dem Weg in ihr Heimatdorf Renkhausen beschloß Alexa, ihren Eltern erst einen Besuch abzustatten, wenn sie ihre Fragestunde hinter sich gebracht hatte. Womöglich hielt sie sich sonst zu lange auf und umging damit die unangenehme Zeugenbefragung. Gerade hatte Alexa noch bei Elmar angerufen und ihm von ihrem Telefonat mit Frau Behrend erzählt. Dann hatte sie die Namen der Leute erfragt, die am Tage des Unfalls auf dem Hof gewesen waren. Elmar hatte ihr vier Namen gegeben und zugleich eine kurze Beschreibung, wo die Leute wohnten. Dabei hatte Alexa mit drei der Namen sofort etwas anfangen können. Und die vierte Person schien auch nicht schwer zu finden zu sein. Alexa warf noch einmal einen Blick auf den Zettel mit den Namen, der neben ihr auf dem Beifahrersitz lag. Gertrud Wiegand, damit würde sie anfangen. Sie war schließlich die wichtigste Zeugin, da sie das vermeintliche Gespräch zwischen Franz Schulte-Vielhaber und seinem Mörder mitangehört hatte.

Gertrud Wiegand wohnte nicht weit von Elmars Hof entfernt. Ihr Häuschen gehörte zu einer Ansammlung von Häusern am Dorfrand, die dem Schulte-Vielhaber'schen Hof am nächsten lag. Als Alexa vor dem schmucklosen braunen Haus ausstieg, überlegte sie, wie lange Gertrud Wiegands Mann schon tot war. Alexa hatte ihn jedenfalls nicht mehr kennengelernt. Für sie war Wiegands Gertrud Zeit ihres Lebens Witwe gewesen. Ohne Kinder hatte sie in ihrem Häuschen gewohnt und eine große Selbständigkeit an den Tag gelegt. Wenn Alexa sich richtig erinnerte, war sie bis vor kurzem ab und an mit einem alten Mofa in die nahegelegene Stadt gefahren, um Besorgungen zu machen. In letzter Zeit hatte sie diese Fahrtätigkeit wohl drangegeben. Jedenfalls hatte Alexa sie ein- oder zweimal an der Bushaltestelle stehen sehen und mitgenommen.

Auf dem Weg zur Haustür sah Alexa bereits einen Schatten hinter dem Fenster. Zum Glück war jemand zu Hause. Trotz des Schattens mußte Alexa klingeln, um hineingelassen zu werden. Als Gertrud Wiegand die Tür öffnete, sah Alexa, daß sie gleichzeitig ihre Schürze hinten aufknotete. Einen Moment stutzte die grauhaarige Hausbesitzerin, dann erhellte sich ihr Gesichtsausdruck. „Schnittlers Alexa?" sagte sie, halb Frage, halb Feststellung. „Man sieht es dir gleich an", erklärte sie dann. „Du kommst ganz nach deinem Papa."

„Ja, da kann man nichts machen", sagte Alexa im Bemühen, ganz locker zu wirken. Immerhin war Frau Wiegand inzwischen zwei, drei Schritte zurückgetreten, um Alexa hineinzulassen.

„Vielleicht können Sie sich denken, warum ich gekommen bin", sagte Alexa, als sie Frau Wiegand in den Flur folgte.

„Natürlich", antwortete Frau Wiegand, die inzwischen ihre Schürze über das Treppengeländer gehängt hatte. „Es gibt im Moment eigentlich nur ein Thema, über das die Leute mit mir reden möchten."

„Das kann ich mir vorstellen." Alexa folgte Gertrud Wiegand in ein penibel aufgeräumtes Wohnzimmer. Es war halbdunkel darin und sah aus, als würde es nur genutzt, wenn Besuch da war. Frau Wiegand knipste das Licht an, was das Zimmer aber nur minimal erhellte. Zumindest wurde jetzt das Mobiliar sichtbar, eine Chippendale-Polstergarnitur, im passenden Ton dazu eine dunkle Schrankwand. Alexa atmete tief durch. Sie hatte in diesem Ambiente das Gefühl, nicht genug Luft zu bekommen.

„Du bist mit Elmar gut befreundet, nicht wahr? Komm, setz dich erstmal!" Gertrud Wiegand ließ sich selbst in einen der Sessel fallen, Alexa nahm auf der vordersten Kante des Chippendale-Sofas Platz. Direkt vor ihr stand auf dem Wohnzimmertisch eine Porzellanschale mit angestaubten Plätzchen, die den Eindruck erweckten, sie hätten schon den Ersten Weltkrieg miterlebt.

„Zumindest war ich in meiner Kindheit gut mit ihm befreundet", erklärte Alexa. „Der Kontakt ist jetzt nicht mehr sehr intensiv. Aber trotzdem hat mich die Nachricht von dem - dem Todesfall sehr mitgenommen." Alexa hatte einen Augenblick in ihrer Wortwahl gezögert. Mit dem Wort „Unfall" hätte sie Gertrud Wiegands Zeugenaussage von vornherein für unglaubwürdig erklärt. Andererseits sträubte sie sich nach wie vor dagegen, von Mord zu sprechen.

„Du kannst mir glauben. Ich bin immer noch nicht über den Anblick des alten Schulte-Vielhaber hinweg", erklärte Frau Wiegand. „Sowas bekommt man Gott sei Dank nicht alle Tage zu sehen."

„Ich kann mir vorstellen, daß sein Anblick Sie erschüttert hat. Er ist ja aus mehreren Metern Höhe gestürzt und muß gräßlich ausgesehen haben."

„Das ist die eine Sache", sagte Frau Wiegand und ihre Stimme nahm plötzlich einen eindringlichen Tonfall an.

„Aber zu wissen, daß ihn da jemand heruntergestürzt hat, ist das wirklich Unheimliche. Du kannst mir glauben, ich habe seitdem keine Nacht mehr ruhig schlafen können." Alexa wußte, daß sie jetzt am Kernpunkt des Gesprächs angekommen waren.

„Was genau haben Sie denn vorher gehört?" Frau Wiegand sammelte sich einen Augenblick. Dann begann sie zu sprechen, wobei sie Alexa mit einem konzentrierten Blick anschaute.

„Ich hatte ziemlich lange mit Hannah geplauscht", begann sie, und Alexa war sich sicher, daß sie die Geschichte inzwischen schon hundertmal hatte erzählen müssen. Trotzdem war ihre Schilderung von ungeheurer Intensität. „Wir hatten über alles mögliche gesprochen, über das Erntedankfest, über die Chorproben, über den Pastor." Alexa wußte, daß gerade letzteres im Dorf ein dankbares Thema war.

„Dann aber schaute ich auf die Uhr und stellte fest, daß ich mich überall zu lange aufgehalten hatte. Auf dem Weg zu Schulte-Vielhabers hatte ich nämlich schon Hilde Domscheidt getroffen und mit der eine Viertelstunde palavert. Kurz: Ich mußte mich beeilen. Es war schon halb vier, und ich hatte Schmidten Leni versprochen, noch bei ihr vorbeizukommen." Alexa nickte, um ihr Interesse zu signalisieren. Sie wußte, wer Schmidten Leni war: die Frau, die bis vor kurzem die kleine Postfiliale im Ort geführt hatte.

„Ich hatte es ziemlich eilig, als ich dann mit meinem Korb voller Eier über den Hof ging. Deshalb achtete ich auch nicht gleich auf die Geräusche, die hinter der Scheune herkamen. Erst als ich den Hofplatz fast überquert hatte, wurde ich aufmerksam auf die Stimmen. Ich habe vom Dach der Scheune ganz deutlich eine Stimme gehört, und zwar die von Franz Schulte-Vielhaber selbst. Sehen konnte ich ihn nicht, doch habe ich einigermaßen verstanden, was er gesagt hat. Er brüllte: 'Laß mich in Ruhe und pack dich weg'. Kurze Zeit später hörte ich dann 'Ich habe nichts Schlimmes getan' oder so ähnlich, und dann schrie der Bauer noch: „Laß die Leiter stehen!". Kurz drauf hörte ich einen Schrei und dann ein metallenes Geräusch, wohl von der Leiter, die aufgeknallt ist."

Alexa hörte atemlos zu. Gertrud Wiegands Bericht fesselte sie.

„Und dann? Sind Sie dann hingelaufen?"

„Ich habe einen Schreck gekriegt. Ich wußte sofort, daß etwas Schreckliches passiert war. Dieser Aufprall und dieser gräßliche Schrei!" Alexa sah, daß Frau Wiegand auch jetzt noch mit den Bildern zu kämpfen hatte.

„Wenn ich Sie richtig verstehe, haben Sie nur eine Stimme gehört, nicht wahr?"

„Nein, ich habe zwei Stimmen gehört. Nur habe ich nicht verstanden, was der andere gesagt hat. Seine Stimme war viel schlechter zu verstehen. Vermutlich hat er am Boden gestanden."

„Und Sie sind sich ganz sicher?"

Frau Wiegand sah Alexa einen Augenblick fest in die Augen, bevor sie antwortete. „Meinst du, ich weiß nicht, daß ich damit den Elmar belaste? Aber ich kann nichts anderes als die Wahrheit sagen. Obwohl ich den Elmar gerne hab' und weiß, welchen Ärger er oft mit dem Franz hatte. Als ich ankam und über den Hof ging, habe ich die beiden doch noch streiten sehen. Sie standen vorm Stall und gifteten sich an. Ich weiß, wie schwer Elmar es mit dem Alten hatte, das kannst du mir glauben. Aber trotzdem: Ich habe die Stimmen gehört, und ich habe zum Teil verstanden, was sie gesagt haben. Das ist einfach so."

„Dann müßten Sie auch sagen können, ob Elmars Stimme dabei war."

„Das hat mir der Herr Kommissar auch immer wieder gesagt. Aber dem ist nicht so. Das kann ich wirklich nicht sagen, ob es der Elmar war, der von unten gesprochen hat. Ich kann die undeutliche Stimme nicht zuordnen, obwohl ich sie seitdem noch hundertmal in meinem Kopf gehört habe. Ich kann nur eins sagen. Es war eine männliche Stimme", erklärte Frau Wiegand selbstsicher. „Das weiß ich ganz genau."

„Haben Sie denn vorher irgend jemanden auf dem Hof gesehen?" Alexas Stimme war voller Hoffnung. „Ich meine jemanden, der nicht zum Hof gehört?"

„Auch diese Frage mußte ich zigmal beantworten. Es

tut mir leid, aber ich habe keinen Menschen getroffen."

Auf dem Weg zum Auto gingen Alexa immer wieder die Sätze durch den Kopf, von denen Gertrud Wiegand ihr erzählt hatte. 'Ich habe nichts Schlimmes getan', 'Laß mich in Ruhe und pack dich weg', 'Laß die Leiter stehen'. Als sie schließlich im Auto saß, schrieb sie die Sätze auf einen Zettel, der im Handschuhfach lag. Außerdem noch ein paar Stichworte, die ihr wichtig erschienen. Bevor sie den Motor startete, öffnete sie das Fenster. Als sie schließlich den Schlüssel im Zündschloß drehte, wurde ihr eine Sache klar: Sie glaubte Gertrud Wiegand. Sie war davon überzeugt, daß die Stimmen nicht nur in ihrem Kopf, sondern in der Wirklichkeit vorhanden gewesen waren. Gleichzeitig war Alexa von einer erstaunlichen Energie beseelt. Sie glaubte zwar, daß Franz Schulte-Vielhaber ermordet worden war, aber es war undenkbar für sie, daß Elmar damit zu tun hatte. Nicht, weil er dazu nicht grundsätzlich in der Lage wäre. Da wollte Alexa sich kein Urteil erlauben. Im Affekt, in einem Moment des Zorns, der Verzweiflung, war man sicherlich zu vielerlei in der Lage. Aber sie war sich sicher, daß Elmar sie nicht angelogen hatte. Er hatte behauptet, daß er es nicht gewesen war, und das stimmte. So gut kannte sie Elmar. Auch heute noch.

10

Als Alexa ihren dritten Besuch antrat, war sie bereits ziemlich erschöpft. Das Gespräch mit Gertrud Wiegand ging ihr nach. Der Auftritt bei Gustav Reineke war zwar sehr viel weniger spektakulär gewesen, hatte Alexa aber anfangs mehr Überwindung gekostet, weil sie den Mann nicht kannte. Er wohnte ebenfalls am Rande des Dorfes, allerdings am anderen Ende, dort wo es nach Hesperde, der nächsten Kleinstadt, ging. Gegenüber der Neubausiedlung, von der aus man einen phantastischen Blick über die Wiesen und Felder oberhalb des Tales hatte, standen einige ältere Häuser, von denen Gustav Reineke vor kurzer Zeit eines gekauft hatte. Soweit Alexa sich erinnern konnte, hatte hier vorher ebenfalls ein alter Mann allein gewohnt.

Vermutlich war er gestorben, und die Erben hatten kein Interesse an dem Haus gehabt. Als Alexa sich dem Haus näherte, sah sie, daß es sehr nett hergerichtet war. Es hatte einen neuen Anstrich erhalten, außerdem hatte sich im Eingangsbereich etwas verändert. Ein kleines hölzernes Vordach war angebracht worden, das dem Haus Pfiff verlieh. Als Alexa auf einem gepflasterten Weg zur Haustür ging, hatte sie bereits das Gefühl, daß niemand zu Hause war. Augenblicklich stellte sich Erleichterung ein. Die ganze Zeit über hatte sie an Formulierungen gebastelt, die erklärten, warum sie sich erlaubte, bei diesem Fremden Untersuchungen anzustellen. Bislang war ihr nichts wirklich Passendes in den Sinn gekommen. Alexa klingelte daher nur noch aus reinem Pflichtgefühl. Sie war sich sicher, daß niemand öffnen würde. Sie wartete nur einen kurzen Moment, dann machte sie sich auf den Rückweg. Etwa auf der Hälfte des Weges wich die Erleichterung. Ein Mann, den Alexa auf Mitte sechzig schätzte, war mit einem Fahrrad herangefahren und hielt direkt vor der Einfahrt zur Garage. Er hatte graues, welliges Haar, das wohl einmal schwarz gewesen war. Auffällig waren seine buschigen Augenbrauen, unter denen sich fröhliche braune Augen verbargen. Der Mann lächelte freundlich, als Alexa auf ihn zuging.

„Wollten Sie zu mir?"

„Wenn Sie Herr Reineke sind?"

„Der bin ich. Was kann ich für Sie tun?" Wieder lächelte der Herr sein aufgeschlossenes Lächeln. Er war Alexa sofort sympathisch.

„Mein Name ist Alexa Schnittler. Ich bin mit Elmar Schulte-Vielhaber befreundet, dessen Onkel vor ein paar Tagen ums Leben gekommen ist. Es wird Ihnen vielleicht seltsam erscheinen, aber ich versuche aus rein privaten Motiven, etwas Licht in die Geschehnisse des Todestages zu bringen, und dabei bin ich auf Ihren Namen gestoßen."

„Ich verstehe." Wenn Gustav Reineke Alexas Anliegen verwunderlich fand, so ließ er es sich jedenfalls nicht anmerken. „Wenn es Ihnen nichts ausmacht, bringe ich nur gerade das Fahrrad in den Schuppen." Reineke machte sich sogleich ans Werk. Der Schuppen war die alte Garage, die sich linker Hand an das Wohnhaus anschloß. Nachdem er sein Fahrrad durch eine Tür im Garagentor hineingeschoben hatte, kam er zu Alexa zurück.

„Kommen Sie doch mit herein!" forderte er Alexa auf, während er den Haustürschlüssel aus der Jacke kramte. „Aber ich kann Ihnen schon jetzt sagen, daß ich Ihnen nicht allzu viel helfen kann, fürchte ich."

Eigentlich hatte Alexa genau das erwartet, trotzdem folgte sie dem Hausbesitzer dankbar hinein. Das Innere war um einiges moderner eingerichtet als Gertrud Wiegands Haus. Außerdem wirkte alles frisch renoviert. Gustav Reineke hatte sich viel Mühe mit seinem neuen Zuhause gegeben.

„Wohnte früher nicht Herr Droste hier?" fragte Alexa, als sie dem Gastgeber ins Eßzimmer folgte. „Ist er gestorben?"

„Herr Droste wohnt jetzt im Altenheim in Hesperde", erklärte Reineke, während er sich die Jacke auszog. „Er hat das Haus verkauft, um sich die Unterbringung dort leisten zu können."

„Hatte er keine Kinder, die das Haus wollten?" Alexa fragte sich im selben Moment, ob ihre Frage Herrn Reineke treffen konnte. Es hörte sich fast so an, als würde sie ihm das Haus nicht gönnen. Ihr Gegenüber reagierte keineswegs peinlich berührt.

„Im Gegenteil!" antwortete er. „Der einzige Sohn war froh, als die Immobilie endlich verkauft war. Ansonsten hätte er selbst nämlich die Heimkosten tragen müssen."

Alexa trat ans Fenster und genoß den Blick auf den schönen Garten. Auch hier hatte Gustav Reineke Wunder gewirkt.

„Ich besuche Herrn Droste gelegentlich", sagte Reineke zu Alexas Verwunderung. „Er fühlt sich nicht sehr wohl im Heim. Kein Wunder, wenn man vorher einen so schönen Garten hatte."

„Ich nehme an, Sie haben ihn erst zu dem gemacht, was er jetzt ist." Alexa lächelte. Herr Reineke zog sich einen Stuhl heran, bevor er antwortete. „Ein schöner Garten entwickelt sich von selbst, finden Sie nicht? Dieser Garten lebt von seinen alten Bäumen und Sträuchern, von seinen

Wegen und Gräsern. Ich pflege ihn zwar, aber seine Schönheit kommt von selbst."

„Sind Sie eigentlich zum Philosophieren hier aufs Land gezogen?" Gustav Reineke lachte. Alexa fand, daß er einen ungemeinen Charme hatte.

„Gar nicht so falsch", schmunzelte er. „Ich habe in der Tat für meinen Altersruhesitz etwas Ruhiges gesucht."

„Darf ich fragen, wo Sie ursprünglich herkommen?" Alexa wandte sich um und nahm auf einem der Eßtischstühle Platz.

„Fragen dürfen Sie schon", sagte Herr Reineke. „Aber es ist nicht so leicht zu beantworten. Ich habe fast mein ganzes Leben im Ruhrgebiet gewohnt, in Bochum genauer gesagt. Dort war ich Ingenieur beim Straßenbauamt. Geboren bin ich jedoch in Schlesien."

„Und nun sind Sie im Sauerland gelandet!" stellte Alexa trocken fest.

„Genau!" antwortete Gustav Reineke augenzwinkernd. „Sie kommen doch selbst von hier. Folglich können Sie mich zu meinem Schicksal beglückwünschen." Nun lachte Alexa.

„Zufällig ist mein Freund Vincent Rheinländer. Der tut sich manchmal ganz schön schwer mit dieser Gegend. Er hält uns wohl nicht gerade für aufgeschlossen."

„Nun, ein sauerländisches Dorf hat natürlich ganz feste, eingefahrene Strukturen. Als Fremder kommt man nicht so ganz leicht dazwischen", gab Reineke zu. „Aber für meine Bedürfnisse reicht's. Ich habe das Gefühl, die Leute akzeptieren mich."

„Doch was hat Sie bewogen, sich gerade hier ein Haus zu suchen? Haben Sie mit einem Dartpfeil auf die Landkarte gezielt?"

Reineke lachte wieder, laut und herzlich. „Ganz so war es nicht. Ich kenne die Gegend noch von früher. Aus Zeiten, als Sie noch gar nicht geboren waren. Von daher weiß ich die Landschaft zu schätzen. Ich liebe die Natur. Und die Menschen sind doch überall gleich. Es gibt gute und schlechte, meinen Sie nicht?"

„Natürlich haben Sie recht!" Alexa grinste. „Ich versuche täglich meinen Freund davon zu überzeugen, daß die guten sich vorwiegend im Sauerland aufhalten." Plötzlich wurde Alexa ernst. „Eigentlich bin ich ja wegen etwas ganz anderem gekommen – wegen Franz Schulte-Vielhaber."

„Ich habe es nicht vergessen."

„Elmar Schulte-Vielhaber hat mir erzählt, Sie seien ebenfalls auf dem Hof gewesen, kurze Zeit, bevor das Unglück geschah."

„Ja, danach hat mich die Kriminalpolizei auch schon gefragt. Leider muß ich Ihnen dasselbe berichten wie der Polizei: Mir ist nichts Verdächtiges aufgefallen."

„Sie haben, wie auch Frau Wiegand, Eier geholt, nehme ich an?"

„Genau! Das ist der einzige Grund, warum ich gelegentlich dort auf den Hof fahre. Ich kaufe dort meine Eier."

„Wissen Sie, wann genau das war?"

„Da ich mit dem Fahrrad unterwegs war, kann ich es nicht genau sagen. Es wird so gegen drei Uhr gewesen sein."

„Und als Sie kamen und gingen, haben Sie niemanden gesehen?"

„Natürlich habe ich Frau Schulte-Vielhaber gesehen, die Bäuerin. Sie hat mir schließlich die Eier verkauft. Na ja, und dann war da auch noch der Bauer selbst, der später verunglückt ist. Er stand auf einer Leiter und handwerkte am Dach herum. Den jungen Mann habe ich nicht gesehen – leider nicht, ich finde ihn sehr sympathisch."

„Ja, das ist er."

„Ach ja, als ich ins Haus ging, um mir die Eier zu holen, habe ich noch ein Auto wegfahren sehen, einen Ford mit einem jungen Mann darin. Aber das habe ich der Polizei auch schon erzählt." Alexa vermutete, daß es sich um Elmars Freund Hannes handelte, der nach Elmars Angaben einen Akkubohrer zurückgebracht hatte. Da mußte sie auch noch hin.

Alexa wandte sich wieder an Herrn Reineke. „Das ist alles?"

„Das ist alles." Gustav Reineke schaute bedauernd. „Es tut mir leid, daß ich Ihnen nicht helfen kann."

„Vielen Dank für Ihre Mühen." Alexa stand auf und warf

noch einen Blick aus dem Fenster. Als sie draußen vor ihrem Auto stand, hatte sie das Gefühl, nicht viel Neues erfahren, aber einen netten Menschen kennengelernt zu haben. Jetzt, auf dem Weg zur Nummer drei ihrer Zeugenliste war sie sehr unsicher, was ihre Befragungen bringen sollten. Offensichtlich hatte die Polizei, genauer Christoph Steinschulte, die Leute ausführlich befragt. Was erhoffte sie eigentlich, zusätzlich zu erfahren? Natürlich, der Besuch bei Gertrud Wiegand hatte ihr das Gefühl vermittelt, Franz Schulte-Vielhabers Tod könnte doch kein tragischer Unfall, sondern ein brutaler Mord gewesen sein. Aber die daraus resultierende Ermittlungsarbeit konnten andere bestimmt viel besser bewerkstelligen als sie selbst, oder?

Es war nicht zuletzt Vincent zu verdanken, daß sie jetzt trotzdem aus dem Auto stieg. Schließlich hatte sie ihm versprochen, die Sache durchzuziehen. Wie sollte sie ihm erklären, sie hätte plötzlich keine Lust mehr gehabt, ohne völlig jämmerlich dazustehen?

Alexas Entschlossenheit wurde gebremst, als sich niemand auf ihr Klingeln meldete. Sie schaute auf die Uhr. Gerade vier. Es wäre ein Wunder gewesen, einen arbeitenden Menschen wochentags um diese Uhrzeit anzutreffen. Alexa warf einen Blick auf die andere Klingel. Hannes wohnte noch bei seinen Eltern, hatte aber eine eigene Klingel. Vielleicht hielt er sich gerade bei den Eltern auf. Alexa klingelte, nun bei Johannes Schröder sen. Erst nach dem zweiten Klingeln öffnete eine Frau die Tür. Sie trug eine ziemlich grelle Küchenschürze. In diesem Teil des Dorfes kannte Alexa sich nicht so gut aus. Aber alles sprach dafür, daß sie Hannes Schröders Mutter war.

„Guten Tag, Alexa Schnittler ist mein Name", stellte sie sich vor. „Ich hätte gerne mit Hannes gesprochen. Ist er vielleicht bei Ihnen?"

Die Frau sah sie nachdenklich an. Wahrscheinlich überlegte sie, ob sie Alexa kannte.

„Noch auf der Arbeit", sagte sie dann. „Er kommt immer erst gegen fünf nach Hause. Soll ich was bestellen?"

„Ich müßte schon mit ihm selbst sprechen. Aber vielleicht können Sie ihm meine Telefonnummer geben. Dann kann er mich zurückrufen."

„In Ordnung!" Alexa und Frau Schröder standen sich gegenüber, ohne daß etwas passierte. Einen Moment lang dachte Alexa, ob sie vielleicht zum Auto gehen und dort die Nummer aufschreiben sollte, dann besann sie sich eines Besseren.

„Wenn Sie vielleicht etwas zu schreiben hätten, könnte ich die Nummer eben notieren."

„Natürlich, Entschuldigung!" Hannes' Mutter holte einen Notizblock und einen Bleistift. Beides hatte sicher fein geordnet neben dem Telefon gelegen. Alexa schrieb ihre Handynummer auf und gab das Blöckchen zurück.

„Vielen Dank dann auch!" Alexa versuchte ein Lächeln.

„Nichts zu danken!" Hannes Mutter lächelte schwach zurück. Endlich sagte sie, was sie die ganze Zeit beschäftigte. „Sind Sie eine von Schnittlers Hans?"

„Genau davon bin ich eine", sagte Alexa, „und dem Papa wie aus dem Gesicht geschnitten, nicht wahr?"

Alexa mußte grinsen, als sie Hannes' Mutter eifrig nikken sah.

11

„Ich berechne Ihnen jetzt das Pfand. Sie können die Flasche aber wieder zurückgeben, dann bekommen Sie auch das Pfand zurück."

„Aha!" Alexa gab sich verdutzt angesichts dieses bahnbrechenden Umbruchs, weg vom Einweg- hin zum Zweiwegsystem.

Der Lebensmittelhändler kannte keine Gnade. „Ich kreuz Ihnen das auf dem Kassenbon an. Da kann dann gar nichts schiefgehen. Sehen Sie, das ist die Tüte Gummibärchen – kein Pfand. Das sind die beiden Flaschen Mineralwasser. Da ist Pfand drauf, zweimal dreißig Pfennig, macht sechzig nach Adam Riese. Da mache ich Ihnen jetzt ein Kreuzchen dran. Wenn Sie dann die Flaschen zurückgeben, bekommen Sie das Geld zurück." Der Lebensmittelhändler überreichte Alexa freundlich lächelnd den Kassenbon. „Alles klar an der Bar?" scherzte er und legte seinen Kugelschreiber zur Seite.

„Alles klar!" erwiderte Alexa und griff nach ihrem Einkauf. Sicher, Herr Roseck hatte es vorwiegend mit älteren Leuten aus dem Dorf zu tun, die all ihre Einkäufe in dem kleinen Laden in Renkhausen erledigten. Und sicher waren einige von denen dankbar, daß Herr Roseck sich soviel Zeit für sie nahm. Aber machte Alexa in ihren jungen Jahren den Eindruck, als sei sie mit so hochkomplexen Zusammenhängen wie dem Flaschenpfand hilflos überfordert?

„Das hätten wir dann erledigt", plauderte Herr Roseck weiter, während er Alexas Geld in seine Kasse einsortierte. „Alles im Griff auf dem Schiff!" Schon wieder so eine originelle Metapher. Der Verkäufer schien sich die freie Zeit im Laden mit der Anfertigung spaßiger Reimsätzchen zu vertreiben.

„Na, dann: Tschüssikowski, die junge Frau!"

Alexa drehte sich um, um noch ein bißchen von Herrn Rosecks überbordender Laune aufzuschnappen. Dabei bemerkte sie nicht, daß sie beinahe jemanden umgerannt hätte.

„Tante Ursel!"

„Alexa!"

„Du wirst es nicht glauben", sagte Alexa. „Ich bin gerade auf dem Weg zu dir."

„Zu mir?" Ursel Sauer machte ein erstauntes Gesicht. „Das ist wahrlich eine Seltenheit."

„Ich möchte dich was fragen." Alexa drehte sich um. Herr Roseck lächelte von seinem Kassenstuhl herüber und war ganz Ohr. „Hast du was dagegen, wenn ich im Auto auf dich warte und dich mitnehme?"

„Ganz im Gegenteil. Es hat angefangen zu regnen, und ich habe keinen Schirm dabei."

Draußen regnete es tatsächlich Bindfäden. Schon nach dem kurzen Weg zum Auto fühlte Alexa sich klamm. Sie legte die zwei Flaschen Mineralwasser auf den Rücksitz und riß die Tüte mit Gummibärchen auf. Unwillkürlich fiel ihr ein, daß sie bei Tante Ursel früher auch immer Bonbons bekommen hatte. Sie und ihre Mutter kannten sich aus dem Frauengesangverein. Ursel Sauer war dort Kassenführerin gewesen und Alexas Mutter Zweite Vorsitzende. Jedesmal wenn Alexa Notenblätter, Quittungen oder sonstwas bei Tante Ursel abzugeben hatte, hatte sie ein paar Bonbons erhalten, immer dieselbe Sorte, Zitronenbonbons, die heftig an den Zähnen klebten.

Da kam sie plötzlich durch den Regen gehuscht, Ursel Sauer. Alexa lehnte sich über den Beifahrersitz und machte die Tür von innen auf. Tante Ursel ließ sich seufzend in den Sitz fallen und verstaute ihre Tasche im Fußraum.

„Da habe ich ja richtig Glück gehabt mit dir. So ein Mistwetter."

Alexa ließ den Motor an und fuhr los.

„Du läßt dich aber auch nicht mehr häufig sehen im Dorf", sagte Ursel Sauer plötzlich und setzte sich seitlich, damit sie Alexa ansehen konnte. Dieser unterschwellige Vorwurf an alle, die aus beruflichen Gründen das Dorf verlassen hatten, war Alexa sehr bekannt. Manchmal wußte sie damit nicht umzugehen, glaubte, daß man sie für eingebildet hielt, weil sie aufs Gymnasium und später auf die Uni gegangen war, doch bei Ursel Sauer war das anders. Ursel Sauer mit ihren weißen, etwas zu langen Locken mochte Alexa, das merkte sie, und wenn sie sich über Alexas Fernbleiben beschwerte, dann war das ehrliches Bedauern.

„Ich wohne eben nicht mehr hier", sagte Alexa lapidar. „Aber am Wochenende bin ich ab und zu hier und falle Mama und Papa auf die Nerven."

„Kannst du hier denn keine Stelle finden?"

„Kannst du dir vorstellen, daß es woanders vielleicht auch schön ist?" Alexa lächelte unbestimmt. „Abgesehen davon wohne ich nur 30 Kilometer entfernt. Nicht gerade eine Tagesfahrt."

„Jaja, du hast schon recht. Die jungen Leute müssen sehen, daß sie klarkommen. So soll es ja auch sein."

„Tante Ursel, du kannst dir vielleicht denken, warum ich dich sprechen möchte. Es geht um Elmar Schulte-Vielhaber. Der sitzt, wie du weißt, ganz schön in der Klemme, solange die Polizei ihm nicht glaubt, daß er seinem Onkel nichts zuleide getan hat. Um ihm zu helfen, frage ich alle Personen, die am Tag des Unglücks auf dem Hof waren, nach ihren Beobachtungen. Wie Elmar mir sagte, gehörst du auch dazu?"

„Ja, das stimmt." Ursel Sauer setzte sich wieder in Fahrt-richtung. „Aber ehrlich gesagt, kann ich mich an nichts Außergewöhnliches erinnern. Ich war gegen drei Uhr da, vielleicht ein wenig eher, um Eier zu kaufen und um Hannah die Termine für die zwei Herbstkonzerte zu bringen. Sie singt nämlich auch im Frauenchor mit. Auf jeden Fall habe ich mich nicht lange aufgehalten, weil ich in Eile war. Sonst schon mal klöne ich ja noch ein wenig mit Hannah, aber am Samstag war ich in Eile, weil ich beim Pastor noch etwas abzugeben hatte. Ich war also schon nach einigen Minuten wieder vom Hof."

„Hast du jemanden gesehen?"

„Außer Hannah nur Franz selbst. Er stand auf der Lei-ter und reparierte am Dach herum."

Das kannte Alexa schon.

„Und dir ist niemand begegnet, als du abzogst?"

„Ganz bestimmt nicht. Die Polizei hat mich das ja auch schon gefragt, aber ich bin mir ganz sicher: Ich habe nie-manden gesehen."

Alexa hatte mit keiner anderen Antwort gerechnet, trotz-dem war sie ein wenig enttäuscht. Offensichtlich war ihr das anzumerken, denn Ursel Sauer reagierte sofort.

„Glaub mir, ich würde mir auch wünschen, daß der El-mar nichts damit zu tun hätte."

„Folglich glaubst du, daß er durchaus etwas damit zu tun hat."

„Versteh mich nicht falsch, aber zufällig habe ich ge-stern mit Wiegands Gertrud gesprochen. Sie hat mir von dem Gespräch erzählt, das sie kurz vor dem Unglück mit-angehört hat, und ich muß dir sagen: Ich glaube ihr. Ger-trud ist keine Frau, die sich Sachen zusammenspinnt. Wenn sie sagt, sie hat die Stimmen gehört, dann hat sie sie ge-hört. Da bin ich ganz sicher."

„Ich glaube ihr auch!" Ursel Sauer sah Alexa erstaunt an. „Ich habe ebenfalls mit Gertrud Wiegand gesprochen und ich hatte denselben Eindruck wie du. Es war, wie sie es beschrieben hat. Aber das besagt noch lange nicht, daß es Elmar war, der seinen Onkel von der Leiter gestürzt hat. Denn mit Elmar habe ich auch gesprochen. Und auch bei ihm bin ich mir ganz sicher, daß er die Wahrheit sagt."

„Elmar ist ein guter Kerl, da sind wir uns einig", führte Ursel an, „aber er hatte es verdammt schwer unter der Knute seines Onkels. Das kannst du mir glauben. Kannst du dir nicht vorstellen, daß er im Affekt an der Leiter geruckt hat, und schon war es passiert?"

„Ursel, ehrlich gesagt halte ich das gar nicht für unmöglich, aber ich halte es für unmöglich, daß er anschließend kaltblütig in den Stall geht und tut, als wenn nichts gewesen wäre. Ich habe mit ihm gesprochen. Er hat mir in die Augen geguckt, und er hat mir gesagt, daß er es nicht gewesen ist. Ich glaube ihm einfach."

Ursel überlegte einen Augenblick, bevor sie auf das reagierte, was Alexa gesagt hatte.

„Ja, aber wenn es der Elmar nicht gewesen ist, wer soll es dann gewesen sein?"

Alexa streckte ihren Kopf nach hinten. Sie hatte Verspannungen im Nacken.

„Genau das versuche ich herauszufinden. Tante Ursel, du kennst hier im Dorf doch Hinz und Kunz. Hast du nicht eine Ahnung, mit wem Franz Schulte-Vielhaber Streit hatte? Im Grunde kann es jeder gewesen sein, der sich von hinten an die Scheune herangeschlichen hat. Insofern müssen wir alle möglichen Motive in Betracht ziehen." Alexa kam sich schon blöd vor, nachdem sie den Satz ausgesprochen hatte. Sie war schließlich keine Polizeibeamtin. Sie hatte nicht den leisesten Schimmer, worauf man bei solchen Ermittlungen achten mußte. Ursel schien das nicht zu stören. Sie sah Alexa ernst an.

„Wenn ich ganz ehrlich bin, kenne ich eigentlich niemanden, der Franz Schulte-Vielhaber wirklich gemocht hat", sagte sie schließlich. Sie ruckelte an ihrer Tasche herum, vielleicht um noch einen Moment Zeit zu gewinnen. „Man soll ja nichts Schlechtes über einen Toten sagen, aber etwas Gutes fällt mir überhaupt nicht ein."

Alexa bog in den Kiefernweg ein. „Dann bleiben wir doch bei dem Schlechten. Warum war Franz so unbeliebt? Versuch das mal in Worte zu fassen!"

„Er war schlichtweg unfreundlich. Ich kann mich nicht erinnern, ihn ein einziges Mal herzlich lachen gesehen zu haben."

Alexa hielt vor Ursel Sauers Haus an. Zum Glück blieb die noch ein wenig sitzen. Alexa schnallte sich ab und wandte sich ihr ganz zu.

„War Franz Schulte-Vielhaber im Dorf engagiert? War er in irgendwelchen Vereinen?"

„Nicht daß ich wüßte. Natürlich hat er immer viel Arbeit gehabt. Aber bei Franz kam noch etwas hinzu. Er war kein geselliger Mensch. Früher trieb es ihn manchmal am Sonntag zum Frühschoppen in die Kneipe. Dann spielte er mit ein paar Männern Karten, aber richtige Freunde hatte er wohl nicht."

„Trotzdem war er einmal verheiratet. Hast du seine Frau gekannt?"

Ursel Sauer blickte immer noch nach vorne, als sei die Autofahrt noch gar nicht zu Ende. Inzwischen hatte sich die Windschutzscheibe zugeregnet. „Natürlich habe ich seine Frau gekannt", erklärte Tante Ursel. „Die Mia hab' ich gekannt, obwohl sie nicht oft rauskam. Sie ist fast erstickt an der Arbeit auf dem Hof. Eine ganz arme Frau war das." Nach kurzer Zeit sagte Ursel es nochmal: „Eine ganz arme Frau war das."

Alexa spürte, daß sie eigentlich noch etwas anderes sagen wollte, etwas, das ihr nicht leicht über die Lippen kam. „Was meinst du damit?" bohrte sie. „Du meinst doch nicht nur die Arbeit, oder?"

„So ein Brocken er auch war", sagte Ursel plötzlich in hartem Tonfall, „so war er doch immer hinter den Frauen her. Nicht daß er große Chancen gehabt hätte. Trotz des großen Hofes wollte ihn niemand haben, weil jede Frau ihn fürchtete, aber trotzdem: Es war für jedermann offensichtlich, daß er hinter den Frauen her war."

Alexa war sich sicher, daß es einer Frau in Ursels Generation nicht ganz leicht fiel, näher zu erläutern, was sie unter dem Ausdruck „hinter den Frauen hersein" verstand.

„Und das war auch noch der Fall, als er verheiratet war?"

„Aber sicher doch! Auf jedem Schützenfest mußte man sich in acht nehmen vor ihm. Und er war ein grober Kerl. Ich hatte regelrecht Angst vor ihm. Dem wär ich nicht gern alleine im Dunkeln begegnet."

Alexa verstand, was sie meinte.

„Im Alter ist er natürlich ruhiger geworden. Außerdem kannte er seine Grenzen. Seine Schwägerin, die Hannah, die hat er immer akzeptiert. Die hat er niemals angerührt, sagt man. Sonst wäre sie wahrscheinlich längst davongelaufen."

„Wahrscheinlich!" stimmte Alexa zu. Elmars Mutter hatte eine stille Art, aber sie konnte fest und klar ihre Interessen vertreten, da war Alexa sich sicher.

„Manchmal ist es schon seltsam, welche Existenzen es hier auf dem Lande gibt", meinte Alexa plötzlich. „Ein Mann, der sich an Frauen vergreift und nicht zur Räson gebracht wird, eine verängstigte Bäuerin, die all das ertragen muß. Nebenbei stirbt der Bruder vom Franz schon als junger Mann und seine Frau bleibt mit dem Sohn auf dem Hof zurück. Ganz schön verkorkst. Trotzdem habe ich das als Kind nie empfunden, wenn ich mit Elmar zusammen war."

Inzwischen waren schon die Scheiben von innen beschlagen. Draußen hatte sich der Regen etwas beruhigt.

„Jetzt muß ich aber!" Ursel lächelte. „Es war schön, dich wiederzutreffen. Ich würd' dich ja noch reinbitten, aber wir haben gleich ein Treffen vom Frauengesangverein. Du weißt schon, wegen dem Erntedankfest am Sonntag. Wir gehen natürlich im Zug mit und müssen noch einiges vorbereiten." Ursel Sauer hatte inzwischen ihre Tür geöffnet und war schon mit einem Bein draußen. „Vielleicht sehen wir uns ja am Sonntag. Es wäre doch schön für dich, dein altes Dorf geschmückt zu sehen."

„Mein altes Dorf gefällt mir auch so ganz gut. Aber wenn es irgendwie geht, komme ich gucken!"

Ursel Sauer beugte sich noch einmal in den Wagen hinein. „Und schönen Dank fürs Mitnehmen, Mädchen. Ach, was ich dir noch sagen wollte: Wie du deiner Mutter gleichst, das soll man ja nicht glauben."

12

„Wie ich dir gleiche, das soll man ja nicht glauben!"

„Alexa, das ist ja eine Überraschung! Warum hast du vorher nicht angerufen?"

„Damit du den ganzen Nachmittag wartest?"

„Du mußt Hunger haben. Ich selbst muß gleich weg, zum Treffen fürs Erntedankfest. Wir gehen vom Chor aus im Zug mit. Aber für den Papa hab' ich gerade Abendbrot gemacht. Nur für den Fall, daß er in diesem Leben noch einmal unser Haus betritt."

„Wo ist er denn? Spazieren?"

„Wo ist er wohl? In der Werkstatt natürlich. Er bastelt an einer Holzverkleidung fürs Erntedankfest und das schon den ganzen Nachmittag."

„Na und, laß ihn doch!"

Seit Alexas Vater seine Schreinerei aufgegeben hatte und in den Ruhestand gegangen war, bastelte er trotzdem ständig in seiner alten Werkstatt herum. Es war seine Art, sich in seiner neuen Lebenssituation zurechtzufinden.

„Ich gehe mal hin und gucke, wann er fertig wird."

Als Alexa die Werkstatt betrat, hörte sie weder emsiges Hämmern noch fleißiges Sägen. Sie sah auch nicht ihren Vater mit einem Pinsel die Wagenverkleidung bemalen. Sie sah lediglich zwei Männer auf Hockern sitzen, in der Hand eine Flasche Bier.

„Alexa, das ist aber eine Überraschung!" Immerhin, er freute sich.

Alexas Vater stand auf und nahm seine Tochter in den Arm. Simons Willi streckte eine Hand aus. „Immer noch die alte, Alexa."

Wenn Alexas sich recht erinnerte, hatte sie Simons Willi vor etwa fünfzehn Jahren zum letzten Mal gesehen. Es sollte sie wundern, wenn nicht bestürzen, wenn sie sich seitdem nicht verändert hätte.

„Seid ihr schon fertig mit der Arbeit?"

„Vor zehn Minuten fertig geworden, schau mal!"

Ihr Vater führte Alexa zur Werkbank, wo ein etwa drei Meter langes Brett lag. Die Farbe glänzte noch feucht. Alexa las die Aufschrift.

Die Milch schmeckt fad und macht nicht munter,
drum kippen wir ein Bierchen runter.

„Sehr originell", konstatierte Alexa trocken. „Und so passend zum Erntedankfest."

„Für den Inhalt bin ich nicht verantwortlich", Alexas Vater wirkte etwas beleidigt. „Ich habe nur den Jungs vom Fußballclub versprochen, die Verkleidung fertig zu machen."

„War auch gar nicht so gemeint", entschuldigte Alexa sich. „Eigentlich find' ich es ganz lustig. Hast du lange gebraucht?"

„Willi ist mir ein bißchen zur Hand gegangen. War keine große Sache."

Wie zur Bestätigung hob Willi seine Bierflasche und prostete Vater und Tochter zu.

„Nebenbei haben wir noch ein bißchen über alte Zeiten gesprochen. Willi kennt viele Geschichten aus dem Dorf."

Alexa kam plötzlich eine Idee. Auch Simons Willi würde ihr etwas über Franz Schulte-Vielhaber erzählen können. Wenn Alexa sich nicht täuschte, mußten die beiden ungefähr ein Jahrgang gewesen sein.

„Ich war eben im Dorf", leitete Alexa ein. „Allerorten wird nur noch über den Tod des alten Schulte-Vielhaber gesprochen."

„Wir haben das Thema auch schon draufgehabt", sagte Alexas Vater nickend. „Es ist wirklich eine seltsame Geschichte."

„Insgesamt scheint der Bauer ja nicht gerade ein beliebter Mensch gewesen zu sein", sagte Alexa und gab sich den Anschein von Beiläufigkeit.

„Man kann über ihn sagen, was man will", hob plötzlich Willi Simon an. „Er war ein fleißiger Kerl. Er hat den Hof immer in Schuß gehabt. Da kann man nichts gegen sagen."

„Allerdings hat er auch immer das Geld gehabt zu renovieren", warf Alexas Vater ein. „Und das zu Zeiten, als es anderen schon viel schlechter ging."

„Er war einer von den Reichen", stimmte Willi nickend

zu. „Einer von den ganz Reichen. Von diesen Höfen gibt es in jedem Dorf nur einen oder zwei", erklärte er in meine Richtung. „Die kleinen sind alle eingegangen, aber die großen, die halten länger durch."

„Schulte-Vielhaber war immer schon ein großer Name hier", erläuterte Herr Schnittler. „Ich will nicht wissen, wieviel Wald die haben."

„Und im Krieg die Truhen voll gehabt", fügte Willi hinzu. „Die sind schon durchgekommen."

„Aber wie du eben schon sagtest", warf Alexas Vater ein. „Sie haben auch immer hart gearbeitet. Sie sind keine von denen, die sich auf dem Geld ausgeruht haben. Wenn's ums Renovieren ging, haben sie selbst am meisten geschuftet. Handwerker konnten bei denen nichts verdienen. Arbeiten können sie. Das ist bis heute so. Sieh dir doch den Elmar an. Das ist ein feiner Kerl."

„Wenn er denn nicht den Alten erschlagen hat!" grummelte Willi und machte dabei eine fahrige Handbewegung, die wohl andeuten sollte, daß man nie wissen könne.

„Jetzt mach aber keinen Quatsch. Der Elmar hat damit nichts zu tun." Es wunderte selbst Alexa, mit welcher Vehemenz ihr Vater Elmar verteidigte.

„Dann war's vielleicht die Hannah!" Willi war offenbar in Fahrt gekommen.

„Jetzt bist du aber ganz übergeschnappt." Alexas Vater entrüstete sich. „Die Hannah doch nicht."

„Weißt du, was die unter dem Kerl zu leiden hatte? Und die Geschichte ging doch immer weiter. Jetzt machte er auch dem Jungen das Leben schwer."

„Du spinnst ja – die Hannah", sagte Alexas Vater bloß.

„Du bist jünger, du hast es ja nicht mitgekriegt, wie der hinter den Weibern her war."

Alexa registrierte mit Interesse, daß Willi beinahe dieselbe Wortwahl hatte wie Ursel Sauer. Nur, daß Willi es mehr mit „Weibern" als mit Frauen hatte.

„Es wär' schon ein Wunder, wenn er nicht der Hannah auch mal auf den Leib gerückt wäre. Zumindest als der Paule tot war."

„Die Hannah hätte sich das nie gefallen lassen. Wehren

konnte die sich. Und zur Not wär' sie weggegangen."
Alexas Vater wurde das ganze Gespräch zuviel.

„Man weiß es nicht. Später ist er ja ruhiger geworden,
aber in jungen Jahren – eine Katastrophe war das."

„Wann ist er denn ruhiger geworden?" Alexa versuchte
sich möglichst unauffällig in das Gespräch einzuschalten,
nicht so, daß es den Männern peinlich wurde.

Willi schnaubte, bevor er antwortete. „Na, als er älter
wurde eben." Dann kratzte er sich am Kopf. „Aber einen
ersten Dämpfer hat man schon gemerkt, als das mit der
Magd passiert ist."

„Mit der Magd?"

„Jetzt laß doch die alten Kamellen, das muß doch über
fünfzig Jahre hersein." Alexas Vater wurde die Situation
immer unangenehmer.

„Vielleicht ist es aber heute noch wichtig", warf Alexa
ein. Sie kannte ihren Vater. Er war ein Dorfmensch. Einer, dem am harmonischen Miteinander im Ort sehr viel
gelegen war. Allein die Mordgeschichte mußte ihn unglaublich erschüttert haben. Daß jetzt noch unschöne Geschichten aus der Vergangenheit aufgetischt wurden, das war
zuviel.

„Wie war das denn jetzt mit der Magd?" bohrte Alexa
trotzdem weiter.

„So genau weiß ich das auch nicht mehr. Ist wirklich
schon ziemlich lange her." Willi war auf dem Rückzug,
ganz eindeutig.

„Es würde mich sehr interessieren, wirklich!"

„Nachher sagt man was Falsches, und dann hat man
den Salat", brummte Willi und nahm den letzten Schluck
aus seiner Bierflasche. „Es gibt Leute, die das viel besser
wissen als ich."

„Wer zum Beispiel? Wer?" Alexa hatte das Gefühl, ganz
nah dran zu sein an einer Spur. Sie wollte jetzt nicht nach-
geben, auf gar keinen Fall.

„Der alte Pastor bestimmt", sagte Willi nach kurzem
Nachdenken. „Der Rohberg, der hat sich damals um die
Magd gekümmert."

„Und der lebt noch?"

„Der lebt noch", sagte Willi voller Überzeugung. „Sonst

hätten wir was davon gehört, bestimmt. Der ist doch im Altenstift für Priester, nicht Hans, da in Bad Driburg ist der doch, woll?"

„Keine Ahnung, wo der ist", sagte Alexas Vater mißmutig. „Woher soll ich denn das wissen? Auf jeden Fall hab' ich jetzt Hunger."

13

„Na, fleißig bei der Arbeit?" Leo schaute mir von hinten über die Schulter. Ich versuchte hilflos, mit den Händen zuzuhalten, was ich während der Freistunde auf meinen Notizblock gekritzelt hatte.

„Laß mich raten – die Figurenkonstellation aus Schillers *Die Räuber*?"

„So ähnlich!" Ich drehte den Block kurzerhand um. Leo ließ sich schwerfällig auf den Stuhl neben mir fallen.

„Störe ich?" Seine Frage war reine Rhetorik. Um ihn loszuwerden, hätte ich ihm erklären müssen, daß ich innerhalb einer halben Stunde noch eine komplette Klassenarbeit zu korrigieren hätte.

Ehrlich gesagt bin ich mit meinen Gedanken ganz woanders", gestand ich. „Mir geht dieser Mordfall durch den Kopf. Du weißt schon, auf dem Bauernhof."

„Der Mordfall?" Leo hob die Augenbrauen, was seine übergroße Nase besonders hervorhob. „Hat sich deine Meinung zu dem ganzen Geschehen geändert?"

Ich drehte meinen Block mit den Namen aller beteiligter Personen um, auf die wir bislang im Zusammenhang mit dem Mordfall gestoßen waren: Elmar und Hannah Schulte-Vielhaber, Elmars Freundin Anne und der Adoptivsohn Frank sowie die Personen, die am Samstag nachmittag mehr oder weniger kurz auf dem Hof gewesen waren. Ich erläuterte Leo kurz, in welchem Verhältnis die Namen zu dem verstorbenen Franz Schulte-Vielhaber standen.

„Alexa hat gestern mit der Frau gesprochen, die mitangehört haben will, wie der alte Bauer kurz vor dem Sturz mit jemandem gestritten hat. Alexa hält die Zeugin für absolut glaubwürdig. Natürlich hat das unsere Perspektive verändert."

Ich drehte an dem Kugelschreiber, den ich in der Hand hielt. Leo studierte die Namen auf dem Papier.

„Eine Person fehlt noch", sagte ich nach einer kurzen Pause. „Alexa ist auf sie gestoßen, nachdem sie sich gestern mit verschiedenen Leuten aus dem Dorf unterhalten hat. Eine Magd, die vor vielen Jahren auf dem Bauernhof gearbeitet hat und in irgendeiner Form unter dem Hofherrn zu leiden hatte." Leo schaute hoch.

„Vermutlich hat sie unter den Nachstellungen des Bauern gelitten", erklärte ich. „Womöglich ist sie sogar vergewaltigt worden."

„Lebt die Frau noch?"

„Alexa will dem nachgehen. Sie hat sich für morgen noch einmal freigenommen und will einen Priester besuchen, der die Magd damals betreut hat."

„Das Ganze muß lange hersein, oder?"

Ich nickte zustimmend.

„Ehrlich gesagt kann ich mir nicht vorstellen, daß der Mord mit dieser alten Geschichte zu tun hat."

„Natürlich hast du recht. Aber wenn wir tatsächlich in dem Mordfall weiterforschen wollen, müssen wir jeder Spur nachgehen."

„Viel interessanter finde ich den Adoptivsohn des Bauern", sagte Leo mit Blick auf meinen Block. „Wie war denn die Erbschaft geregelt? Du weißt doch – meistens dreht sich alles ums liebe Geld."

„Wir haben ja gerade erst angefangen", verteidigte ich mich. „Wir werden uns erkundigen. Aber vermutlich wird Elmar den Hof erben. Schließlich hat jeder Bauer das Bestreben, daß sein Hof weitergeführt wird und möglichst von jemandem aus der Familie."

„Na, wenn du da mal sicher sein kannst. Was ist denn mit dieser Freundin von Elmar? Was hat sie damit zu tun?"

„Wahrscheinlich gar nichts", antwortete ich, „abgesehen davon, daß sie im Moment nicht auffindbar ist."

„Wie aufregend!" Leo lehnte sich seufzend zurück und setzte sein Detektivspielkastengesicht auf. „Da habt ihr ja eine Menge zu tun. Schade, daß ich morgen auf Klassenfahrt gehe. Sonst hätte ich mich zu gerne eingemischt."

Ich sandte ein Dankgebet zum Himmel.

„Eine wichtige Sache habe ich dir noch gar nicht erzählt", murmelte ich. „Die Ohrenzeugin ist sich sicher, daß sie eine männliche Stimme gehört hat. Das schränkt die Auswahl natürlich erheblich ein. Anne fällt raus, die Magd – im übrigen auch Elmars Mutter. All diese Frauen müßten schon Helfershelfer gehabt haben, wenn sie als Verdächtige im Spiel bleiben sollten. Allerdings hat der Bauer angeblich auf dem Dach gesagt 'Ich habe nichts Schlimmes getan', so, als wäre er gerade vom Täter mit einem Vorwurf konfrontiert worden."

„Allerdings!" Leo legte beim Sprechen nachdenklich einen Finger auf den Mund. „Ein Rachemotiv, so würde ich spontan assoziieren. Paßt am besten zu dem Adoptivsohn – oder eben zu Elmar."

„Ganz objektiv betrachtet hast du wohl recht, aber Alexa hält Elmar für absolut vertrauenswürdig. Ihr wäre Frank als Täter mit Sicherheit lieber." Ich klickte weiter mit meinem Kugelschreiber herum. „Im übrigen habe ich selbst überhaupt keine Zeit, mich da reinzuhängen, aber Alexa soll schon seit langem Überstunden abbauen. Sie kann sich im Moment ganz gut freinehmen."

„Hältst du mich auf dem laufenden?" Leos Frage wurde von der Schulklingel übertönt, die das Ende der dritten Stunde verkündete. Sofort kam Unruhe im Lehrerzimmer auf.

„Klar, ich werde dich täglich im Jugendgästehaus anrufen, um dir den Stand der neuesten Entwicklungen auf dem Silbertablett zu servieren."

„Oh, gibt's was Spannendes? Hat Vincent was zu erzählen? Wird endlich geheiratet?" Sportkollegin Petra Werms knallte ihre Ledertasche auf einen Stuhl und lehnte sich herausfordernd grinsend an den Nachbartisch.

„Unsinn, wir sind bei einem ganz anderen -"

„Habe ich gerade 'heiraten' gehört? Vincent, ich habe noch gar keine Einladung gesehen. Wann soll es denn so weit sein?" Roswitha Breding, die kumpelige Bio- und Chemiefrau, gesellte sich zu uns. Ich hatte den Eindruck, daß da eine Lawine in Gang kam, die kaum mehr zu stoppen war.

„Das nehme ich Ihnen übel!" Schwester Gertrudis, die

Sekretariatsnonne, hatte sich ganz offensichtlich ins Lehrerzimmer verirrt und krakeelte aus drei Metern Entfernung. „War ich es nicht, die Sie immer wieder mit diesem Thema konfrontiert hat, die Ihnen passende Ratschläge und aufmunternde Worte gespendet hat? Und ich erfahre es als letzte?"

Mein Kopf knallte auf den Tisch vor mir, dann begehrte ich ein letztes Mal auf: „Ich heirate nicht!" brüllte ich aus Leibeskräften. „Niemals! Niemals!"

Als ich aufblickte, hatte ich das Gefühl, das ganze Kollegium stand um mich herum.

„Er meint es nicht so", sagte Leo Brussner entschuldigend. „Er ist überarbeitet. Ich glaube wirklich, er meint es nicht so."

14

Alexa fühlte sich gar nicht gut. Wie immer, wenn ihre Periode bevorstand. Appetitlosigkeit, Bauch- und Rückenschmerzen, außerdem brummte ihr Kopf. Trotzdem hatte sie ihren Ausflug nicht verschieben wollen. Die Ermittlungen im Zusammenhang mit Franz Schulte-Vielhabers Tod interessierten sie nicht mehr nur, um Elmar freizuboxen – der war mangels weiterer Indizien ihrer Einschätzung nach aus dem Schneider – nein, sie interessierten sie um der Sache willen. Alexa wollte einfach wissen, wer den unsympathischen Bauern von der Leiter geholt hatte. Daher auch ihr Plan, den alten Priester zu sprechen, wenn es nötig war. Es sei denn, Elmar oder Hannah konnten ihr über die Sache mit der Magd Auskunft geben. Daher war sie zunächst auf dem Weg zu Elmars Hof. Als Alexa unter der alten Bahnbrücke durchfuhr, kamen ihr die Gespräche in den Sinn, die sie zwei Tage zuvor geführt hatte. Man konnte zusammenfassend sagen, daß, von Gertrud Wiegand abgesehen, die als letzte auf den Hof gekommen war, keiner eine brauchbare Beobachtung gemacht hatte. Auch Hannes Schröder hatte sie am Abend noch auf dem Handy angerufen und ausgesagt, daß er nichts Auffälliges bemerkt habe. Elmars Onkel habe an der Dachrinne zu arbeiten gehabt, das war Hannes aufgefallen. Als er abfuhr, sei ihm außerdem noch ein Eierkunde über den Weg gelaufen – das mußte Reineke gewesen sein. An der Hauptstraße war ihm dann Gertrud Wiegand begegnet, die er sofort erkannt hatte, weil sie mit seiner Mutter im selben Kegelclub war. Frau Wiegand war mit einer anderen Frau in ein Gespräch vertieft gewesen. Mit Hilde Domscheidt, das hatte Gertrud Wiegand Alexa ja selbst erzählt. Kurz und gut: Hannes hatte lediglich Elmar den Bohrer in den Stall gebracht und war sofort wieder verschwunden.

Als Alexa Vincent später davon erzählt hatte, hatte der einen neuen Aspekt eingebracht. Was war, wenn alle nur den guten Elmar decken wollten? Wenn zumindest einer etwas Belastendes gesehen, aber darüber nicht berichten wollte? Natürlich hatte Alexa diese Möglichkeit nicht ernsthaft in Erwägung gezogen, aber sie mußte zugeben, daß ein professioneller Ermittler genau dies tun würde. Aber sie war nun mal keine professionelle Ermittlerin. Sie war jemand, die ihren Freund aus der Schlinge ziehen wollte. Fertig aus.

Kurz bevor Alexa fünf Minuten später in die Hofeinfahrt einbiegen wollte, kam ihr der Schulte-Vielhaber'sche Polo entgegen. Alexa winkte heftig, aber Hannah, die am Steuer saß, schien sie nicht zu bemerken. Alexa ärgerte sich. Über die Sache mit der Magd wußte Hannah mit Sicherheit viel besser Bescheid als Elmar. Nun gut, sie würde das beste daraus machen.

Auf dem Hof fiel Alexa sofort der weiße Golf mit dem Hagener Kennzeichen auf. Christoph Steinschulte war da. Ein beklemmendes Gefühl beschlich Alexa. Ob es neue Hinweise gab? Oder ob die alten reichten, um Elmar mitzunehmen? Hektisch stieg Alexa aus dem Auto. Sie hatte die Autotür noch nicht zugemacht, als sie plötzlich Christoph Steinschulte auf sich zukommen sah. Neben ihm lief ein wesentlich jüngerer Mann in einer Jeansjacke.

„Hallo! Das ist aber eine nette Überraschung!" Der Hauptkommissar sah wirklich erfreut aus.

„Hallo! Das finde ich auch!" Obwohl Christoph ein ganz sympathischer Kerl war, hätte Alexa ihn gern hundert Kilometer weit weg gesehen, beschäftigt mit einem anderen Fall, mit anderen Verdächtigen. Mit solchen, die sie noch nie gesehen hatte.

„Haben Sie wieder mal Elmar auf den Zahn gefühlt?" Eigentlich sollte Alexas Frage gar nicht bissig klingen, aber so ganz konnte sie es dann doch nicht verhindern.

Christoph setzte eine ernste Miene auf, verschränkte die Arme und lehnte sich gegen Alexas Auto. „Sie können mir glauben, es wäre mir auch lieber, wenn wir uns unter angenehmeren Umständen wiedergetroffen hätten, aber so sehr Sie Ihren Freund Elmar auch mögen, so können wir doch nicht die Augen verschließen vor den Fakten. Das ist übrigens mein Mitarbeiter Jan Vedder."

Jan Vedder grinste frech. Er hatte etwas von einem kleinen Jungen. So sehr, daß er Alexa an ihr zehnjähriges Patenkind erinnerte.

Alexa sandte ihm ein flüchtiges Lächeln zu und wandte sich dann wieder an Christoph Steinschulte.

„Aber diese eine Zeugenaussage besagt doch gar nichts. Gertrud Wiegand hat lediglich eine männliche Stimme im Gespräch mit Franz Schulte-Vielhaber gehört. Das muß doch beim besten Willen nicht Elmar gewesen sein."

„Natürlich ermitteln wir in alle Richtungen", erklärte Christoph ernst. „Unser Erkennungsdienst beschäftigt sich eingehend mit ein paar Spuren, die auf dem benachbarten Feldweg zu finden waren. Aber mal im Ernst: Ihr Freund Elmar ist nun mal derjenige, der nicht nur die Gelegenheit hatte, den Mord durchzuführen. Er hatte auch die beileibe stärksten Motive."

„Gut, die beiden hatten ein schlechtes Verhältnis", gab Alexa zu. „Aber mal ehrlich: Gibt es im Dorf irgend jemanden, der ein gutes Verhältnis zu Franz hatte? Außerdem ist es doch klar, daß es unter Wohnverhältnissen wie hier auf dem Hof zu Spannungen kommt. Aber deshalb bringt man noch lange niemanden um."

Während Alexa sprach, steckte Steinschulte sich eine Zigarette an. Er nahm einen tiefen Zug, bevor er antwortete.

„Es gab nicht nur ein allgemein schlechtes Verhältnis." Christoph überlegte, bevor er weitersprach. Dann wandte er sich plötzlich an seinen Mitarbeiter.

„Jan, jetzt haben wir was vergessen. Wir wollten wegen der Adresse nachfragen. Geh doch nochmal los und besorg uns die!"

Vedder bejahte und marschierte los. Christoph ließ es sich nicht nehmen zu signalisieren, daß er Alexa jetzt ins Vertrauen zog.

„Ich darf Ihnen das gar nicht sagen, aber Elmar steckt ganz schön in der Scheiße. Wir haben Einblick in Franz Schulte-Vielhabers Testament bekommen. Sein Neffe Elmar ist beinahe Alleinerbe. Der Adoptivsohn hat lediglich zwei Bauplätze im Nachbardorf bekommen."

„Das wundert Sie doch wohl nicht im Ernst!" Alexa wirkte etwas genervt.

„Viel interessanter ist, was uns der zuständige Notar dazu erzählt hat." Christoph machte die Sache spannend, indem er noch einmal ausgiebig an seiner Zigarette zog. „Der Verstorbene hatte schon zweimal einen Termin beim Notar vereinbart, weil er am Testament etwas ändern wollte. Der erste Termin war vor vier Wochen und ist verschoben worden. Der zweite wäre morgen gewesen." Christoph sah Alexa eindringlich an, um seiner Information Nachdruck zu verleihen. „Alexa, verstehen Sie, der Junge war in Not. Der Alte wollte ihm den Hof unterm Hintern wegziehen und womöglich dem Adoptivsohn überschreiben. Ist doch klar, daß der Panik gekriegt hat."

„Hat er das gesagt?"

„Was gesagt?"

„Hat Franz Schulte-Vielhaber dem Notar gesagt, daß er alles seinem Adoptivsohn vererben will?"

„Nein, dazu hat er sich nicht geäußert. Aber das liegt doch auf der Hand, oder?"

Alexa schwieg trotzig.

„Jedenfalls ist das kein Beweis", sagte sie schließlich. „Vielleicht wollte der Bauer vielmehr seinem Adoptivsohn die Bauplätze unterm Hintern wegziehen, um Rücklagen für den Hof zu haben."

„Natürlich ist das kein Beweis! Da haben Sie recht! Deshalb hatte ich mir erhofft, daß ich ihn nun endlich weichkochen könnte." Er warf einen Seitenblick auf Alexa und verbesserte sich dann. „Oft sind die Täter richtig erleichtert, wenn sie die Wahrheit rauslassen können. Für das Verfahren ist ein Geständnis natürlich auch von Vorteil."

„Und wenn er es doch gar nicht war?"

Christoph blickte Alexa tief in die Augen, bevor er darauf antwortete. „Ich würde es mir wünschen", sagte er dann leise, „allein, um Sie glücklich zu sehen."

Alexa schluckte.

„Ich hab' sie." Vedder war zurück und schwenkte einen Zettel in der Hand.

„Na, dann wollen wir mal." Christoph trat seine Zigarette aus und ging langsam zu seinem Wagen. „Übrigens ist der Leichnam freigegeben", sagte er und wandte sich ein letztes Mal in Alexas Richtung. „Vielleicht sehen wir uns auf der Beerdigung."

Erst während Steinschulte abfuhr, bemerkte Alexa den starken Wind, der über den Hof pfiff. Sie fröstelte und rieb sich die Arme. Suchend ließ sie den Blick über den Hof schweifen. Ob Elmar bereits wieder an die Arbeit gegangen war? Auf gut Glück ging sie in Richtung Stall. Mit jedem Schritt wurden die Geräusche lauter, die vom Schweinestall ausgingen und durch den Wind auf den Hof getragen wurden. Elmar hatte damals das riesige Stallgebäude in extra großem Abstand zum Wohnhaus erbauen lassen, um die Lärm- und Geruchsbelästigung möglichst gering zu halten. Außerdem hatte er in eine gute Isolierung investiert. In Alexas Kindheit war das ganz anders gewesen. Der alte Stall war viel näher und in einem anderen Winkel zum Wohnhaus plaziert gewesen. Natürlich war er auch viel kleiner und einfacher gebaut. Das Gequieke der Tiere hatte damals zum ständigen Geräuschpegel des Hofes gehört. Damals hatte sich daran niemand gestört.

Die Tür zum Stall war nicht abgeschlossen, Alexa ging durch den Vorraum und warf einen Blick in das Stallinnere. Elmar hatte recht gehabt mit seiner artgerechten Tierhaltung. Die Schweine standen außergewöhnlich lose, so hatte es Alexas Professor im Studium immer formuliert. Genauer: Die Tiere hatten in ihren Boxen verhältnismäßig viel Platz und waren nicht eingezwängt wie Hennen in der

Legebatterie. Alexa sah auf einen Blick, daß Elmar nicht hier war. Sie lief um den Stall herum und überlegte gerade, ob sie zur Haustür zurück oder zur Maschinenhalle gehen sollte, als sie Elmar entdeckte. Durch eine Lücke in der dichten Hecke, die den Stall vom Garten abgrenzte, sah sie Elmar auf einer Gartenbank sitzen. Er saß mit dem Rücken zu ihr, weit nach vorn gebeugt, die Arme auf die Knie gestützt. Alexa zwängte sich durch die Hecke und ging quer durch den Garten zu ihm hin.

„Denkst du an die Schaukel?" Elmar erschreckte sich gar nicht, als sie sprach. Es war fast so, als hätte er auf sie gewartet.

„Genau daran denke ich."

Alexa setzte sich neben Elmar und betrachtete die Bäume, die schon einen Teil ihrer Blätter abgeworfen hatten. An den Apfelbäumen hingen noch ein paar übriggebliebene Äpfel, die verführerisch leuchteten, aber innerlich wahrscheinlich längst zerfressen waren. Mitten im Garten stand eine riesige Buche. Alexa schloß die Augen. Als sie ein Kind gewesen war, hatten sie hier häufig gespielt. Das Tollste dabei war die Schaukel gewesen, die Baumschaukel, die Elmars Vater vor Jahren ganz oben am Ast befestigt hatte.

„Weißt du, was ich immer gedacht habe, wenn ich geschaukelt bin?" Elmar sprach etwas heiser. „Ich dachte immer, ich schaukele so hoch, daß ich dem Himmel ganz nah bin."

„Du hast immer die Augen zugemacht beim Schaukeln", sagte Alexa. „Wenn ich das gemacht habe, wurde es mir ganz schwindelig."

„Ich habe die Augen zugemacht und gedacht, so ist es im Himmel."

„Vielleicht ist es so."

„Vielleicht. Als mein Vater gestorben ist, fand ich es besonders schön auf der Schaukel. Wenn ich schaukelte, war ich ihm ganz nah."

„Du hast sehr unter seinem Tod gelitten, nicht wahr?"

„Ich war ein Kind, ich war zehn."

Alexa schwieg.

„In letzter Zeit habe ich wieder oft an ihn denken müssen. Klar, wenn man erneut einen Todesfall in der Familie hat."

„Ich habe eben den Kommissar getroffen, den Steinschulte. Er sagte, dein Onkel könnte bald beerdigt werden."

„Ja, das stimmt", Elmar lehnte sich jetzt auch zurück. „Mama ist auch gleich losgefahren, zum Beerdigungsinstitut. Sie will sich um alles kümmern."

„Was hat er denn sonst noch gefragt?"

„Dieser Steinschulte? Immer dasselbe."

Alexa blickte Elmar von der Seite an. Sie wartete darauf, daß er ihr von dem Testament erzählte. Aber Elmar schwieg.

„Ich habe auch mit ein paar Leuten aus dem Dorf gesprochen, das hab' ich dir ja vorher gesagt." Elmar nickte. „Leider kann keiner etwas wirklich Entlastendes sagen. Aber durch Zufall bin ich auf eine interessante Geschichte gestoßen." Alexa wickelte ihren Finger in das Band ihrer Jacke ein. „Dein Onkel scheint ziemlich heftig gewesen zu sein, was Frauen angeht. Er hat sie bedrängt, belästigt, wie immer man das nennen will. In einem Fall jedoch scheint er noch weiter gegangen zu sein. Es hat angeblich eine Magd hier auf dem Hof gegeben, die unter ihm zu leiden hatte."

Elmar schaute Alexa interessiert an. „Eine Magd?"

„Ja, das Ganze ist natürlich schon ewig her. Hast du darüber nie etwas gehört?"

„Nicht, daß ich wüßte. Klar, daß er ein aufdringlicher Kotzbrocken gewesen ist, das weiß ich auch. Das wird vor meiner Zeit wohl noch schlimmer gewesen sein. Angeblich besonders dann, wenn er was getrunken hatte. Aber von einer Magd habe ich nie gehört."

„Es scheint einen Priester zu geben, der sich damals der Magd angenommen hat. Er müßte darüber mehr wissen."

„Aha!" Alexa hörte ein Mißfallen.

„Ehrlich gesagt weiß ich nicht, was diese Geschichte bringen soll. Die Frau muß uralt sein. Vielleicht ist sie sogar schon gestorben. Du meinst doch nicht im Ernst, daß das irgendwas mit dem Unfall zu tun hat." Elmar reagierte auffallend nervös. „Ich weiß nichts darüber! Und Mama wird auch nichts wissen. Laß sie bloß damit in Ruhe!"

Plötzlich ging ein heftiger Wind, obwohl Alexa der Garten vorher ganz windstill vorgekommen war. Alexa zog den Reißverschluß ihrer Jacke etwas höher.

„Elmar?" Die Stimme kam vom Haus her. Alexa und Elmar drehten sich beide gleichzeitig um. Eine junge Frau kam herein. Sie hatte kurzes blondes Haar und war ein sehr sportlicher Typ.

„Störe ich?"

„Anne!" Elmar stand in Zeitlupe auf.

„Ich bin Alexa, eine alte Bekannte", sagte Alexa, um die Situation zu entschärfen. „Wenn hier einer stört, bin ich das wohl."

Dann nahm sie den Weg durch den Garten.

15

„Ich freue mich immer über Besuch", sagte der Herr Geistliche Rat Rohberg, als Alexa eintrat. Der „Herr Geistliche Rat", so hatte ihr die Frau an der Pforte höflich Auskunft gegeben, wohnte im zweiten Stock des gepflegten Seniorenheims für kirchliche Funktionsträger, das ganz nebenbei den Charme eines katholischen Provinzkrankenhauses hatte. Alexa hatte sich gefragt, ob sie ihren Gesprächspartner tatsächlich mit diesem ungelenken Titel anreden mußte. Als sie den alten Herrn mit weißem Haar und lustig blinkenden Augen im Sessel sitzen sah, entschied sie sich dagegen. Er sah nicht so aus, als ob er auf formale Äußerlichkeiten großen Wert legte.

„Es ist sehr nett, daß Sie mich empfangen, Herr Rohberg", begann Alexa. „Mein Name ist Alexa Schnittler und ich stamme aus der Pfarrgemeinde, die Sie nach dem Krieg betreut haben."

„Schnittler? Schnittler? Der Name sagt mir etwas", sagte Rohberg mit zusammengekniffenen Augen.

„Der Name ist in der Gegend nicht gerade selten. Aber vielleicht kennen Sie ja noch meine Eltern", versuchte es Alexa.

„Ich war nicht lange in Renkhausen", erklärte Rohberg,

weiterhin mit gerunzelter Stirn, „aber irgendwo in meinem Gedächtnis sitzt der Name."

„Eigentlich geht es auch gar nicht um mich", begann Alexa, „sondern um ein Ereignis im Dorf, das sich vor vielen Jahren, nämlich zu Ihrer Zeit, abgespielt hat."

„Vielleicht setzen Sie sich erstmal. Es spricht sich dann besser."

„Sagt Ihnen der Name Schulte-Vielhaber etwas?" Alexa hatte sich mittlerweile auf einem Stuhl niedergelassen. Ihr Blick fiel auf ein modernes metallenes Kreuz, das ihr gegenüber an der Wand hing.

„Natürlich! Schulte-Vielhaber ist in Renkhausen der erste Bauer gewesen."

„Der erste Bauer?"

„Ja, der mit dem größten Hof."

„Auf dem Hof Schulte-Vielhaber hat sich ein tragisches Unglück ereignet", schilderte Alexa. „Der ältere Landwirt, Franz Schulte-Vielhaber, ist bei einem Sturz von der Leiter ums Leben gekommen. Nun sind die Umstände seines Todes nicht ganz klar. Ich will sagen -"

„Es könnte Fremdeinwirkung im Spiel sein." Rohbergs direkte Äußerung verblüffte Alexa.

„Genau. Der Jungbauer, Elmar mit Namen und der Neffe von Franz Schulte-Vielhaber, wird nun des Mordes verdächtigt, weil er zugegebenermaßen am meisten Nutzen vom Tod seines Onkels hätte. Und genau das ist das Problem. Ich kenne Elmar, er ist ein alter Freund, und ich bin felsenfest von seiner Unschuld überzeugt. Deshalb habe ich mich im Dorf ein wenig umgehört. Ich habe gehofft, daß ich, wenn ich ein wenig mehr über den Toten weiß, vielleicht eine ganz andere Spur entdecke."

„Und dabei sind Sie auf eine Geschichte gestoßen!" Rohberg lehnte sich zurück und legte konzentriert die Fingerspitzen beider Hände aneinander. Alexa beobachtete den alten Mann in seinem schwarzen, ziemlich aufgetragenen Wollpullover, unter dem ein weißes Hemd seinen spitzen Kragen hervorstreckte. Sie war überzeugt, daß Rohberg wußte, worauf sie hinauswollte.

„Ich bin auf die Geschichte mit der Magd gestoßen", setzte Alexa vorsichtig nach.

„Auf die Geschichte mit der Magd", wiederholte er und saß weiter versunken da. Alexa überlegte, ob sie weiter vorstoßen sollte, doch plötzlich hob Rohberg den Kopf und sah Alexa unverwandt an. „Die Geschichte ist ziemlich alt. Meinen Sie nicht, ein wenig zu alt für einen taufrischen Mordfall?"

„Vielleicht haben Sie recht!" gab Alexa zu. „Höchstwahrscheinlich sogar. Aber ich möchte nichts unversucht lassen, um Elmar zu helfen."

„Erstaunlich", sagte Rohberg und legte seinen Kopf ein wenig auf die Seite. „Die meisten Frauen, die ich kenne, geben sich sehr schnell mit Gegebenheiten zufrieden, ohne sie großartig zu hinterfragen."

„Vielleicht kennen Sie die falschen Frauen."

„Vielleicht – wahrscheinlich sogar!" Rohberg lachte. „Soweit ich überhaupt welche kenne."

„Auch in der Kirche gibt es angeblich Frauen, die ihre Meinung sagen." Alexa wußte, daß sie sich vom Thema ablenken ließ, aber es war mindestens genauso wichtig, eine Beziehung zu Rohberg herzustellen, welcher Art auch immer.

„Das stimmt. Leider werden die Frauen in der Kirche wenig gehört." Rohberg rieb sich die Nase und wechselte die Stellung seiner Beine.

„Ihre Einstellung zu diesem Thema freut mich", sagte Alexa und versuchte, den Bogen zurück zum Ausgangspunkt zu schlagen. „In meiner Geschichte haben Sie sich um eine Frau gekümmert, die Hilfe brauchte. Eine Frau, die, in welcher Form auch immer, unter Franz Schulte-Vielhaber gelitten hat."

„Ich weiß, worum es geht", versicherte Rohberg ,"aber ich glaube beim besten Willen nicht, daß die Sache Sie weiterbringen kann."

„Würden Sie mir trotzdem davon erzählen?"

Rohberg sah Alexa noch einmal fest in die Augen. „Ich werde Ihnen die Geschichte erzählen", sagte er dann nach einer kurzen Pause, „wenn Sie mir versprechen, daß Sie das Gehörte nicht gegen einen der Beteiligten verwenden, weder gegen die Frau, um die es geht, noch gegen die Nachkommen des Bauern. Ich verlasse mich auf Sie."

„Ich verspreche es", meinte Alexa ohne Zögern. „Ich verspreche, daß ich die Geschichte nur im Zusammenhang mit diesem Mordfall untersuchen werde. Ansonsten werde ich kein unnötiges Wort darüber verlieren."

„Gut!" Der alte Priester lehnte sich jetzt ein wenig nach vorne, als müsse er sich mit aller Macht konzentrieren, um die Erinnerung lebendig werden zu lassen.

„Ich war noch gar nicht lange da", begann er zu erzählen, „als Maria Scholenski zu mir kam. Sie war eine Polin, die als Zwangsarbeiterin ins Sauerland gekommen war. Sie hatte zwei Jahre in einem Kalkwerk in der Nähe gearbeitet. Als der Krieg zu Ende war, ging sie nicht wie ihre Landsleute zurück. Sie hätte nicht gewußt wohin, erzählte sie mir später. Ihre Eltern waren im Krieg umgekommen, ein Bruder vermißt. Maria Scholenski, die übrigens höchstens vierundzwanzig war, als ich sie kennenlernte, muß irgendwie Kontakt in der Bevölkerung geknüpft haben, denn anders war es gar nicht zu erklären, daß sie als Magd auf dem Hof Schulte-Vielhaber unterkam. Überall herrschte das Chaos in den Jahren, jeder suchte Arbeit oder irgendeine Möglichkeit, um an Lebensmittel zu kommen. Die Stelle als Magd auf einem reichen Hof war für die junge Frau ein Glücksfall – zumindest wäre sie das gewesen, wenn dann nicht diese Geschichte passiert wäre." Rohberg machte eine kleine Pause und sammelte sich für das, was jetzt kam. „Wie gesagt, ich war noch gar nicht lange da. Nach dem Krieg konnte ich sofort meine Priesterausbildung beenden, die ich schon vor dem Krieg begonnen hatte. Danach sollte ich meine erste Vikarstelle antreten. Und die war eben in Renkhausen. Ich war selbst noch ein schrecklich unsicherer Mensch, wußte kaum, wie ich meine Sache anpacken sollte. Auf der anderen Seite waren die Leute voller Hunger, nicht nur nach Essen, das waren sie natürlich auch. Nein, ich meine etwas anderes. Die Leute hungerten nach Beistand, nach Hoffnung, nach Frieden. Und all das sollte ich ihnen vermitteln, als junger Spund, der nicht ein Bruchteil von dem gesehen hatte, was viele im Krieg erlebt hatten. Gleichzeitig war es eine große Herausforderung. Ich fühlte einen Auftrag, und wenn ich auch oft unsicher war, so hatte ich doch das Gefühl, an einer guten Sache zu arbeiten, den Menschen helfen zu können."

„In dieser Zeit kam Maria Scholenski zu Ihnen?"

„Ja, sie kam zu mir. Ich kannte sie schon aus dem Gottesdienst. Sie kam jeden Sonntag in die Frühmesse, ein ganz stilles Geschöpf, aber trotzdem wußte ich in einem so kleinen Ort schon bald, wer sie war – nämlich eine Magd vom Hof Schulte-Vielhaber. Ich habe keine Ahnung, wieviel sie in der Messe wirklich verstanden hat. Sie sprach damals nur sehr gebrochen deutsch, aber letztlich ist es ja auch egal, in welcher Sprache man den Gottesdienst verfolgt. Sie wird sich trotzdem zu Hause gefühlt haben. Sie ist sehr religiös erzogen worden in ihrer Heimat, wie wohl die meisten Polen."

Alexa saß angespannt da und wartete, daß Rohberg endlich auf den Punkt kam.

„An einem regnerischen Abend stand Maria Scholenski auf einmal vor meiner Tür. Ich habe sie zunächst gar nicht erkannt. Es war stockdunkel, fast Mitternacht, da stand plötzlich diese klitschnasse Frau weinend vor der Tür. Sie konnte kaum sprechen vor lauter Verzweiflung. Deshalb habe ich sie erstmal ins Haus geholt."

„Was hat sie erzählt?"

„Wie ich schon sagte, sie konnte nicht sehr gut deutsch. Trotzdem war ziemlich schnell klar, was passiert war. Der Bauer hatte sie vergewaltigt, und das schon zum zweiten Mal. Beim ersten Mal, ein paar Wochen zuvor, hatte sie nicht gewagt, sich an jemanden zu wenden. Sie hatte wohl gehofft, daß es nie wieder passieren würde. Beim zweiten Mal war ihr klar, daß sie dem Bauern ausgeliefert war, daß er es immer wieder tun würde."

„Und dann? Was haben Sie getan?"

„Maria Scholenski wollte nicht zur Polizei gehen, auch nicht mit mir zusammen. Sie war völlig verängstigt und hatte nur einen Wunsch: daß sie nicht mehr zurück auf den Hof mußte."

„Aber Sie müssen doch irgend etwas unternommen haben!"

„Ich habe dafür gesorgt, daß Maria Scholenski tatsächlich nicht mehr auf den Hof zurückkehren mußte. In der

Nacht selbst habe ich sie zu meiner Küsterin gebracht – eine herzensgute Frau, die nicht weit entfernt wohnte. Sie hat sich um das Mädchen gekümmert, sie gebadet und zu Bett gebracht. Am nächsten Tag haben wir dann überlegt, was zu tun sei. Es erschien uns sinnlos, auf irgendwelche behördliche Hilfe zu warten. Daher haben wir uns selbst gekümmert. Meine Küsterin hat dann über ihre Schwester eine Adresse herausgefunden von einem anderen großen Hof im Münsterland. Dort konnte sie Maria unterbringen, wieder als Magd, aber weit weg von ihrem Peiniger. Das war das Wichtigste für sie."

„Was ist mit Schulte-Vielhaber passiert? Wie ging es weiter?"

„Maria hat ihn nicht angezeigt, ohne ihre Aussage hätte auch ich nichts ausrichten können. Daher hatte er polizeilich nichts zu befürchten. Sie dürfen auch nicht denken, daß die Zeiten so wie heute waren. Heute ist man sehr sensibel für dieses Thema, damals ist es ein ums andere Mal unter den Teppich gekehrt worden. Wie bitter das jetzt auch klingen mag: Fälle wie Maria Scholenski hat es mit Sicherheit auf dem Lande sehr häufig gegeben. Nur leider hat niemals jemand von den Opfern erfahren."

„Und Sie? Haben Sie selbst nie mit dem Bauern gesprochen?"

„Natürlich habe ich das. Gleich am nächsten Tag, als ich Marias Sachen geholt habe. Er hat alles abgestritten, man solle ihm erstmal was beweisen, hat er gebrüllt. Diese Magd habe es vielmehr auf ihn abgesehen, doch habe er immer widerstanden. Ich habe ihm sogar die Beichte angeboten, aber auch das hat er kategorisch abgelehnt. Hätte er gebeichtet, hätte ich Ihnen diese Geschichte auch gar nicht erzählen dürfen."

„Maria kam also auf einen anderen Hof und die Sache war vergessen."

„Im Grunde ja. Natürlich haben einige Leute im Dorf etwas mitbekommen. Aber viel geredet wurde darüber nicht. So groß der Hang zum Tratsch auf dem Lande auch ist, bei bestimmten Themen hält man sich raus und will nichts Falsches sagen."

„Was ist aus Maria geworden? Haben Sie später noch

von ihr gehört?"

„Sie ist auf dem Hof geblieben und hat es auch gut dort gehabt. Soviel hat meine Küsterin gelegentlich in Erfahrung bringen können. Ich selbst habe erst Jahre später von ihr einen Brief erhalten. Sie wollte sich bedanken."

„Wann ist der Brief gekommen? Haben Sie ihn noch?"

„Die ganze Sache ist 1946 passiert, etwa acht Jahre später kam der Brief, so ganz genau kann ich das leider nicht mehr sagen. Zeigen kann ich Ihnen den Brief auch nicht. Ich mußte mich von den meisten Dingen trennen, als ich hier eingezogen bin. Allzu viel Platz ist ja hier nun mal nicht."

„Haben Sie eine Ahnung, wo Maria Scholenski jetzt sein könnte? Oder wissen Sie, wer mir helfen könnte, sie zu suchen?"

„Meine Küsterin ist lange tot, ihre Schwester vermutlich auch. Ich habe keine Ahnung, ob jemand aus dem Dorf noch weiß, wo sie heute wohnt. Aber selbst wenn jemand wußte, wo sie hingekommen ist, zum Beispiel eine von den Domscheidt-Schwestern, die mit meiner Küsterin sehr viel Kontakt hatten, so ist ja nicht sicher, daß sie nicht längst - Sie war damals Anfang, Mitte zwanzig, wie ich schon sagte. Vielleicht lebt sie schon nicht mehr."

Alexa sackte resigniert zusammen.

„Und wenn sie lebt, meinen Sie, eine Fünfund-siebzigjährige zieht zum Ende ihres Lebens los, um sich zu rächen?"

„Keine Ahnung! Aber auszuschließen ist es nicht!"

„Sie sind sehr beharrlich!" Der Herr Geistliche Rat Rohberg blickte auf die Wanduhr und erhob sich vorsichtig aus seinem Sessel. Er bewegte sich unsicher auf den Beinen.

„Arthrose", sagte er, „da kann man nichts machen. Wenn Sie mögen, können Sie mich gern zum Essen begleiten. Es ist natürlich keine sehr charmante Einladung," Rohberg zwinkerte bei dieser Bemerkung, „aber wie Sie wissen, kenne ich mich mit Frauen nicht so gut aus."

16

Zwei Stunden Schlaf brauchte ich für gewöhnlich, um mich von der Woche einigermaßen zu erholen. Freitags war ich in der Regel wie ausgepumpt, nicht nur, weil ich bis zur siebten Stunde Unterricht hatte, sondern weil sich dann die Anspannung der ganzen Woche löste. Nach dem Freitagsunterricht stellte sich erstmalig das Gefühl ein, keinen Gedanken an den Unterricht des kommenden Tages verschwenden zu müssen, bestenfalls die Überlegung, wann ich mit der Korrektur der Klassenarbeiten beginnen mußte. Jedenfalls nicht am Freitagnachmittag, hatte ich beschlossen. Jedenfalls nicht, bevor ich nicht ein paar Stunden geschlafen hatte. Der Mittagsschlaf endete jäh, als das Telefon klingelte. Im Schlaf hielt ich es für das Bimmeln der Schulklingel. Deshalb klang ich ziemlich barsch, als ich verschlafen meinen Namen in den Hörer brummte. Mein Gesprächspartner stand mir da in nichts nach.

„Sind Sie der Lehrer von unserer Annette?"

Schlagartig war ich wach – Eltern. Da hieß es, Vorsicht walten lassen.

„Es kommt drauf an, welche Annette Sie meinen." Mein Ton war liebenswürdig und bestimmt, genau das Richtige, wenn jemand es nicht für nötig hielt, seinen Namen zu nennen.

„Rösner – ich heiße auch Rösner." Prompt fiel mir ein Sketch von Loriot ein, bei dem der Opa im Spielzeugladen nicht weiß, ob sein Enkel Junge oder Mädchen ist, deshalb nach dem Namen gefragt wird und antwortet: „Hoppenstedt – wir heißen alle Hoppenstedt."

„Herr Rösner, Sie sind sicherlich der Vater von Annette aus der 8b. Sicher, ich unterrichte die Klasse in Deutsch."

„Dann würde mich ja sehr interessieren, warum unsere Annette eine Fünf in der Klassenarbeit hat."

Der Fall war mir noch ganz präsent. In der Gegenstandsbeschreibung eines Haarföns hatte Annette seine Bestandteile aber auch nicht annähernd treffend beschrieben. Den eingeübten Aufbau einer solchen Beschreibung hatte sie schlichtweg nicht beachtet, das Ganze war völlig konfus und wimmelte von Rechtschreibfehlern.

„Sie haben die Arbeit Ihrer Tochter gelesen, nehme ich an?"

„Natürlich – äh – sie hat immerhin eineinhalb Seiten geschrieben." Der kausale Zusammenhang zwischen der Länge des Textes und Herrn Rösners Antwort war nicht gerade zwingend.

„Sicher haben Sie dann auch meinen Kommentar darunter gelesen. Vielleicht können Sie kurz erläutern, was daran nicht Ihre Zustimmung findet."

„Also, ich muß sagen, ich finde, unsere Tochter hat ihre Sache ganz gut gemacht. Da ist doch alles Nötige drin, nicht zu viel, nicht zu wenig. Sie sollte doch einen Fön beschreiben, nicht?"

„Genau, Herr Rösner, ich hatte den Fön mit in den Unterricht genommen, die Kinder hatten ihn also direkt vor Augen."

„Ja, und den hat sie doch gut beschrieben, hat sie den doch, oder sah der etwa ganz anders aus?"

„Ich weiß nicht, was für einen Fön Sie sich nach Annettes Beschreibung vorstellen, Herr Rösner. Ich kann Ihnen nur sagen, daß die Beschreibung Ihrer Tochter vollkommen unzureichend war." Ich begann, mein Urteil zu erläutern. Ich hatte sogar noch einen besonders haarsträubenden Satz aus dem Aufsatz im Kopf zurückbehalten, den ich Herrn Rösner nicht vorenthalten wollte. *Wie viele andere Föhne ist auch dieser Föhn wohl zum Haareföhn da.*"

„Annettes Schwächen in Deutsch sind wirklich besorgniserregend", leitete ich dann zum Gesamtbild seiner Tochter über. „Sprachgefühl, Rechtschreibung, Grammatik – ich weiß gar nicht, wo ich anfangen soll." Während ich sprach, war mir klar, daß ich die Sache nicht auf den Punkt brachte. Annettes Schwächen waren nicht nur in Deutsch so groß, sondern auch in Englisch und Französisch– in allen anderen Fächern hielt sie sich meines Wissens nach mit Vier. Annette war schlichtweg überfordert. Auch Tausende von Marken, investiert in Nachhilfe, würden an diesem Umstand nichts ändern, zumal Annette ein nicht geringes Maß an Faulheit an den Tag legte. Es wäre das beste, wenn sie die Schule wechseln würde, so bitter das auch für das Kind war. „Herr Rösner, ich würde vorschlagen, daß Sie noch einmal mit dem Klassenlehrer und mir zusammen ein Gespräch führen. Wären Sie damit einverstanden?"

Herr Rösner roch sofort Lunte und startete den Rückzug.

„Um Gottes Willen, ich will Ihnen doch keine unnötige Arbeit machen. Sicher war das nur ein Ausrutscher bei Annette. Ich dachte nur, ruf einfach mal bei Herrn Jakobs an. Es ist ja wichtig, daß man in Kontakt bleibt, nicht? Ich wünsche Ihnen dann ein schönes Wochenende."

Rösner hatte schon aufgelegt, bevor ich ein weiteres Wort sagen konnte. Am Montag würde ich Lutz Breitscheid ansprechen. Er war Annettes Klassenlehrer. Mal sehen, was er zu ihrer Entwicklung zu sagen hatte. Einen Moment lang erwog ich, ob ich mich nochmal hinlegen sollte. Als es an der Haustür klingelte, erübrigte sich der Gedanke. Alexa kam herauf. Sie wirkte erschreckend frisch.

„Du siehst aber verwittert aus", tönte sie, als sie mir gegenüberstand.

Statt einer Antwort murmelte ich vor mich hin, was man mit den vereinigten Rösners dieser Welt machen sollte.

„Du solltest ein bißchen an die frische Luft gehen."

„Ich selbst war davon überzeugt, daß eine weitere Stunde Schlaf und ein unanstrengender Fernsehabend mir viel besser bekommen würden, doch Alexa ließ nicht locker, bis wir schließlich am Fluß unter den herbstlichen Bäumen entlangschlenderten. Es wehte nur ein leichter Wind, der sich nicht gerade zum Drachensteigen eignete. Hin und wieder ließ sich sogar die Sonne ein wenig sehen – herbstliches Bilderbuchwetter.

„Ich überlege jetzt, ob sich die Mühe lohnt, die Magd ausfindig zu machen", erklärte Alexa, nachdem sie mir von ihrem Gespräch mit Rohberg erzählt hatte. „Sie muß schon ziemlich alt sein, um die fünfundsiebzig. Sie wohnt nicht in unmittelbarer Nähe. Folglich müßte sie eine regelrechte Reise angetreten haben, um sich an ihrem damaligen Peiniger zu rächen. Eine ziemlich unwahrscheinliche Vorstellung."

„Weißt du etwas über ihre Lebensumstände? Hat sie

geheiratet und Kinder bekommen?"

„Du meinst, ein Kind könnte das Schicksal der Mutter gerächt haben? Das ist natürlich denkbar. Ehrlich gesagt habe ich keine Ahnung, ob sie Familie hat."

„Wenn es nicht allzu viel Mühe macht, würde ich versuchen, das herauszufinden. Vielleicht weiß im Ort jemand, was aus der Frau geworden ist."

„Der Pastor hat zwei Schwestern mit Namen Domscheidt genannt, die angeblich damals mit der Küsterin engen Kontakt hatten. Ich werd' mich mal darum kümmern. Außerdem wüßte ich sonst sowieso nicht, wie ich in der Sache weiter vorgehen sollte. Die Zeugen haben nicht viel hergegeben. Ich habe keine Ahnung, wen ich sonst noch befragen könnte."

„Was ist mit dieser Anne, Elmars Freundin? Du sagtest, sie sei wieder aufgetaucht. Hältst du sie für verdächtig?"

„Ich habe noch nicht mit Elmar über sie gesprochen - wo sie war, was sie getrieben hat und wie es mit den beiden weitergehen soll. Keine Ahnung. Auf jeden Fall sah sie nicht gerade aus wie eine Schwerverbrecherin."

„Die erkennt man ja in der Regel sofort", konterte ich. „Üblicherweise tragen sie eine Augenklappe oder den klassischen RAF-Haarschnitt."

„Ist mir bei ihr wirklich nicht aufgefallen. Die Augen waren frei, außerdem hatte sie einen flotten Kurzhaarschnitt."

„Na, dann ist ja alles klar. Übrigens haben wir bei beiden, bei der Magd genauso wie bei Elmars Freundin Anne, das Stimmenproblem. Sie können es selbst gar nicht gewesen sein, sondern müßten einen Helfer gehabt haben, was ziemlich unwahrscheinlich ist. Schließlich muß der Täter vor dem Mord gegen Franz schwere Anschuldigungen vorgebracht haben, sonst hätte der nicht behauptet, er habe nichts Schlimmes getan, oder?"

„So war es!" Alexa seufzte und schmiegte sich an mich.

„Vincent", Alexas Augen wurden so groß wie Tennisbälle. Ganz klar, sie wollte etwas von mir, was über das Normalmaß ihrer Forderungen hinausging. „Hättest du nicht Lust auf einen schönen Ausflug aufs Land, vielleicht morgen?"

„Was hast du vor?"

„Spazierengehen, die gute Luft genießen, den Blättern beim Herabfallen zusehen."

„Nicht zufällig auch noch die Dorfbewohner ausquetschen?"

„Das vielleicht auch, ganz nebenbei, wenn es sich ergibt."

„Ich habe da eh keine Schnitte", grummelte ich. „Seitdem ich zwei ältere Dorfbewohnerinnen beinahe durch eine Alkoholvergiftung ums Leben gebracht habe, dürfte ich bei einem Großteil der Bevölkerung unten durchsein."

„Unsere Familien haben geschwiegen", flachste Alexa zurück. „Noch beschränkt sich dein Ruf auf alle Vorurteile, die man im Sauerland gegenüber den Rheinländern im allgemeinen so pflegt."

„Na, dann geht's ja. Aber eigentlich geht's nicht", warf ich ein. „Ich habe einen Haufen Korrekturen da liegen. Die muß ich am Wochenende unbedingt durchkriegen."

„Du hast doch heute abend noch Zeit und morgen früh. Ich hole dich so gegen zwei Uhr ab, einverstanden?"

Ich stöhnte laut und vernehmlich und ließ mich gleichzeitig auf eine Bank fallen, die einen wunderschönen Blick auf den Fluß zuließ. Plötzlich huschte etwas neben meinen Füßen durch, eine Maus, die seitlich ins Gebüsch peste. Ein paar Sekunden später flitzte eine zweite hinterher.

„Feldmäuse", erklärte Alexa lapidar. „Die haben viel zu tun, sie bereiten sich auf den Winter vor."

„Wie romantisch", murmelte ich. „Stell dir vor, wir wären zwei Feldmäuse und dürften den ganzen Winter in einem kleinen Loch verbringen. Jedes Jahr würdest du sechs bis acht Junge werfen, und ich würde ab und zu draußen nach dem Rechten sehen."

Alexa lächelte schwach. „Du als Vater - das ist eine ungewöhnliche Vorstellung."

„Das finde ich auch", antwortete ich entsetzter, als es eigentlich klingen sollte. In diesem Moment klingelte Alexas Handy.

„Das war dein Wochenende", miesepeterte ich. Alexa stöberte genervt in ihrer Jackentasche herum.

„Ja?" In ihre Stimme legte sie alles, um zu demonstrieren, daß nur eine halbe Schafherde sie jetzt zum Dienst treiben konnte. „Max, du bist es!" Ich blickte irritiert. Daß Max, mein Freund aus den ersten Tagen im Sauerland, sich telefonisch meldete, war eine Seltenheit, seitdem er seine Reise durch die Welt begonnen hatte. Fast ein Jahr war er schon fort. Damals, nachdem wir zusammen den Schützenfestmord aufgeklärt hatten, hatte Max sich entschlossen, seinem Leben eine Wende zu geben. Er wollte den Frust der vergangenen Jahre hinter sich lassen und ganz neu anfangen. So selten, wie er sich meldete, war ich mir nicht sicher, ob er jemals wiederkommen würde.

„Wieso erreichst du ihn nie? Stell dir vor – er arbeitet immer noch als Lehrer. Sie haben ihn noch immer nicht rausgeworfen. Ja, genau, deshalb ist er in der Woche halbtags beschäftigt."

Alexa amüsierte sich königlich über meinen sauren Gesichtsausdruck.

„Klar kannst du ihn haben – er hat ja jetzt Wochenende und muß erst am Montag morgen wieder ran."

Alexa drückte mir mit einem zuckersüßen Lächeln ihr Handy in die Hand.

„Frauen sind strategisch unklug", sagte ich statt einer Begrüßung. „Sie wollte was von mir und hat sich nun alles eigenmächtig verbaut."

„Wo sie recht hat, hat sie recht."

„Sag noch ein Wort – du, der du seit Monaten in der Welt herumgondelst und froh sein kannst, wenn du aus meinen Steuergeldern später eine Mindestrente ausgezahlt bekommst."

„Zahlst du als Beamter überhaupt Steuern?"

„Darfst du als hauptberuflicher Taxifahrer überhaupt solche Fragen stellen?"

„Schön, deine Stimme zu hören, Vincent!"

„Das sagen meine Schüler auch immer. Ich würde dich lieber mal wieder live erleben. Kommst du in diesem Jahrtausend noch nach Deutschland?"

„Ich bin schon drin. In Hamburg, genauer gesagt. Und bald werde ich wieder bei euch sein."

„Das gibt's nicht!"

„Doch, ich bin endlich angekommen. Ich habe viel nachgedacht in den letzten Monaten und weiß jetzt, was ich will."

„Du willst Lehrer werden!"

„Ganz so schlimm ist es nicht. Aber ihr werdet euch trotzdem wundern. Ich erzähl' aber erst alles, wenn ich da bin."

„Wann genau kommst du denn?"

„Ich meld' mich nochmal. Ciao."

Das Gespräch war unterbrochen.

„Er kommt tatsächlich zurück?" Alexa schaute mich mit fragendem Blick an.

„Hat er jedenfalls gesagt. Aber frag mich nicht, wann."

„Das gibt's doch gar nicht!" Alexa verstaute ihr Handy wieder in der Jackentasche und langte nach meiner Hand. „Wo waren wir eben eigentlich stehengeblieben? Bei den Feldmäusen?"

Ich war stark in Gedanken und hatte Alexas Frage gar nicht richtig mitbekommen. Deshalb starrte ich sie erst ein paar Sekunden an, bevor ich antwortete.

„Nein, es hatte eher was mit unstrategischen Frauen zu tun – mit solchen, die im Leben keinen Feldmausmann fangen würden."

Im nächsten Augenblick küßte meine Freundin mich so leidenschaftlich, daß ich ihr in jedes Mauseloch gefolgt wäre.

17

Als Alexa am Samstag um zwei Uhr kam, war ich noch mitten in den Korrekturen, obwohl ich mich tatsächlich schon am Abend zuvor drangesetzt hatte. Alexa beschloß, daß es gut für mich sei, eine Denkpause zu machen, und so saß ich kurze Zeit später neben ihr auf dem Weg zu Elmar und Co. Ich war wenig gesprächig auf der Fahrt. Noch steckte mein Kopf in der Arbeit. Ich schreckte daher beinahe hoch, als wir plötzlich auf dem Schulte-Vielhaber'schen Hof vorfuhren. Neben Elmars Auto stand ein aufgemotzter BMW.

„Was hab' ich damit zu tun? Die fragen überall rum.

Hier sind sie auch dauernd." Elmars Stimme schallte über den ganzen Hof. Ich blickte Alexa fragend an. Sie zeigte auf die Maschinenhalle, aus der die Geräusche offensichtlich kamen.

„Erzähl mir doch nichts! Du willst doch nur von dir ablenken und hast deshalb die Typen auf mich gehetzt." Die Männerstimme war mir unbekannt, auch Alexa runzelte die Stirn. Wir blieben am Auto stehen. Kurz und gut: Wir lauschten.

„Ich habe überhaupt niemanden auf dich gehetzt. Meinst du, die Polizei findet deine Adresse nicht heraus? Mich würde viel mehr interessieren, warum du eine solche Panik hast. Du hast doch sonst immer so eine saubere Weste! Hast du diesmal etwas zu verbergen? Wo warst du denn, als Onkel Franz von der Leiter fiel – doch nicht etwa hier in der Nähe?"

„Es geht niemanden etwas an, wo ich mich wann aufhalte, die Polizei nicht und dich schon mal erst recht nicht. Du warst mir ja immer schon ein guter Vetter. Du hättest mich am liebsten schon mit zehn Jahren aus dem Haus gejagt, um dir den Hof zu sichern. Ständig hast du rumgeschleimt bei meinem Vater: Kann ich dies noch tun? Soll ich nicht morgen aufs Feld fahren? Das kotzt mich heute noch an."

„Für dich ist es eben ein unerträglicher Gedanke, daß jemand gerne arbeitet. Stell dir vor: ich habe tatsächlich schon als Junge gerne hier auf dem Hof gearbeitet, und ich tue es heute noch gern. Auch wenn es dir nicht paßt."

„Du hattest es auf den Hof abgesehen, gib es doch zu! Und dann sollte dein ganzer Traum auf einmal in die Hose gehen. Dieser Polizeikommissar hat mir alles brühwarm erzählt: Mein Vater wollte sein Testament ändern - zu meinen Gunsten, und da hast du die Panik gekriegt. Du hast ihn vom Dach gestürzt, du hast -"

„Halt dich zurück, sonst -"

„Elmar?" Es war weibliche Intuition, daß Alexa jetzt einschritt. „Elmar?" Alexa rief noch einmal über den Hof und ging langsam auf die Scheune zu. Elmar und Frank kamen fast gleichzeitig heraus.

„Alexa!" Elmar wirkte völlig fahrig.

„Kommen wir ungelegen?" Alexa hatte so eine phantastische Gabe, die unpassendsten Sachen im passenden Tonfall zu sagen.

„Wir kennen uns!" sagte Alexa und gab Frank die Hand. „Obwohl ich dich kaum wiedererkannt hätte."

Der junge Mann an Elmars Seite sah aus wie ich mir einen windigen Versicherungsvertreter vorstellte. Ein schlacksiger Typ mit dünnem, geföntem Haar, einem etwas zu knappen Jackett und glänzenden Slippern. Zusammen mit Elmar wirkte das Pärchen wie Landjunge und Stadtjunge.

„Ich kann mich nur noch schwach erinnern. Andrea?"

„Nicht ganz. Alexa. Das ist mein Freund Vincent."

Netterweise wurde mir gleich die Rolle des Anhängsels zugeteilt.

„Vielleicht sehen wir uns später noch. Ich hab' zu tun." Frank hob beim Weggehen nochmal lässig die Hand und ging auf sein Auto zu.

Elmar rieb sich die Stirn. „Der fehlte mir noch", murmelte er.

„Will er länger bleiben?"

„Er hat von der Sache mit dem Testament gehört. Vermutlich will er es jetzt anfechten. Jedenfalls glaube ich nicht, daß er gekommen ist, um sich in Ruhe auf die Beerdigung vorzubereiten."

„Und jetzt wohnt er ganz selbstverständlich bei euch im Haus?"

„Ja, wo denn sonst?" Für Elmar schien das die normalste Sache der Welt zu sein, auch wenn sie sich jetzt übers Wochenende die Köpfe einschlugen. „Irgendwie ist es doch auch sein Zuhause. Trotzdem regen Mama und ich uns auf, daß er sich benimmt wie Graf Koks. Er inspiziert unseren Haushalt, als wolle er demnächst einen Teil davon verscherbeln."

„Wie lange war er denn jetzt schon nicht mehr da?" fragte Alexa.

„Was weiß ich? Zwei Jahre, eineinhalb, keine Ahnung. Trotzdem hat Mama ihm sofort sein Zimmer fertiggemacht."

„Meinst du, er hat etwas mit dem Tod deines Onkels zu

tun?" Meine Frage kam für Elmar völlig überraschend.

„Der Frank? Ob der den Onkel Franz umgebracht hat? Aber warum sollte er denn?"

„Ja genau, warum sollte er?" Alexa blickte mich fragend an. „Er hätte doch keinen Vorteil davon gehabt. Wenn er wußte, daß er im Testament nicht über die Maßen berücksichtigt war, warum sollte er dann nachhelfen?"

„Warum wollte dein Onkel denn überhaupt sein Testament ändern? Klar, ihr habt euch gestritten, aber ihr habt euch doch dauernd gestritten, ohne daß er sein Testament geändert hätte", erklärte ich. „Vielleicht hat Frank seinen Vater bedroht. Vielleicht war er es, der ihn erst zu der Testamentsänderung gedrängt hat. Er hat deinen Onkel unter Druck gesetzt, so daß der sich einen Termin beim Anwalt besorgt hat. Einmal konnte er ihn verschieben, vielleicht wollte er ihn nun wieder verschieben. Daraufhin ist Frank angereist. Es kam zum Streit, und Frank hat ihn von der Leiter geholt."

„Ohne daß ihn vorher jemand auf dem Hof gesehen hat?" Alexa schaute ungläubig.

„Er kann vom Feld gekommen sein. Danach sieht es ja sowieso aus."

„Warum sollte er sich vom Feld heranschleichen, wenn er nur mit Franz sprechen wollte?"

„Genau!" Alexa unterstützte Elmar. „Wenn der Mörder wirklich vom Feld her kam, war es geplant. Aber am Tod seines Vaters konnte Frank ja gar kein Interesse haben."

„Gut, ich gebe mich geschlagen." Zum Zeichen meiner Aufgabe hob ich die Hände. „Es ist nicht gerade eine meiner gewitztesten Theorien gewesen. Aber wenigstens hätten wir es dann mit einer männlichen Stimme zu tun gehabt."

„Leider habe ich auch keine bessere Idee", seufzte Alexa und lehnte sich an einen Anhänger, der an einen Trecker gekoppelt war. Im vorderen Teil der Scheune stand ein Gerät, das aussah wie eine Egge. Jedenfalls hatte es enorm viele besorgniserregende Spitzen, mit denen man getrost jemanden hätte umbringen können. Wahrscheinlich viel besser als durch einen Sturz von der Leiter.

„Wir können uns auch in den Garten setzen", bot Elmar

an, als er sah, daß Alexa nach einer Sitzgelegenheit suchte. „Ich könnte euch einen Kaffee machen."

Ich nickte zustimmend, aber leider guckte Elmar gerade zu Alexa hin.

„Mach dir keine Mühe", sagte die ganz selbstverständlich. „Du willst bestimmt gleich wieder an die Arbeit. Wir bleiben nicht lange."

Elmar selbst stellte seinen Fuß auf eine Holzkiste und verschaffte sich so eine bequemere Haltung. „Ich hoffe, nach der Beerdigung wird hier alles wieder ruhiger", sagte er dann.

„Wie war es denn mit Anne?"

Ich konnte mir nicht vorstellen, daß Elmar in meiner Anwesenheit zu diesem Thema etwas sagen wollte. Elmar strubbelte sich mit der Hand durch die Haare.

„Mit Anne? Ich weiß nicht. Es ist natürlich schwierig jetzt." So ähnlich hätte ich das an seiner Stelle auch formuliert. Ich überlegte einen Augenblick, ob ich mich unter einem Vorwand davonmachen sollte. Andererseits war Alexa selber schuld. Sie hatte mich ja unbedingt dabeihaben wollen.

„Ich glaube, wir brauchen beide Zeit, um die neue Situation zu verarbeiten. Auf der einen Seite ist kein Onkel mehr da, der uns das Leben zur Hölle macht, auf der anderen Seite sind da diese Beschuldigungen. Ich für meinen Teil weiß noch nicht, was ich wirklich will. Die Tatsache, daß es Menschen gibt, die glauben, daß ich meinen Onkel umgebracht hätte, um den Hof endlich alleine führen zu können, schockiert mich natürlich. Ich weiß gar nicht, ob ich unter diesen Bedingungen noch hierbleiben will."

„Hat Anne für den Todestag ein Alibi", fragte ich. „Ich meine, Steinschulte wird das doch sicherlich gefragt haben?"

„Klar hat er das. Ja, Anne war an der Nordsee, in Veere, einem Örtchen auf der holländischen Halbinsel Walcheren. Sie hatte sich dort in einer Pension eingemietet. Ich glaube, für Steinschulte ist sie damit aus dem Schneider. Als Motiv ist sie allerdings immer noch denkbar."

Alexa und ich schauten Elmar gleichermaßen verdutzt an.

„Steinschulte glaubt, ich hätte Onkel Franz umgebracht, um mit Anne freie Bahn zu haben. Jedenfalls hackt er darauf ständig herum." Elmar nahm wieder seinen trotzigen Gesichtsausdruck an.

„Du mußt noch etwas Geduld haben", meinte Alexa tröstend. „Es wird sich sicher bald alles aufklären."

Aber als ich ihre Augen sah, sagten die mir etwas ganz anderes.

18

Bei Hilde Domscheidt gab es wenigstens Kaffee. Sie schien nicht erstaunt zu sein, als Alexa und ich vor der Tür standen, obwohl Alexa vorher beteuert hatte, die Domscheidt-Schwestern nur ganz flüchtig zu kennen.

„Pastor Rohberg hat mich angerufen", sagte Hilde Domscheidt wie zur Erklärung, während sie uns aus einer altmodischen Kaffeekanne eingoß. „Er hat mir erzählt, woran Sie interessiert sind."

Alexa und ich waren gleichermaßen überrascht. Daß Pastor Rohberg sich derart in die Sache reinhängte, war erstaunlich.

„Demnach wissen Sie etwas über Maria Scholenski?" fragte ich, bevor ich einen Schluck aus der dampfenden Tasse nahm.

Hilde Domscheidt ließ sich erst etwas schwerfällig auf ihren Stuhl fallen, ehe sie antwortete.

„Meine Schwester Klara, die vor zwei Jahren verstorben ist, und ich, wir haben Greta Radeberg früher häufig bei der Küsterei geholfen. Daher waren wir sehr gut befreundet."

„Greta Radeberg war die Küsterin, die Maria Scholenski geholfen hat?"

„Genau", Hilde Domscheidt nickte nachdenklich, ohne einen von uns anzuschauen. „Es war im Frühjahr sechsundvierzig. Greta kam eines Morgens vorbei und sagte, sie brauche unsere Hilfe. Sie wolle das Mädchen mit der Bahn ins Münsterland bringen, ich solle mich in der Zwischenzeit um ihre Mutter kümmern. Greta pflegte nämlich nebenbei auch noch ihre kranke Mutter."

„Hat Ihre Freundin Ihnen Näheres darüber erzählt, was mit Maria Scholenski vorgefallen ist?" wollte Alexa wissen.

„Natürlich. Sie hat gesagt, daß der Bauer sich an ihr vergangen hat, und es fiel mir nicht schwer, das zu glauben. Greta und der Pastor hatten in Windeseile einen Hof ausgemacht, wo man das Mädchen unterbringen konnte. Dahin sollte sie nun gebracht werden."

„Können Sie sich erinnern, wo dieser Hof genau war?" Jetzt wurde es spannend. Alexa und ich rückten unweigerlich näher an den Tisch heran.

„Ich habe schon die ganze Zeit darüber nachgedacht", Hilde Domscheidt runzelte die Stirn. „Schließlich hat der Herr Pastor mich darauf vorbereitet, daß Sie mich das fragen würden, aber der Name des Hofes ist mir bei Gott nicht eingefallen."

„Aber der Ort, wissen Sie den Ort noch, das Dorf, zu dem der Hof gehörte?"

„Das Dorf? Natürlich, das Dorf hieß Seppenrade."

Alexa und ich atmeten beide glücklich auf. Wenn wir den Namen des Dorfes wußten, würden wir den Hof schon ausfindig machen können. Alexa nahm einen Schluck Kaffee. Ich selbst überlegte, ob Hilde Domscheidt uns noch in anderen Fragen weiterhelfen konnte.

„Sie sagten eben, daß es Ihnen nicht schwerfiel, sich Franz Schulte-Vielhaber als Vergewaltiger vorzustellen. Sein Ruf scheint durchweg schlecht gewesen zu sein, würden Sie dem zustimmen?"

„Nun, er war ein grober Klotz und, wenn er getrunken hatte, geradezu unberechenbar. Aber das ist lange her, über die Jahre ist er ruhig geworden. Man sah ihn selten, er besuchte kaum mehr das Schützenfest im Ort."

„Also hat er keinerlei Freunde gehabt?"

Hilde Domscheidt verzog das Gesicht, während sie überlegte. „Er wird schon etwas Kontakt zu den anderen Bauern gehabt haben, da bin ich sicher."

„Irgendwie ist es schwer vorstellbar", Alexa nippte versonnen an ihrer Tasse. „Da gibt es im Dorf jemanden, der allseits verhaßt und gefürchtet ist, und keiner schreitet ein."

„Sollte man ihn verhaften, weil er ein unangenehmer Charakter war?" Hilde Domscheidts Frage war durchaus berechtigt. „Von der Vergewaltigung wußte doch niemand außer Greta, dem Pastor, meiner Schwester und mir. Nun vielleicht hat der eine oder andere sich seinen Teil gedacht, als die Magd so plötzlich verschwunden war– es wird ja viel geredet in einem Dorf wie unserem. Und Franz Schulte-Vielhaber hatte auf jeden Fall den Ruf, den Frauen ganz ungebührlich nachzustellen."

„Das hören wir immer wieder", seufzte Alexa. „Kürzlich erst sprach ich mit Ursel Sauer, die uns ganz ähnlich geschildert hat, was für ein Mensch der Bauer war."

„Ursel Sauer?" Hilde Domscheidt blickte Alexa erstaunt an. Wir waren gespannt, was jetzt kam. „Ursel Sauer hat so über den Schulte gesprochen? Dabei war sie doch die einzige, die sich ernsthaft für ihn interessierte."

19

Nachdem Alexa mich in meiner Wohnung abgesetzt hatte, brauchte ich etwas Zeit, bevor ich mich wieder auf meine Klassenarbeiten stürzen konnte. Alexa hatte sich in den Kopf gesetzt, noch am selben Tag nach Seppenrade zu fahren und Maria Scholenski ausfindig zu machen. Ich selbst hatte mich geweigert, nachdem ich einen Blick auf die Karte geworfen hatte. Der Ort Seppenrade lag bei Lüdinghausen, südlich von Münster. Die Fahrt hin und zurück sowie die Sucherei vor Ort würden mehrere Stunden dauern. Die Zeit konnte ich an diesem Wochenende unmöglich aufbringen. Alternativ hatte ich vorgeschlagen, es zunächst einmal telefonisch zu versuchen. Vielleicht konnten wir uns durchfragen und uns die ganze Fahrerei ersparen. Doch damit war Alexa überhaupt nicht einverstanden gewesen. Sie behauptete, daß man als Wildfremde am Telefon wohl kaum brauchbare Auskünfte erwarten konnte. Außerdem hoffte sie wohl insgeheim, Maria Scholenski schon heute irgendwo anzutreffen. Ein Gespräch mit ihr ließe sich natürlich noch viel weniger am Telefon führen. Nun, so mußte Alexa eben alleine fahren, wenngleich ich sie gerne begleitet hätte - zumindest lieber, als mich jetzt hinter meinen Berg von Klassenarbeiten zu setzen.

Es klingelte an der Wohnungstür, als ich mich gerade mit einer Kanne Kaffee an den Schreibtisch gesetzt hatte. Wahrscheinlich hatte Alexa ihre Fahrt abgeblasen und wollte mir nun eine brandneue Theorie vorstellen. Ich drückte auf die Türöffnertaste und beugte mich über das Treppengeländer, um Alexa zu empfangen.

Die Überraschung saß. Ein Pfeil schoß vom Herzen durch den Kopf und landete unsanft im Magen. Die junge Frau, die dort, bildhübsch wie immer, die Treppen zu meiner Wohnung erklomm, war keineswegs Alexa. Es war Angie, meine langjährige Freundin aus alten Kölner Zeiten. Angie, die sich unmittelbar vor meiner Abreise ins Sauerland von mir getrennt hatte. Angie, die selbstbewußte, erfolgreiche Journalistin mit Kontakten zu allen wichtigen Menschen bei verschiedensten Sendern. Angie, mit der ich nie hatte mithalten können, als ich noch für den Kölner Stadtanzeiger gejobbt hatte. Angie, die noch nie hier ins Sauerland gekommen war, um mich zu besuchen, und mit der ich praktisch seit unserer Trennung vor eineinhalb Jahren keinen Kontakt mehr gehabt hatte. Da kam sie nun auf mich zu, mit ihrem langen dunklen Haar. Sie war noch etwas schmaler geworden, und sie strahlte mich an.

„Und? Überraschung gelungen?"

„Das kann man wohl sagen."

Angie zog lachend einen Mundwinkel hoch, als wollte sie meine Reaktion abwägen. Dann ließ sie ihre Handtasche fallen und nahm mich zur Begrüßung in den Arm. Zwei Sekunden, drei Sekunden, vier Sekunden, ziemlich lange. Aber Gott, wir hatten uns lange nicht gesehen.

Angie löste die Umarmung und hielt mich an den Oberarmen fest, um mich besser mustern zu können.

„Gut siehst du aus, du hast abgenommen, nicht?"

„Ich habe wieder mit dem Joggen angefangen."

Angie hielt mich immer noch an den Armen. „Bist du sehr entsetzt, mich zu sehen?"

„Entsetzt? Wie kommst du denn darauf? Überrascht bin ich. Wir haben uns schließlich lange nicht gesehen."

„Und zuletzt nicht gerade unter angenehmen Bedingungen." Angie strahlte wieder. „Ich will nicht aufdringlich sein, aber willst du mich nicht endlich mal in die Wohnung bitten?"

„Oh, tut mir leid!" Ich ging rückwärts, als dürfte ich Angie keinen Augenblick aus den Augen lassen. In Wirklichkeit stand ich unter Schock und wußte überhaupt nicht, was ich tat. Daß Angie nach eineinhalb Jahren so plötzlich vor meiner Tür stand, war wirklich zuviel. Mir ging nur eine Frage durch den Kopf: Was wollte sie?

Zunächst wollte sie einfach nur meine Wohnung anschauen. Mit einem amüsierten Lächeln wandelte meine Verflossene durch die Küche ins Wohnzimmer, von dort zurück in den Flur und ins Arbeits- und Schlafzimmer.

„Du scheinst dich ja gar nicht verändert zu haben", sagte sie anschließend mit einem leicht provozierenden Tonfall.

„Was hast du erwartet? Ein Rolf Benz-Sofa in Weiß? Eine Einbauküche in Orange? Oder endlich den letzten Schrei von Futon?"

„Eigentlich habe ich nichts anderes erwartet als das, was ich hier sehe. Du bist der alte geblieben. Und darüber bin ich sehr froh."

Angie sah mich mit offenem Blick an. Ganz klar lag eine große Spannung zwischen uns. Wie sollte es auch anders sein nach drei gemeinsamen Jahren, die dann im Nichts endeten?

„Möchtest du nicht wissen, wie es mir ergangen ist?"

„Ich nehme an, du bist inzwischen Redaktionsleiterin. Hast du dein eigenes Magazin?"

„Noch nicht, aber bald!" Dann änderte Angie ihren Tonfall. „Mensch, Vinz, laß uns reden wie zwei erwachsene Menschen und nicht umeinander herumschleichen wie Katzen. Ich freue mich, dich wiederzusehen. Würdest du mir eine Tasse Kaffee opfern? Dann könnten wir vielleicht so etwas Ähnliches wie ein Gespräch miteinander führen. Meinst du, das geht?"

Aus der Tasse Kaffee wurden vier. Angie schien Zeit zu haben, ein Zustand, den ich aus unserer früheren Beziehung praktisch gar nicht kannte. Sie erzählte von ihrem

Karrieresprung vor einem Jahr, von den vielen Sendungen, die sie seitdem produziert hatte, von den Kontakten, die sich im Laufe der Jahre ausgezahlt hatten.

„Das einzige, was ziemlich danebengegangen ist, war die Sache mit Rolf."

'Die Sache mit Rolf' war der wahre Grund für ihre Trennung gewesen. Mein Kölner Freund Robert hatte mich nachher wissen lassen, daß Angie schon, während sie noch mit mir zusammen war, etwas mit Rolf Grohlmann angefangen hatte, einem Oberarschloch von RTL.

„Woran lag's?" Meine Frage sollte möglichst uninteressiert klingen. Ich war mir nicht sicher, ob es gelang.

„Oberflächlich betrachtet könnte man meinen, wir hatten beide zu wenig Zeit", Angie lachte gezwungen. „Genauer betrachtet paßten wir wohl nicht so richtig zusammen."

„Rolf Grohlmann ist ein Arschloch", sagte ich und wußte im selben Augenblick, daß der Satz wie der eines zehnjährigen Jungen klingen mußte. Zudem wie der eines eifersüchtigen zehnjährigen Jungen.

„Wahrscheinlich", stimmte Angie überraschend zu. „Wir machen alle Fehler, fürchte ich. Für mich war es der größte Fehler meines Lebens." Angie sah mir offen in die Augen. Die Botschaft kam an.

„Du hast sicher ab und zu von Robert über mich gehört", sagte ich, um dem Moment jede Spannung zu nehmen.

„Natürlich. Ich habe ihn regelmäßig ausgequetscht, wenngleich er nicht sehr redselig war. Hast du ihm Anweisungen zum Stillschweigen gegeben?"

„Quatsch!" Ich mußte grinsen. In Wirklichkeit hatte ich Robert anfangs gelegentlich gefragt, ob Angie sich nach mir erkundigt hatte.

„Du hast ja auch ziemlich schnell wieder zugeschlagen. Beziehungsmäßig meine ich jetzt."

„Soll das ein Vorwurf sein?"

„Wie käme ich dazu?"

„Das frage ich mich auch."

„Und? Bist du glücklich?"

„Glücklich? Natürlich bin ich glücklich."

„Hör auf! Du bist ein Köln-Fan. Ich kann mir nicht vorstellen, daß du nicht jeden Abend ein paar Tränen ins Kissen weinst."

Ich mußte grinsen. „Natürlich ist das hier nicht Köln", sagte ich. „Aber ich habe hier einen Job gefunden." In Gedanken fügte ich an: „Und noch einiges mehr." Laut sagte ich es nicht.

„Ich bin hier, um dir einen Vorschlag zu machen." Angie lehnte sich in meinem ausgesessenen Sessel zurück. Sie nahm eine Körperspannung ein, die ihre Figur ausgezeichnet betonte. „Aber ehrlich gesagt bin ich wahnsinnig hungrig. Dein Kaffee war zwar ein sehr gastfreundliches Entgegenkommen, aber jetzt brauch' ich unbedingt etwas Vernünftiges zu essen."

„Um ehrlich zu sein, bin ich gerade -" Ich stoppte mich selbst. Angie war extra aus Köln gekommen. Es war mehr als unhöflich, sie jetzt rauszuschmeißen.

„Es gibt hier in der Nähe einen ganz guten Italiener", sagte ich matt.

„Na klasse, ich mach' mich nur gerade etwas frisch." In diesem Augenblick klingelte das Telefon. Ich fand es schon nach wenigen Sekunden unter einem Stapel Zeitungen. Am Apparat war Alexa. Sie hörte sich aufgeregt an. „Stell dir vor, ich habe den Hof tatsächlich gefunden. Ich bin ziemlich rumgestromert und war schon völlig entnervt, aber dann habe ich tatsächlich einen alten Mann gefunden, der sich an eine Magd namens Maria Scholenski erinnern konnte. Nach einiger Zeit fiel ihm sogar wieder ein, auf welchem Hof sie beschäftigt gewesen sein muß. Es ist ein Hof Isenkemper etwas abseits von Seppenrade."

„Hast du dort jemanden angetroffen?"

„Allerdings." Zwischendurch kam Angie vorbei und signalisierte per Handzeichen, daß sie das Badezimmer suchte. Ich deutete ihr den Weg.

„Auf dem Hof lebt tatsächlich noch die alte Bäuerin, die Maria Scholenski damals aufgenommen hat. Maria hat einige Jahre auf dem Hof gearbeitet, obwohl sie sehr schnell einen Knecht vom Nachbarhof geheiratet hat. Später sind sie dann weggezogen."

„Hat die Bäuerin noch Kontakt zu Maria Scholenski?"

„Kontakt wohl nicht, aber sie weiß, wo sie jetzt wohnt. In einem Altenheim ganz hier in der Nähe."

„Willst du jetzt noch hin?"

„Was denkst du denn, wenn ich schon mal hier bin! Ich will es auf jeden Fall versuchen. Was ist denn mit dir? Bist du gut vorangekommen mit der Arbeit?"

Im selben Moment kam Angie aus dem Badezimmer. Sie formte mit ihren Lippen ein Wort, das ich nicht verstand. Ich versuchte einen fragenden Blick aufzusetzen, was dermaßen dämlich ausgesehen haben muß, daß Angie fast losplatzte. „Toilette!" sagte Angie in gedämpftem Tonfall. Ich deutete aufs Treppenhaus. Tatsächlich befand sich in meiner Altbauwohnung die Toilette nicht in der Wohnung selbst, sondern zwischen den Stockwerken. Angie setzte ein verständnisloses Gesicht auf, machte sich aber trotzdem auf den Weg.

„Vincent, bist du noch dran?"

„Klar bin ich noch dran. Was hattest du jetzt gefragt?"

„Ich hör schon, du bist wieder hoffnungslos in deine Klassenarbeiten eingetaucht."

„Sozusagen."

„Wirst du heute fertig?"

„Ich glaube nicht. Das Ganze gestaltet sich schwieriger, als ich vorher gedacht hatte."

„Schade. Ich hatte mit dem Gedanken gespielt, heute abend noch vorbeizukommen. Aber dann fahre ich lieber direkt nach Hause."

„Ich glaube, das ist besser. Ich ruf' dich morgen an."

„OK, und drück mir die Daumen, daß ich erfolgreich bin."

„Klar, mach' ich. Bis dann!"

Als ich den Hörer auflegte, machte sich ein schales Gefühl in mir breit. Es war mir selbst nicht klar, warum ich nicht die Wahrheit gesagt hatte. Es war einfach so passiert. Glaube ich.

20

Alexas Herz klopfte ziemlich schnell, als sie von Tür zu Tür eilte und nach den Namensschildern sah. Für einen Banküberfall würde es bei ihr nie reichen, wenn sie schon bei diesem kleinen Regelverstoß Herzrasen bekam. Als Alexa das dunkle, muffige Altenheim betreten hatte, das nach Eintopf und Urin roch, hatte ihr ein Blick auf die Wanduhr sofort gezeigt, daß sie heute keine Chance mehr auf einen offiziellen Besuch bekommen sollte. Viertel nach acht! Da lagen sicher schon alle Heimbewohner versorgt in ihren Betten, ohne Aussicht, in den nächsten Stunden einschlafen zu können. Und da hatte es Alexa plötzlich ganz praktisch gefunden, daß weit und breit niemand zu sehen war, den man um Auskunft hätte bitten können. Sie hatte sich kurz orientiert und herausgefunden, wo sich die Flure mit den Schlafzimmern befanden. Und da lief sie jetzt von Tür zu Tür und las die zwei Namen, die auf jedem Schildchen angebracht waren. Dies war schon der zweite Flur, und Alexa war sich ziemlich sicher, daß es auch der letzte war. Plötzlich hörte sie ein Geräusch am Ende des Flurs. Sie blickte panisch hoch. Wie eine Einbrecherin kam sie sich vor. In gewisser Weise war sie das ja auch. Intuitiv drückte sie sich in einen Türrahmen. Alexa hörte, wie jemand eine Tür öffnete und etwas sagte. Ein paar Sekunden später wurde die Tür wieder geschlossen und Schritte wurden hörbar. Alexa hielt den Atem an. Was wäre, wenn sie als Fremde in dieser Situation erwischt wurde? Verdächtiger konnte man sich kaum benehmen, wahrscheinlich würde die Pflegerin die Polizei rufen. Dann vernahm Alexa, wie die Glastür am Ende des Flurs zuklickte. Sie atmete auf. Das war nochmal gutgegangen. Jetzt aber schnell. Alexa las die Namen auf dem nächsten Schild. *Olga Randmeier / Elisabeth Scholin.* Frauen, Frauen, Frauen. Der Frauenanteil lag nach Alexas Recherchen bei schätzungsweise neunzig Prozent. Alexa lief zur nächsten Tür. Wann kam endlich Maria Scholenski? Im selben Moment schoß ihr ein Gedanke durch den Kopf. Maria Scholenski! Der Name war ihr so sehr in Fleisch und Blut übergegangen, daß sie gar nicht bedacht hatte, daß die Frau schon seit Ewigkeiten nicht mehr so hieß! Es war nicht gerade wahrscheinlich, daß Maria Scholenski bei ihrer Heirat als Vorreiterin des Feminismus auf einem Doppelnamen bestanden hatte. Verdammt! Alexa dachte angestrengt nach. Die Bäuerin hatte doch erwähnt, wie Marias Mann hieß! Er hatte ebenfalls einen slawischen Namen gehabt, mit einer gewissen Ähnlichkeit zu Scholenski. Vielleicht ließe sich daraus etwas machen! Alexa dachte angestrengt nach. *Marias* hatte sie bei ihrer Sucherei mehrere dabei gehabt. *Maria* schien vor siebzig, achtzig Jahren der absolute Namensknüller gewesen zu sein, dicht gefolgt von *Elisabeth* und *Hedwig*. Alexa lief zurück. An der dritten Tür war eine Maria. *Maria Schürmann*. Die war es nicht. Da war Alexa sich sicher. Sie wurde noch hektischer. Ewig konnte sie nicht mehr hier herumrennen. An der nächsten Tür war wieder eine Maria. *Maria Koslowski*. Das war sie. Jetzt wunderte sich Alexa, daß ihr der Name nicht schon beim ersten Lesen aufgefallen war. Sie hatte in ihrer Hektik nur nach *Scholenski* Ausschau gehalten. Plötzlich bekam Alexa Muffensausen. So kurz vorm Ziel fragte sie sich, was sie eigentlich hier zu suchen hatte. Sie war mehr oder weniger unzulässig hier ins Heim eingebrochen. Welches Recht hatte sie, eine alte Frau unvorbereitet an ihrem Bett aufzusuchen? Alexa faßte sich ein Herz. Jetzt war sie so weit gekommen. Jetzt würde sie die Sache auch durchziehen. Vorsichtig klopfte sie an die Tür. Sie wollte nicht zuviel Lärm machen. Alexa legte ihr Ohr an die Kunststofftür. Kein Geräusch drang aus dem Zimmer. Alexa klopfte noch einmal, jetzt etwas kräftiger. Vorsichtig schaute sie sich im Flur um, ob jemand kam. Dann öffnete sich plötzlich die Tür vor ihr und eine Frau sah erstaunt nach draußen.

„Frau Koslowski?"

Die Frau schaute Alexa weiter unverwandt an. „Wer sind Sie?" Obwohl Maria Scholenski seit über fünfzig Jahren in Deutschland lebte, hörte man ihr noch deutlich den polnischen Akzent an.

„Mein Name ist Alexa Schnittler", sagte Alexa hektisch und beinahe flüsternd. „Ich komme aus Renkhausen, wo

Sie vor vielen Jahren als Magd gearbeitet haben. Ich würde gerne mit Ihnen darüber sprechen."

In Maria Scholenskis Gesicht war eine eindeutige Reaktion sichtbar. Es war eine Mischung aus Erstaunen und Unsicherheit, fand Alexa. Sie erwartete eine Absage.

„Kommen Sie herein!" sagte Maria Scholenski plötzlich und öffnete die Tür ein wenig weiter. „Aber wir müssen leise sein, meine Mitbewohnerin schläft schon."

Als Alexa das Zimmer betrat, wurde ihr noch einmal der Unterschied zwischen dem Altenheim von Pastor Rohberg und diesem hier deutlich, in dem Maria Scholenski und andere Unterversicherte wohnten. Der Raum war klein, bestimmt nicht größer als sechzehn oder achtzehn Quadratmeter. Darin untergebracht waren zwei Betten samt Nachtschränkchen, zwei Kleiderschränke, zwei Regale und ein paar Besucherstühle. Auf den ersten Blick glaubte Alexa, daß die Heimbewohnerinnen nichts außer sich selbst hatten mitbringen dürfen. Dann entdeckte sie im Regal und an den Wänden doch ein paar persönliche Gegenstände. Alexa sah sich weiter um. Doch erst beim zweiten Hinsehen stellte sie fest, daß tatsächlich jemand in einem der Betten lag. Die Person schien ganz klein zu sein, fast wie ein Kind. Jedenfalls hätte man die Frau fast übersehen können, wie sie auf dem Rücken mit geschlossenen Augen dalag. Alexa schluckte. Die Frau war kalkbleich, fast wie das Bettuch, ihre weißen Haare hingen ihr strähnig an den Seiten herunter. Sie hätte tot sein können.

„Setzen Sie sich!" sagte Maria Scholenski. Alexa wandte sich schnell von der Mitbewohnerin ab und ließ sich auf einem der Besucherstühle nieder, die wie die im Eingangsbereich des Hauses im 70er-Jahre-Grün gehalten waren. Maria Scholenski hatte sich bereits schwerfällig auf einen anderen Stuhl gesetzt.

Erst jetzt nahm Alexa das blaßrosane Nachthemd wahr, das Maria Scholenski trug, außerdem ihre braunen, ausgetretenen Hausschühchen. Alexa hielt in Gedanken an dem Namen Scholenski fest, vielleicht weil in dem wachen Gesicht der Frau ein wenig von dem jungen Mädchen durchschimmerte, das als Magd auf dem Hof Schulte-Vielhaber gelebt hatte.

„Ich bin sehr dankbar, daß Sie bereit sind, mit mir zu sprechen." Alexa wußte überhaupt nicht, was sie sagen sollte. Es kam ihr plötzlich absurd vor, diese Frau zu befragen, die ganz augenscheinlich zu alt oder krank war, um alleine zu leben, die um so weniger in der Lage war, sich für ein Verbrechen zu rächen, das viele Jahrzehnte zurücklag.

„Sie kommen also aus Renkhausen", sagte Maria Scholenski.

„Ja, ich bin dort geboren und ich habe auch noch ein paar Kontakte dorthin." Alexa hatte sich gar kein Konzept gemacht, wie sie dieses Gespräch führen sollte. Doch spontan war es ihr sinnvoller erschienen abzuwarten, ob ihr Gegenüber schon vom Tod des Franz Schulte-Vielhaber wußte.

„Man hat mir erzählt, daß Sie im und nach dem Krieg ebenfalls dort gelebt haben."

„Das ist lange her", sagte Maria Scholenski. „Das ist sehr lange her."

„Sie haben auf dem Hof Schulte-Vielhaber gearbeitet", setzte Alexa fort.

Maria Scholenski blickte Alexa ganz plötzlich in die Augen.

„Was wollen Sie von mir?" sagte sie dann langsam und eindringlich.

Alexa wechselte die Strategie. Sie hatte nicht das Recht, diese Frau ihre schreckliche Vergangenheit erneut durchleben zu lassen. Erst recht nicht, ohne ihr zu sagen, warum das alles.

„Franz Schulte-Vielhaber ist gestorben", sagte Alexa, viel direkter als sie es eigentlich gewollt hatte. „Genauer gesagt, er ist umgebracht worden."

Maria Scholenski starrte sie an. Im selben Augenblick begann sie zu weinen. Sie weinte halblaut vor sich hin, ohne eine einzige Träne zu vergießen. Alexa griff intuitiv nach ihrer Hand und streichelte sie vorsichtig.

„Ich habe gehört, was dieser Mann Ihnen angetan hat. Keine Angst, Sie sollen darüber nicht sprechen, wenn Sie nicht möchten." Alexa fühlte sich fürchterlich hilflos. Sie wünschte, sie wäre nicht hergekommen.

„Es ist doch schon so lange her", sagte Maria Scholenski stockend.

„Das ist wahr", sagte Alexa beruhigend. „Nur leider wird jetzt der Neffe des Bauern verdächtigt. Und zwar zu Unrecht." Alexa hoffte, daß die alte Frau nicht schlußfolgerte, daß sie selbst jetzt als mögliche Täterin in Frage kam. Die Vorstellung war einfach zu absurd, als daß irgend jemand das ernsthaft hätte in Betracht ziehen können.

„Der Bauer war ein schlechter Mensch", sagte Maria Scholenski, nachdem sie sich ein wenig beruhigt hatte.

„Das weiß ich", antwortete Alexa beruhigend. „Deshalb wird er viele Feinde gehabt haben. Genau deshalb bin ich hierher gekommen. Vielleicht können Sie mir darüber etwas sagen?"

„Es ist doch schon so lange her", sagte Maria Scholenski wieder sehr weinerlich, und Alexa merkte, daß es keinen Sinn hatte, weiterzusprechen.

„Schade, aber ich bin Ihnen trotzdem dankbar, daß ich mit Ihnen sprechen durfte", sagte sie abschließend und lächelte Maria Scholenski freundlich an. „Ich hoffe, ich habe Sie nicht geweckt."

„Um Gottes Willen, ich schlafe immer erst nach Mitternacht ein. Ich nehme das Schlafmittel nicht, das sie mir geben. Ich nehme es einfach nicht." Maria Scholenski lächelte verschlagen, als wäre das die letzte Freiheit, die sie sich herausnahm. „Meine Nachbarin, die nimmt das Zeug. Die schläft schon immer um acht, aber ich, ich denke mir: Schlafen kann ich später noch genug."

Maria Scholenski wurde jetzt etwas munterer. Es tat ihr gut, von der Vergangenheit wegzukommen.

„Mittags schlaf ich ein bißchen", erklärte sie dann. „Ich habe Zucker. Am Tage brauche ich etwas Schlaf."

Alexa drückte der Frau noch einmal die Hand und stand dann auf. „Ich will Sie nicht länger stören!" sagte sie vorsichtig. „Und nochmals vielen Dank!"

Maria Scholenski stand ebenfalls auf und kam die paar Schritte mit zur Tür. Sie hatte keine richtige Gehbehinderung, schätzte Alexa, aber sie war altersbedingt, vielleicht auch durch den Diabetes, ziemlich klapprig. Es schien Alexa unmöglich, daß diese Frau in der Lage war, auch nur an einen Mord zu denken. Als sie die Klinke schon in der Hand hatte, fiel ihr noch etwas ein.

„Falls Sie mir noch etwas Wichtiges zu sagen haben, kann ich Ihnen ja meine Telefonnummer dalassen", sagte sie. „Ich schreibe sie Ihnen eben auf."

Alexa zog einen Block und einen Kugelschreiber aus ihrer Tasche und sah sich nach einer Unterlage um. Kurzerhand ging sie zu Maria Scholenskis Nachtschränkchen und notierte Namen und Telefonnummer. An dem Foto blieb ihr Blick erst hängen, als sie fertig war. Es hing über dem Nachtschränkchen, ein Portrait eines dunkelhaarigen Mannes, eine ziemlich neue Aufnahme, wie es schien.

Maria Scholenski schien Alexas Gedanken zu erraten. „Mein Sohn", sagte sie stolz und nahm das Bild von der Wand. „Mein einziger Sohn."

Alexas Sensoren gingen auf Alarmstufe. Danach hatte sie trotz Vincents Hinweis gar nicht gefragt. Maria Scholenski hatte Kinder, zumindest einen Sohn.

„Er sieht nett aus", sagte Alexa höflich. Der Mann glich seiner Mutter sehr stark. Er hatte ein ähnlich breites Gesicht und dieselben wachen, dunklen Augen.

„Haben Sie auch Enkelkinder?" fragte Alexa beiläufig.

„Leider nicht", seufzte Frau Scholenski-Koslowski. „Habe ich mir doch immer so gewünscht, aber mein Sohn hat nicht geheiratet. Und jetzt ist er wohl zu alt."

„Wie alt ist denn Ihr Sohn?"

Frau Scholenski schien die Frage überhört zu haben.

„Morgen kommt er", sagte sie statt dessen. „Immer am Sonntag. Und morgen hat der Josef eine besonders gute Nachricht für mich, hat er gesagt."

In diesem Moment flog die Tür auf. Alexa blickte verschreckt in das Gesicht einer entgeisterten Pflegerin.

„Ein schönes Foto", war das einzige, was Alexa einfiel. Im Grunde hatte sie nur einen einzigen Wunsch. Sie wollte jetzt bei Vincent sein, und zwar ganz, ganz schnell.

21

„Wo warst du gestern abend?" Alexas Frage, als sie mir die Tür öffnete, war ein einziger Vorwurf. Hinzu kam, daß sie blaß und krank aussah, was mein Gewissen nicht gerade erleichterte.

„Noch kurz in der Stadt", murmelte ich, ohne Alexa anzublicken.

„Hattest du die Korrekturen denn fertig?"

„Nein, ganz und gar nicht. Ich hatte einen Hänger und brauchte etwas Abstand." Natürlich haßte ich mich für meine Lügen.

„Dann hättest du ja auch mitkommen können", maulte Alexa.

„Bist du krank?" Ich hoffte, daß ich mit einem anderen Gesprächsthema besser zurechtkam.

„Ach, ich weiß auch nicht, mir geht's einfach nicht gut." Und dann erzählte Alexa von ihrem Besuch bei Maria Scholenski, die jetzt Koslowski hieß, von ihrer Herumschleicherei im Altenheim St. Marien und von der Pflegerin, die sie am Ende erwischt hatte.

„Wenn die Pflegerin nicht selbst so ein ungutes Gefühl gehabt hätte, weil der Eingangsbereich unbeaufsichtigt gewesen war, dann hätte sie mit Sicherheit die Polizei gerufen."

„Was hast du ihr denn erzählt?"

„Ich hätte gerufen, aber niemand sei dagewesen. In meiner Hilflosigkeit hätte ich mich dann selbständig auf die Suche nach Frau Koslowski gemacht."

„Armes Kind."

„Selbstverständlich habe ich ihr noch die Möglichkeit gegeben, meinen Personalausweis einzusehen, nur damit sie weiß, an wen sie sich wenden kann, falls im Laufe der Nacht alle Zimmer ausgeraubt würden."

„Und der ganze Aufwand für nichts", murmelte ich nachdenklich.

„Vielleicht ja nicht." Und dann rückte Alexa mit der Geschichte von dem Foto heraus. „Es gibt also einen Sohn, dessen Alter ich leider nicht weiß. Aber theoretisch könnte er ein Sohn von unserem Mordopfer sein. Doch der

Gipfel kommt noch: Er habe an diesem Sonntag eine gute Neuigkeit für seine Mutter, hat der Sohn schon vor einer Woche gesagt. Das stinkt doch zum Himmel oder nicht?"

„Sehr vage", warf ich ein. „Vielleicht tritt er eine neue Arbeitsstelle an."

„Und warum hat er das nicht bereits letzten Sonntag kundgetan?"

„Herrgott, es kann irgend etwas sein, das erst diese Woche in trockene Tücher gekommen ist." Ich reagierte unwilliger, als mir lieb war. Ich war gereizt, ganz ohne Zweifel, aber die letzte, die daran schuld war, war Alexa.

„Warum bist du überhaupt gekommen, wenn du so schlechte Laune hast? Ich kann auch nichts dafür, wenn du mit deinen dämlichen Klassenarbeiten nicht weiterkommst."

Alexa war den Tränen nahe. Sie warf ihre rotbraunen Haare in den Nacken und wischte sich unwillig durchs Gesicht.

„Es tut mir leid, ich weiß auch nicht, was mit mir los ist."

In Wirklichkeit wußte ich sehr wohl, was mit mir los war. Der Besuch von Angie hatte mich total aus der Bahn geworfen. Dieser Vorschlag, den sie mir unterbreitet hatte, beschäftigte mich fortwährend. Es war mir klar, daß ich in kurzer Zeit eine Entscheidung treffen mußte, die über meine Zukunft entscheiden würde. Angie konnte mir eine Stelle anbieten, als festangestellter Redakteur. Eine Stelle in Köln. Zudem eine gutbezahlte und hochinteressante Stelle. Sozusagen ein Angebot, das man nicht ablehnen konnte. Angie war fast pikiert gewesen, daß ich nicht sofort zugesagt, sondern mir eine Bedenkzeit auserbeten hatte. Drei Tage, hatte ich gesagt. Drei Tage brauchte ich, um diese Entscheidung treffen zu können. Trotzdem hatte Angie schon mal auf das Angebot feiern wollen. So waren wir nach dem Italiener noch einen trinken gegangen. Angie hatte sich nicht den Teufel darum geschert, daß sie noch fahren mußte. Nach einer Stunde wußte ich auch, warum. Sie wollte gar nicht zurückfahren. Sie wollte bei mir übernachten. Das teilte sie mir nach einer Flasche Sekt mit. Damit kam ich erst recht in einen Gewissenskonflikt. Nicht, daß ich irgendwas von Angie gewollt hätte. Aber allein die Tatsache, daß sie in meiner Wohnung übernachten wollte, ohne daß ich mit Alexa darüber gesprochen hatte, war ziemlich kompliziert. Angie erriet meine Gedanken sofort. „Mußt du da erst deine Freundin um Erlaubnis fragen, wenn du einer alten Bekannten in deiner Wohnung zwei Quadratmeter für die Nacht überläßt?" hatte sie mich schnippisch gefragt. Damit hatte sie mich sofort erwischt. „Natürlich nicht", hatte ich großkotzig geantwortet, „wie kommst du denn darauf?"

Innerlich mußte ich gestehen, daß es für Alexa wohl nicht unwichtig wäre, wie weit Angies Quadratmeter von meinen eigenen zwei Quadratmetern entfernt lägen.

Im Laufe des Abends trank Angie noch einiges mehr an Sekt und anderem Zeug, und so war sie ziemlich abgefüllt, als wir schließlich in meiner Wohnung ankamen. In gewisser Weise erleichterte das die Sache. Ich packte sie in mein Bett, und sie war innerhalb von zehn Sekunden eingeschlafen. Ich selbst verbrachte die Nacht auf der Couch oder wandelte umher, in Gedanken bei meiner Zukunft, die sich entweder hier im Sauerland oder in Köln abspielen sollte.

Am nächsten Morgen war Angie ziemlich verkatert wieder abgereist. „Das ist deine Chance, Vinz", hatte sie beim Abschied eindringlich zu mir gesagt. „Ich hoffe, dir ist klar, daß du eine solche Gelegenheit nie wieder bekommen wirst. Du willst doch nicht etwa hier versauern, oder? Ich verlaß mich auf dich."

Natürlich wäre jetzt die Gelegenheit gewesen, die ganze Sache mit Alexa durchzusprechen. Vielleicht war sie ja geradezu begeistert von der Idee, nach Köln zu gehen. Vielleicht suchte sie nur einen Anlaß, um endlich ihre Stelle zu wechseln, und würde diesen nun endlich bekommen. Andererseits mußte ich ja auch selbst erstmal wissen, was ich wollte. Auf jeden Fall sagte ich weiter nichts und mimte weiter den griesgrämigen, nachdenklichen Überlasteten.

„Ich finde es toll, daß du trotz deiner Arbeit mit zum Erntedankfest kommst", sagte Alexa, als wir schließlich im Auto saßen, und dieser Satz versetzte mir einen weiteren Stich. Mit einem schlechten Gewissen griff ich nach

Alexas Hand und lächelte schwach.

„Bald sind Ferien, dann wird sowieso alles besser", murmelte ich. Und im selben Augenblick fiel mir ein, daß das meine letzten Schulferien wären, wenn ich den Lehrerberuf aufgab.

In Renkhausen angekommen, stellte sich heraus, daß das ganze Dorf schon in heller Aufregung war. Wir kamen gerade noch rechtzeitig, um uns Alexas Vater und Ommma anzuschließen, die sich just auf den Weg zur Hauptstraße des Dorfes machten. Dort sollte der Festzug in wenigen Minuten vorbeimarschieren, wie Ommma uns in leichter Aufregung versicherte. Alexas Mutter war schon längst losgegangen. Sie würde in der Fußgruppe des Frauengesangvereins mitlaufen.

Am Straßenrand herrschte fröhliches Treiben, die Leute standen in Grüppchen zusammen und unterhielten sich ausgelassen. Herr Schnittler wurde sofort von einer Gruppe von Männern begrüßt, Ommma Schnittler nutzte die Gelegenheit, um einer Nachbarin von ihrem Knieleiden zu berichten. Ich hörte nur so lange zu, bis ich sicher war, daß Ommma die Nachbarin über mich aufgeklärt hatte, ohne meine Verdienste um Ommmas und Tante Mias Wohlergehen zu erwähnen. Wahrscheinlich war Ommma die Sache mit dem Likör selbst ein wenig peinlich, und sie schwieg lieber darüber. Alexa nickte hier und da jemandem zu, schien aber nur noch ein Anhängsel, kein fester Bestandteil der Dorfgemeinschaft zu sein. Nach einer Viertelstunde Rumsteherei war endlich Musik zu hören. Kurze Zeit später näherte sich dann der Festzug mit dem Musikverein an der Spitze, der die klassischen Schützenfestohrwürmer spielte. Dahinter kamen Unmengen von Kindern, die sich als verschiedene Obstsorten verkleidet hatten. Die einzelnen Schuljahre gingen jeweils als Zitrone in Gelb mit einem Spitzenhütchen auf dem Kopf, als Erdbeeren, Kirschen oder Pflaumen. Aufgeregt und stolz winkten die Kinder ständig ihren Eltern zu.

Hinter ihnen fuhr der erste Wagen. Ein Trecker zog einen grünen Anhänger, an dem seitlich eine große Aufschrift angebracht war.

Die Milch schmeckt fad und macht nicht munter,
drum kippen wir ein Bierchen runter.

„Das hat mein Papa den Leuten fertiggemacht", sagte
Alexa lapidar. Auf dem Wagen saß eine Gruppe junger
Männer und trank Bier. Offensichtlich waren sie schon
eine Weile dabei, wenn man von ihrer Gesichtsfarbe Rückschlüsse ziehen durfte. Hinten am Wagen stand auf einem
weiteren Schild, um welchen Verein es sich handelte: *SV
Renkhausen.*

„Der Fußballclub", sagte Alexa.

An der nächsten Gruppe waren wir verwandtschaftlich
beteiligt. „Hallo!" rief Alexas Mutter fröhlich und winkte
mit einer aus Kreppapier gebastelten Sonnenblume. Die
Damen des Frauengesangvereins hatten sich als eine Art
Blumenmädchen zurechtgemacht. Sie trugen bunte Klei-
der und einen Strohhut mit Blumenschmuck darauf. In der
Hand hielten sie Körbe mit weiteren Blumen oder eben
die selbstgebastelten Sonnenblumen. Noch eine Dame
winkte uns zu.

„Das ist Ursel Sauer", erklärte Alexa. „Du weißt schon,
die mit der ich lange über den Mordfall gesprochen habe,
die mir aber verschwiegen hat, daß sie selbst mal Interesse an Franz Schulte-Vielhaber hatte."

„Wenn das stimmt, was uns die Freundin der Küsterin
erzählt hat", warf ich ein.

„Genau, wenn das stimmt."

Jetzt kam wieder ein Wagen. Erneut ein Traktor, auf
dem sich eine Gruppe von Männern amüsierte. Vorne an
der Schaufel stand geschrieben, mit wem man es zu tun
hatte: Mit dem Kegelclub „*Die strammen Kerle.*" Das
Schild an den Seitenplanken konnte ich anfangs überhaupt
nicht verstehen.

Der Bulle braucht nichts mehr zu tun
Die Spritze macht's und er kann ruh'n.

„Es geht um Besamung", meinte Alexa und verdrehte
die Augen. Mir war nicht klar, ob über die Originalität des
Schildes oder über meine Unwissenheit.

115

„Ziemlich derber Humor, was?" sagte plötzlich eine Stimme hinter uns. Wir fuhren gleichzeitig herum. Ein sportlich aussehender, älterer Mann stand hinter uns und lächelte unter zwei unglaublich dicken Augenbrauen hervor.

„Ach, Herr Reineke", meinte Alexa erfreut. „Wie nett, Sie hier wiederzutreffen. Das ist übrigens mein rheinischer Freund Vincent, über den wir kürzlich ausführlich sprachen." Alexa zwinkerte dem Herrn zu. Ich blickte verwundert.

„Das ist Herr Reineke, einer der Zeugen, die auf dem Hof waren, als Elmars Onkel gestorben ist."

„Ich verstehe." Artig gab ich dem Mann die Hand. Warum sie über mich gesprochen hatten, war mir jedoch noch immer nicht klar.

„Ich liebe diese Dorffeste", erklärte Herr Reineke, ohne meine Neugierde zu befriedigen. „Sie zeugen von soviel Eigeninitiative und Freude am Feiern. So etwas habe ich in der Stadt in der Form nie erlebt."

Wie zur Bestätigung lief jetzt eine Gruppe von Frauen vorbei, die als Hühner verkleidet war. Hier und da verteilten sie ein Ei an die Zuschauer. Ohne Zweifel waren sie in bester Stimmung und konnten diese auch ans Publikum vermitteln. In der Mitte der Hühnerschar lief eine Frau im Hahnenkostüm. Sie trug ein Schild mit der Bezeichnung der Gruppe: *„Junge Landfrauen"*.

„Haben Sie eigentlich Erfolg gehabt mit Ihren Befragungen?" wandte sich Reineke wieder an Alexa.

Alexa schaute mich an, als wolle sie in meinem Gesicht lesen, was sie dem Mann erzählen könne.

„Zumindest nicht bei den Leuten, die am Todestag auf dem Hof waren", sagte sie dann ausweichend. „Ehrlich gesagt wußten alle genauso wenig wie Sie."

„Das tut mir leid. Aber ich habe mir auch nachher nochmal ernsthaft Gedanken gemacht, ob ich etwas Verdächtiges übersehen haben könnte. Leider ist mir nichts eingefallen."

Noch einmal kam ein Wagen, diesmal vom Männergesangverein, wie zu lesen war. Vorne auf dem Traktor saß ein junger Mann.

„Das ist Hannes Schröder", sagte Alexa zu mir gewandt.

116

„Auch mit ihm habe ich gesprochen, weil er an besagtem Tag auf dem Hof war. Er ist ein Freund von Elmar. Wahrscheinlich fährt er für ihn den Trecker, weil Elmar im Moment nicht unter Leute will."

„Aber warum denn nicht?" fragte Herr Reineke bestürzt. „Der Junge sollte sich doch von den Leuten nicht verrückt machen lassen."

„Das sagt sich so leicht", Alexa antwortete, ohne den Blick vom Festzug zu lassen. „Was meinen Sie, wie schief er angeschaut würde, wenn er am Tag vor der Beerdigung hier herumturnen würde."

Eine zweite Musikkapelle zog jetzt vorbei. Trotz der lauten Blasmusik war plötzlich Alexas Handy in ihrer Brusttasche zu hören. Sie wandte sich um und preßte den Hörer ans Ohr. Ich konnte nur einige Fetzen verstehen.

„Wir haben gerade über dich gesprochen – nein, nichts – was sagst du da? – ja, natürlich, wir kommen sofort."

„Es war Elmar", rief Alexa und zog an meinem Arm. „Auf dem Hof ist wieder etwas passiert. Wir sollen sofort hinkommen."

Herr Reineke schaute hilflos von einem zum anderen. „Um Gottes willen, kann ich helfen?"

Wir waren schon zwei Meter weg, als Alexa antwortete. „Nein danke, wirklich nicht!"

22

Wir fanden Elmar erst nach einigem Suchen hinter der Scheune. Er war noch immer ziemlich fassungslos und starrte vor sich hin. Wahrscheinlich hatte er unser Auto gar nicht kommen hören.

„Warum nur? Wer macht sowas?" fragte er, als wir uns näherten.

Erst jetzt sahen wir, was los war. Jemand hatte mit roter Farbe an die Rückwand der Scheune geschmiert. *BAUERNSCHWEINE* stand dort in riesengroßen Buchstaben. Ein offener Farbtopf stand auch noch da. Alexa und ich waren sprachlos.

„Das gibt's doch gar nicht!" brachte Alexa schließlich hervor.

„Da spinnt jemand", sagte ich stockend. „Irgendein Radikal-Öko oder so."

„Genau!" Unverkennbar leuchteten Alexas Augen auf. „Das ist es. Irgendein Wahnsinniger hat etwas gegen Bauern, vielleicht ein Umweltschützer, der in den Bauern die großen Grundwasserverseucher sieht, oder ein fanatischer Tierschützer. Auf jeden Fall ist der Täter ein Bauernhasser, der sich dem Kampf gegen die Landwirte verschrieben hat."

„Du klingst so begeistert", warf ich nüchtern ein.

„In gewisser Weise bin ich das auch. Versteht ihr denn nicht? Damit ist Elmar aus dem Schneider."

„Sehr beruhigend, vom Täter zum Opfer zu werden", murmelte der Jungbauer. „Wahrscheinlich bin ich aus beruflichen Gründen als nächster dran."

Ich konnte mir ein sarkastisches Grinsen nicht verkneifen. „Jetzt weiß ich endlich, was ein Bauernopfer ist."

„Auf jeden Fall müssen wir die Polizei benachrichtigen! Die Sache hat unter Umständen mit dem Mord zu tun!" Alexa zog prompt ihr Handy aus der Tasche. „In dem Fall wäre dann Christoph Steinschulte zuständig."

Christoph Steinschulte war schon eine Stunde später auf dem Hof, obwohl es Sonntag war. Elmar hatte sich bei einer Tasse Kaffee in der Küche wieder so weit beruhigt, daß er berichten konnte, wann er den Schriftzug entdeckt hatte. Er war nachmittags in der Scheune gewesen, um einen Besen zu holen. Dort hatte er bereits gesehen, daß einige Unordnung herrschte. Irgend jemand mußte sich in der Scheune ausgetobt haben. Dann hatte er plötzlich frische Farbe gerochen. Da er länger nicht mit Farbe gearbeitet hatte, war er der Sache sofort auf den Grund gegangen. Auf der Rückseite der Scheune war er dann fündig geworden.

„Die Farbe war noch ganz frisch", sagte Elmar ziemlich erregt. „Das heißt, der Täter muß unmittelbar vorher dagewesen sein. Um ein Haar hätte ich ihn erwischt."

„Wie spät war es denn, als Sie die Farbe entdeckt haben?"

„Wie spät war es?" Elmar zog die Stirn kraus. „Wann habe ich dich angerufen?" Er wandte sich an Alexa.

„Halb vier", antwortete die. „Wir saßen kurz nach halb vier im Auto."

„Also habe ich sie kurz vor halb vier entdeckt."

„Nach dieser Schmiererei ist doch offensichtlich, daß irgendein Spinner es auf Bauern im allgemeinen abgesehen hat", redete Alexa jetzt auf Christoph Steinschulte ein. „Jetzt müßte doch auch Ihnen klar sein, daß Elmar mit der Sache nichts zu tun hat, oder?"

„Die Rückschlüsse überlassen Sie bitte mir", sagte Christoph Steinschulte überraschend bestimmt. „Es ist überhaupt nicht klar, daß der Schreiber gleichzeitig der Mörder von Franz Schulte-Vielhaber ist. Vielmehr könnte es auch jemand gewesen sein, der Elmar für den Mörder hält und ihn deshalb anschwärzen will. Genausogut könnte Ihr Freund Elmar selbst die Schrift angebracht haben, um den Verdacht von sich zu lenken. Dafür spricht zum Beispiel, daß es sich ganz zufällig um seine Farbe handelt."

„Die für jeden zugänglich in der Scheune auf einem Brett stand", schimpfte Elmar aufgebracht.

„Das gibt's doch gar nicht! Warum sollte er denn, das geht doch gar nicht!" Alexa verlor mehr und mehr ihre Selbstbeherrschung. Ich versuchte, ihr ein paar beruhigende Blicke zuzuwerfen, aber sie reagierte gar nicht.

„Es ist doch fast undenkbar, daß ein Außenstehender es gewagt hätte, in aller Seelenruhe in der Scheune nach einem Topf Farbe zu suchen, um dann an der Hinterwand herumzuhantieren, wenn er weiß, daß sich auf dem Hof Leute aufhalten", sagte Steinschulte, der sichtlich bemüht war, Ruhe zu bewahren.

„Es ist genauso undenkbar, daß Elmar mit seiner eigenen Farbe an seiner Scheunenwand herumschmiert, wenn er damit rechnen muß, dabei von Spaziergängern gesehen zu werden."

„Womit jemand rechnet, ist eine Frage der Intelligenz."

Der Satz hallte in der Küche nach, als sei er mit Mikrofon gesprochen worden. Ich sah Alexas Gesichtsausdruck an, daß sie es nicht mehr für nötig hielt, noch ein Wort mit Christoph Steinschulte zu sprechen.

Selbst im Auto hatte sich Alexa noch nicht annähernd beruhigt.

„So ein Mistkerl!" schimpfte sie etwa zum zehnten Mal, als wir auf halber Strecke waren. „Ein arrogantes Ekel ist er, warum habe ich das nicht viel früher erkannt?"

„Er steht unter Druck", versuchte ich Steinschultes Verhalten zu rechtfertigen. „Wahrscheinlich ist das einer seiner ersten Fälle, die er ohne seinen Vorgesetzten bearbeitet. Und dieser Fall ist nicht einfach."

„Ist das ein Grund, sich dermaßen arrogant aufzuführen? Ich hätte ihm das Fehlen seiner eigenen Intelligenz vorhalten sollen", schimpfte Alexa.

„Er wollte Elmar provozieren. Das ist ein gängiges Verhörmuster", erklärte ich, obwohl ich mich da auch nicht besonders gut auskannte und mein gesamtes Fachwissen aus dem sonntäglichen Tatort bezog. „Er hat es nicht wirklich so gemeint, aber er wollte uns zum Überkochen bringen."

„Das ist ihm hervorragend gelungen. Aber wenn er meint, daß Elmar deshalb etwas gesteht, was er nicht begangen hat, so ist Steinschultes Intelligenz tatsächlich nur mit einem hochsensiblen Mikrogerät zu messen."

„Schließlich hast du Steinschulte auch nicht gerade auf die herzliche Tour darauf hingewiesen, was er ab jetzt zu denken hat."

„Es ist doch völlig offensichtlich, daß Elmar jetzt aus dem Rennen ist. Darauf wollte ich nur hinweisen."

„Überaus freundlich, wird er sich gedacht haben."

„Was kann ich dafür, daß Männer so empfindlich sind." Mir war klar, wenn wir jetzt nicht das Thema wechselten, war ich am Ende derjenige, der Alexas Ärger abbekam.

„Wir sollten uns besser Gedanken machen, was diese Schmiererei für Konsequenzen hat. Wer scheidet dadurch als Verdächtiger aus? Wo können wir weiterforschen?"

„Wir haben doch gar keine Verdächtigen", brummte Alexa, „außer einer hochbetagten Dame, die im Altenheim wohnt und deren schlimmstes Vergehen es wahrscheinlich ist, daß sie ihre Schlafmittel nicht nimmt."

„Was ist mit dem Sohn?"

„Der hat heute nachmittag seine Mutter besucht und ist

damit aus dem Rennen. Ich glaube nicht, daß er zwischendurch noch ein bißchen an Scheunenwänden herumgeschmiert hat."

„Und du weißt sicher, daß er bei seiner Mutter war?"

Alexa stöhnte und griff nach ihrem Handy. Zunächst rief sie bei der Auskunft an und ließ sich die Nummer vom Altenheim St. Marien in Lüdinghausen geben. Die Auskunft verband sie automatisch mit der erfragten Nummer. Es dauerte ewig, bis jemand von der Pforte Maria Koslowski ans Telefon geholt hatte. In der Zwischenzeit rechnete Alexa mir vor, wie hoch in diesem Monat ihre Handyrechnung werden würde.

„Ach, hallo Frau Koslowski", hörte ich sie dann plötzlich sagen. „Hier ist Alexa Schnittler, ich wollte mich nur noch einmal für die abendliche Ruhestörung entschuldigen. Nein, nein, ich habe keinen Ärger bekommen. Ich konnte der Pflegerin klarmachen, daß ich einzig und allein mit Ihnen sprechen wollte. Genau, ja. Und wie war Ihr Sonntag? Ganz allein? Ja, ist denn Ihr Sohn nicht zu Besuch gekommen? Ja, aber er wollte Ihnen doch eine freudige Nachricht mitteilen. Nächsten Sonntag? Nun, das ist ja auch nicht mehr lange. Und der Josef hat gar nicht verraten, worum es geht? Das ist ja richtig spannend. Frau Koslowski, wohnt Ihr Sohn eigentlich am Ort? Ach, in Münster. Nein, so weit ist das wirklich nicht. Gut, dann wünsche ich Ihnen noch einen schönen Abend. Nein, keine Angst, ich werde heute abend nicht nochmal vorbeikommen. Schlafen Sie gut. Und Wiederhören!"

„Er ist nicht gekommen", platzte Alexa heraus. „Er ist tatsächlich nicht erschienen. Angeblich ist ihm etwas dazwischengekommen, wovon er aber nichts verraten wollte."

Das war wirklich interessant, wenngleich es mir immer noch schwerfiel, an einen verspäteten Rachefeldzug zu denken.

„Gut, wir müssen ihn im Hinterkopf behalten", sagte ich nachdenklich. „Aber wer kommt außerdem in Frage? Wer ist dir bei deinen Recherchen irgendwie aufgefallen?"

Alexa ging halblaut nochmal alle Personen durch, mit denen sie gesprochen hatte. „Gertrud Wiegand", sagte sie,

„die Ohrenzeugin. Warum sollte sie etwas erfinden, mit dem sie die Theorie vom Mord überhaupt erst angefacht hat? Nein, das ist unlogisch. Gertrud Wiegand ist eine wichtige Zeugin, mehr nicht. Dann ist da dieser Gustav Reineke, ebenfalls uninteressant. Er kommt gar nicht aus dem Sauerland, sondern ist erst vor kurzem aus dem Ruhrgebiet hierhergezogen. Ein netter Kerl, aber noch nicht einmal ein brauchbarer Zeuge. Genauso steht es mit Hannes Schröder, Elmars Freund, der auch am Todestag auf dem Hof war. Beide haben nichts Wichtiges bemerkt. Na ja, und dann ist da noch Ursel Sauer, die alte Bekannte meiner Mutter - eine richtige Dorfkanone, die aber verschweigt, daß sie sich mal für Franz interessiert hat."

„Natürlich kann es ihr im nachhinein einfach peinlich sein", warf ich ein, „aber es kann auch ganz andere Gründe haben."

„Ebenfalls Rache, nur leider mit fünfzig Jahren Verzögerung", stöhnte Alexa. „Das ist alles nicht besonders befriedigend, vor allem weil uns unsere schönsten Verdächtigen ausfallen, da es sich um Frauen handelt. Nach dieser Schmiererei an Elmars Scheune müssen wir uns wohl in eine ganz andere Richtung bewegen - und zwar in Richtung Bauernhasser."

Sie lehnte ihren Kopf zurück. „Im übrigen ist mir schlecht."

„Du steigerst dich zu sehr da rein", sagte ich sanft. „Vielleicht solltest du doch besser der Polizei die Untersuchungen überlassen. Steinschulte hat mit der Schmiererei ja jetzt einen neuen Anhaltspunkt."

„Erinnere mich nicht an den", grunzte Alexa und schloß erschöpft die Augen. Sie sah tatsächlich nicht gut aus, blaß, müde, irgendwie anders als sonst.

Plötzlich fiel mir die Sache mit Köln wieder ein. Alexa würde mich umbringen, wenn sie irgendwann erführe, wie lange ich von dem Angebot gewußt hatte, ohne ihr davon zu berichten. Trotzdem war ich mir sicher, daß jetzt nicht der richtige Zeitpunkt dafür war. Ich fragte mich, ob der richtige Zeitpunkt überhaupt jemals kommen würde.

23

Mit einem flauen Gefühl im Magen las Alexa den Inhalt der Gebrauchsanweisung noch einmal durch. Ein Streifen nicht schwanger, zwei Streifen schwanger. Es war total simpel, begreifbar für jedermann. Sie brauchte jetzt nur noch abzuwarten. Wie lange noch? Ach ja, fünf Minuten, jetzt vielleicht noch viereinhalb. Kein Problem, sie würde jetzt ganz ruhig hier sitzen und gleich herübergehen ins Badezimmer, wo dann auf dem Teststreifen ein Streifen zu sehen wäre. Ein Streifen war nochmal was? Alexa guckte erneut in die Gebrauchsanweisung. Ein Streifen nicht schwanger, zwei Streifen schwanger. Im Badezimmer würde ein Streifen zu sehen sein. Ganz bestimmt. Das flaue Gefühl im Magen machte Alexa zu schaffen. Sie mußte an etwas anderes denken. Immerhin hatte sie noch vier Minuten vor sich. Alexa schaute auf die Uhr. Genau, noch vier Minuten. Ob sie sich weiter in die Sache mit Elmar hineinknien sollte? Einerseits schien die Angelegenheit dringender denn je. Genauer gesagt wurde Elmar regelrecht bedroht. Womöglich würde dieser Bauernhasser noch einmal zuschlagen und dabei Elmar ins Visier nehmen. Vielleicht war es wirklich ein Radikaler, der versuchte, auf diesem Wege auf seine Interessen aufmerksam zu machen. Aber ganz im Ernst. Hätte ein solcher Zeitgenosse seine Botschaft nicht viel deutlicher hinterlassen müssen – in Form eines Drohbriefes oder so? Wie sollte die Öffentlichkeit sein Ansinnen erkennen, wenn er es nicht deutlich formulierte? Das Wort *Bauernschweine* an eine Wand zu kritzeln war da sicherlich zu wenig. Außerdem war Elmar eigentlich nicht das richtige Opfer für einen solchen Angriff. Immerhin beschäftigte der sich mit ökologischer Landwirtschaft. Da gab es viel verstocktere Landwirte als Elmar Schulte-Vielhaber. Wie auch immer, Elmar wurde bedroht und da mußte Alexa sich weiter einsetzen. Wenn nicht –

Alexa schluckte und sah wieder auf die Uhr. Noch drei Minuten. Noch nicht mal, eigentlich waren es nur zweieinhalb. Was wäre eigentlich, wenn... Auf keinen Fall würde sie Vincent heiraten. Sie wollte ihn nicht unter Druck setzen. Sie würde schon alleine klarkommen. Das wäre ja gelacht. Es gab schließlich Tausende alleinerziehender Mütter, und die kamen auch irgendwie zurecht. Warum also nicht sie, Alexa?

Was war eigentlich mit Frank? Kam der nicht in Frage als Täter für beide Vorfälle? Vielleicht wollte Frank mit der Anfeindung *Bauernschweine* Elmar endgültig den Spaß an der Landwirtschaft verderben. Vielleicht war es nur der Auftakt einer Reihe von Drohungen, die Elmar glauben machen sollten, er habe in der Bevölkerung keinen Rückhalt mehr und werde von allen als Mörder gehandelt? Glaubte er, damit an den Bauernhof zu kommen? Irgendwie auch unrealistisch. Frank konnte nicht ernsthaft glauben, daß Elmar den Hof einfach abgab, auch wenn er ihn selbst nicht bewirtschaften wollte. Da mußte schon Schlimmeres kommen, um Frank zum Erben zu machen. Als verurteilter Mörder konnte Elmar den Hof nicht erben. Man konnte nach dem Gesetz nicht jemanden beerben, der durch die eigene Hand getötet worden war. Doch ob Frank auf diesem Wege Elmar als Täter deklarieren wollte – fragwürdig. Wo war Frank eigentlich am Nachmittag gewesen? Laut eigener Aussage – er war ja zurückgekommen, als die Polizei noch da war – hatte er sich in einer Spielhalle in Sundern herumgetrieben. Ob die Polizei das nachprüfte? Sie mußte sich selbst darum kümmern. Vielleicht noch heute, falls nicht -

Alexa fühlte einen Stich in der Magengegend und sah auf die Uhr. War das möglich? Sollten die fünf Minuten wirklich schon rumsein? Alexa beschloß, lieber noch eine Minute zu warten, für den Fall, daß das Ergebnis noch nicht eindeutig feststand. Am besten, sie würde Vincent gar nichts davon sagen, wenn der Test wirklich positiv sein sollte. Sie würde ihm einfach mitteilen, sie könnten sich eine Weile nicht sehen, und dann würde sie ihm irgendwann ausrichten, sie erwarte ein Kind, aber er habe eigentlich gar nichts damit zu tun. Er brauchte da keinerlei Verpflichtungen zu befürchten. Sie würde überhaupt keine Forderungen stellen. Statt dessen wolle sie in Kürze wegziehen, was aber gar nichts mit seiner Person zu tun habe. Aber sie war nicht schwanger, ganz bestimmt nicht.

Diese morgendliche Übelkeit war kein Hinweis auf eine Schwangerschaft, sondern darauf, daß sie wahrscheinlich schon morgen ihre Periode bekommen würde. Oder darauf, daß sie vor lauter Panik bereits an Übelkeit litt. Sie war nicht schwanger, das fühlte sie. Und jetzt würde sie ins Badezimmer gehen, sich den einen Streifen ansehen und laut lachen. Auf dem Weg zum Bad wurde das flaue Gefühl im Magen stärker.

Zehn Sekunden später stürzte sie zurück ins Wohnzimmer und griff nach der Gebrauchsanweisung. Sie mußte sich verlesen haben, der Test mußte falsch sein, ein Billigprodukt, wahrscheinlich hergestellt in Taiwan. Ihre Augen fanden auf die Schnelle den Abschnitt nicht, den sie suchte. Da. *Ein Streifen nicht schwanger, zwei Streifen schwanger, zwei Streifen schwanger, zwei Streifen schwanger.*

24

In dieser Woche ertrug ich den Montagmorgen mit einer Mischung aus Melancholie, Zukunftsangst und schlechtem Gewissen. Zwischen meinen Unterrichtsstunden sinnierte ich darüber nach, was ich wirklich wollte, und fand mich nach Unterrichtsschluß am offenen Fenster wieder, wo ich sinnträchtigerweise beobachtete, wie hin und wieder ein Blatt von den nahestehenden Linden heruntersegelte.

„Vincent, darf ich dir Herrn Springer vorstellen?" Ich fuhr herum und sah mich zwei Männern gegenüber, einer davon Lars Rethmeier, mein Geschichtskollege, der andere ein mir unbekannter Mann in den Siebzigern.

„Ich habe dir von Herrn Springer erzählt. Er hat das heimatkundliche Buch über die Nazi-Zeit in unserer Region geschrieben. Herr Springer wäre bereit, für unsere Schüler aus seinem Buch zu lesen."

Jetzt erinnerte ich mich. Lars hatte mir vor einiger Zeit erzählt, daß er sich bemühen wollte, mit dem Mann Kontakt aufzunehmen.

Ich begrüßte Herrn Springer herzlich und bekundete

meine Freude, ihn kennenlernen zu dürfen.

„Herr Springer war so nett, hier zur Schule zu kommen, um mit uns abzusprechen, zu welchen Themen er sich bei der Lesung äußert", erklärte Lars.

Mein Magen stimmte ein lautes Protestknurren an. Ich hatte den ganzen Tag noch nichts gegessen, gerade meinen Horrormontag hinter mich gebracht und lechzte nach irgendetwas Nahrhaftem, um nicht an Unterzucker zu krepieren. Lars schien meine Gedanken zu erraten.

„Vielleicht organisiere ich uns erstmal eine Tasse Kaffee und irgend etwas zu essen. Dann können wir uns gleich für eine Viertelstunde zusammensetzen."

In der Zwischenzeit blieb ich mit Herrn Springer am Fenster stehen.

„Machen Sie öfter solche Lesungen?" fragte ich höflich.

„Ja, in letzter Zeit immer öfter. Das Interesse an regionaler Geschichte scheint in den Schulen zu wachsen."

Dann erzählte Herr Springer, mit welchen Recherchen er die Ergebnisse in seinem Geschichtsbuch zusammengetragen hatte. Er hatte sämtliche Archive der Region durchgearbeitet. Außerdem schien es keinen Zeitzeugen zu geben, den Springer nicht eigenständig befragt hatte. Nicht zuletzt hatte Springer die Nazi-Zeit als Junge erlebt. Genau das schien auch der Ursprung seines Interesses zu sein.

„Haben Sie sich eigentlich auch mit der Thematik der Zwangsarbeiter beschäftigt?" Springers Augen leuchteten. Damit schien ich gerade eines seiner Spezialgebiete erwischt zu haben.

„Sie glauben ja gar nicht, in wievielen Unternehmen der Region Fremdarbeiter beschäftigt waren." Springer zählte eine ganze Reihe auf, von denen ich leider kein einziges kannte. Es schien außerdem verschiedene Lager in der Region gegeben zu haben, wo die Arbeiter untergebracht waren. Der Mann war wirklich eine historische Fundgrube, zudem jemand, der sehr bewegend vortragen konnte. Er würde vor den Schülern einiges bewirken können.

„Ich habe von einer Zwangsarbeiterin gehört, die nach dem Krieg hiergeblieben ist und auf einem Bauernhof als

Magd begonnen hat", erzählte ich plötzlich. In mir schwelte eine diffuse Hoffnung, daß Springer mir auch zu meinen ganz persönlichen Untersuchungen im Fall Franz Schulte-Vielhaber etwas Nützliches sagen konnte.

„Das ist ein ungewöhnlicher Fall", antwortete Springer. „In der Regel sind die Fremdarbeiter nach dem Krieg schnell wieder verschwunden. Übrigens sind auf Bauernhöfen selbst auch häufig Fremdarbeiter eingesetzt worden. Ich habe von Fällen gehört, wo Arbeiter sich nach dem Krieg an den Bauern gerächt haben, da diese sie im Krieg behandelt hatten wie den letzten Dreck."

„Ich wußte gar nicht, daß Fremdarbeiter überhaupt auf Bauernhöfen eingesetzt waren", erklärte ich.

„Nun, die Männer waren im Krieg. Die Versorgung mußte gesichert sein. Was lag da näher, als den Bauern ein paar Arbeitskräfte zur Seite zu stellen?"

„Natürlich, das leuchtet ein."

„In dem Fall, der mir aus einem Zeitungsartikel bekannt ist, hat der Bauer seine russischen Arbeiter heftig geschlagen. Das haben sie ihm nach dem Krieg dann reichlich zurückgezahlt. Das war in Olsberg, wenn ich mich nicht irre. Auf der anderen Seite hat es Fälle gegeben, bei denen Zwangsarbeiter ihre Bauern nach dem Kriege in Schutz genommen haben. In einem Fall, wo zwei Männer vom Bauern sehr anständig behandelt worden sind, haben die beiden bei den Amerikanern ausgesagt, ihr Bauer sei kein Nazi gewesen, auch wenn er als Mitläufer in die Partei eingetreten war."

„Die Bauern waren im Krieg wahrscheinlich die einzigen, denen es noch einigermaßen gutging", lenkte ich das Gespräch nun in eine etwas andere Richtung.

„Und nicht nur im Krieg", antwortete Springer und nickte mit dem Kopf. „Die Zeit danach war ja für die Bevölkerung nicht weniger hart. Da waren die Bauern die einzigen, die noch ein bißchen zu beißen hatten. Nicht zu Unrecht sagt man, daß die Bauern vom Schwarzmarkt am meisten profitiert haben."

„Das sind dann die Geschichten mit den Teppichen im Schweinestall?" fragte ich.

„Genau, so erzählte man es sich. Viele Bauern haben

die Versorgungslage eiskalt ausgenutzt. Eine Goldkette für zwei Eimer Getreide, so habe ich es in Berichten von Zeitzeugen gehört. Es hat nicht wenige gegeben, die sich die Truhen mit Wertgegenständen gefüllt haben. Aus dem ganzen Ruhrgebiet sind die Leute hierhergekommen, um den Bauern etwas abzuhandeln und so ihr Überleben zu sichern." Herr Springer warf einen Blick aus dem Fenster, bevor er weitersprach. „Allerdings waren bei weitem nicht alle Bauern so schlimm, wie wir es jetzt beschrieben haben. Viele haben Leute bei sich arbeiten lassen und sie dafür auch anständig bezahlt. Es hat viele großherzige Bauern gegeben, ganz sicher."

„Zu denen wird Franz Schulte-Vielhaber nicht unbedingt gehört haben", sagte ich in Gedanken zu mir. Herr Springer sah mich verständnislos an.

„Ich habe mit mir selbst gesprochen", entschuldigte ich mich. „Dazu neige ich gelegentlich, bei all diesem Bauernsalat."

In diesem Augenblick kam mein Kollege Lars Rethmeier zurück, und ich nahm ihm dankbar eine Tasse Kaffee aus der Hand.

„Ist sie nicht schön, diese herbstliche Linde?" sagte ich versonnen, während ich ein letztes Mal nach draußen blickte.

Lars, der im Zweitfach Bio unterrichtete, warf ebenfalls einen Blick in die Richtung. „Wirklich, eine wunderschöne Linde", sagte er ironisch, „eine Linde, die in Wirklichkeit eine Buche ist."

25

Am Nachmittag begleitete ich Alexa zur Beerdigung. Schon nach zwanzig Sekunden war mir klar, daß sie denkbar schlechte Laune hatte. Sie begrüßte mich kaum, hatte sofort etwas an meiner schwarzen Hose auszusetzen und war auch sonst unerträglich. Insgeheim war ich mir sicher, daß sie ihre Tage bekam. Sofort hatte ich einen Vorwand, warum ich ihr nicht von meinem Köln-Angebot erzählen konnte. Dabei hatte ich es mir fest vorgenommen, es nun endlich hinter mich zu bringen, aber bei der Laune schien mir eine sachliche Diskussion unmöglich. Ich selbst war in meiner Entscheidungsfindung nicht wesentlich weitergekommen. Immer wieder kam mir in den Sinn, daß ich eine solche Gelegenheit, nach Köln zu gehen, nicht ungenutzt verstreichen lassen konnte. Wie Angie gesagt hatte, eine zweite Chance würde es nicht geben. Dann wieder machte ich mir klar, was es mir bedeuten würde, das Sauerland jetzt zu verlassen. Ich hatte so vieles lieb gewonnen: meine Arbeit am Elli, die Umgebung und selbst die Menschen, die ich anfangs als verschlossen und stur empfunden hatte und die mir auf den zweiten Blick ganz schön ans Herz gewachsen waren. Schon bald verdrängte ich dann jedesmal alle Gedanken und vertagte die Entscheidung. Schon allein, weil sich sonst diese gefühlsmäßige Herbststimmung in meinem Inneren festsetzte. Obwohl ich nur noch einen einzigen Tag Bedenkzeit hatte, schaffte ich es auch diesmal, mich vor einer Entscheidung zu drücken.

Im Auto erzählte ich Alexa daher nur von meinem morgendlichen Gespräch mit Herrn Springer, doch meine Ausführungen stießen auf kein großes Interesse.

„Ich glaube, wir können in dieser Mordsache nicht mehr allzuviel machen", sagte Alexa zu meinem großen Erstaunen. Damit schien das Thema für sie erledigt zu sein.

Die Beerdigung ging ziemlich unspektakulär über die Bühne. Lediglich Elmars Mutter sah beängstigend aus. Sie schien noch schmaler geworden zu sein und hatte ein erschöpftes Gesicht. Elmar und Frank standen in der Kirche nebeneinander in der ersten Bank. Trotzdem glaubte ich nicht, daß sie sich in der Zwischenzeit versöhnt hatten.

Die Verwandtschaft schien nicht allzu groß sein. Jedenfalls waren die ersten drei Bänke nur spärlich besetzt. Die Leute aus dem Dorf hatten weiter hinten Platz genommen. Immerhin war es erstaunlich, daß überhaupt eine ganze Reihe Leute gekommen waren. Schließlich hatte der Verstorbene allgemeinhin als Ekel gegolten. Ich überlegte. Entweder war es im Dorf üblich, an den Trauerfeiern teilzunehmen, eine Art dörflicher Ehrensache, egal, wie beliebt der Verstorbene nun gewesen war. Oder es hatte sich inzwischen Sensationslust breitgemacht, da der Tod noch immer nicht aufgeklärt war, folglich noch immer alle Familienmitglieder unter Verdacht standen. Auch Alexa blickte sich ausgiebig um. Sie nickte zwei Leuten zu, eine davon war Ursel Sauer, Franz Schulte-Vielhabers Verehrerin aus Jugendtagen. Falls das wahr sein sollte, so schien davon nicht allzuviel zurückgeblieben zu sein: Ursel Sauer wurde nicht gerade von Tränenausbrüchen geschüttelt.

Kurz nachdem die Messe begonnen hatte, kam Christoph Steinschulte herein. Er warf einen Blick zur Seite und zwängte sich in unsere Bank, gleich neben Alexa. Die schaute demonstrativ nach vorne, als wäre er Luft. Unwillkürlich mußte ich grinsen. Eigentlich mußte ich Steinschulte warnen. Eine verärgerte Alexa war an sich schon kein Pappenstiel. Aber eine Alexa, die zudem noch ihre Tage bekam, war gänzlich unschlagbar.

Die Beerdigung auf dem benachbarten katholischen Friedhof war genau wie der Gottesdienst von einer undurchdringlichen Routine bestimmt. Der Pastor hatte wahrscheinlich den Verstorbenen gar nicht gekannt. Er hielt daher keine richtige Trauerrede, sondern betete für den Verstorbenen sehr allgemein. Als wir den Friedhof verließen, gelang es Alexa, endlich von Christoph Steinschulte loszukommen, der die ganze Zeit neben uns gegangen war. Der Kommissar vertiefte sich daraufhin in ein Gespräch mit Frank Schulte-Vielhaber.

„Da vorne ist Anne", flüsterte plötzlich Alexa an meiner Seite. Die junge, hübsche Frau hatte sich die ganze Zeit im Hintergrund gehalten. Auch jetzt war sie schon auf dem Weg zu ihrem Auto. Doch dann sahen wir Elmar plötzlich hinter ihr herhasten. Er redete auf sie ein, hielt sie sogar am Arm. Vermutlich wollte er sie zum Bleiben überreden. Doch Anne blieb hart, nahm Elmar nur kurz in den Arm und verschwand dann in ihrem Auto.

„Nett sieht sie aus", sagte ich. Alexa sah mich von der Seite an, als hätte ich ihr gerade einen Seitensprung gestanden.

„Ist das alles, was dir zu ihr einfällt?" sagte sie dann in einem motzigen Tonfall.

„Allerdings", konterte ich, „für alles Weitere kenne ich

sie zu wenig."

„Männer!" stieß Alexa hervor und drehte sich um, wobei sie gleich ein paar Frauen aus dem Dorf entdeckte, zu denen sie sich gesellte.

Ich selbst lehnte mich an eine mit Moos bewachsene Bruchsteinmauer, die das Pfarrhaus vom Kirchplatz abgrenzte, und wartete. Langsam löste sich die Trauergemeinde auf. Nur die Verwandtschaft blieb in einem Pulk zusammen und bewegte sich langsam über den Kirchplatz. Wahrscheinlich strebte man der dorfansässigen Gaststätte zu. Aus der Gruppe löste sich plötzlich Frank und ging eiligen Schrittes auf sein Auto zu. Er schaute mich kurz an, während er an mir vorbeiging, grüßte aber nicht und sah insgesamt ziemlich verärgert aus.

Kurze Zeit später löste sich auch Christoph Steinschulte aus der Gruppe und kam zu mir herüber.

„Scheiß Fall", sagte er zur Begrüßung und zündete sich eine Zigarette an. „Ich hätte mir zum Einstieg etwas Angenehmeres gewünscht."

„Du arbeitest also nicht mehr mit Hortmann zusammen", fragte ich. „Bist du befördert worden?"

„Hauptkommissar", antwortete Steinschulte knapp und zog an seiner Zigarette. „Leider habe ich noch keinen festen Partner, der regelmäßig mit mir zusammenarbeitet. Hin und wieder steht mir ein junger Kollege zur Seite, aber im großen und ganzen schlag ich mich alleine durch."

Ich blickte zu Alexa hinüber, die uns sehr wohl wahrgenommen hatte. Als sich unsere Blicke trafen, schaute sie gleich wieder weg und vertiefte sich in ihr Gespräch mit den Frauen aus dem Dorf. Wahrscheinlich mußte sie Steinschulte weiterhin demonstrieren, wie egal er ihr war.

„Alexa ist ziemlich sauer auf mich", schloß Steinschulte prompt.

„Naja, die Bemerkung mit der Intelligenz war nicht gerade der Hit", versuchte ich zu erklären. „Das hat sie ziemlich getroffen, sozusagen stellvertretend für Elmar."

„Ich wollte mich eigentlich entschuldigen", murmelte Steinschulte, „Aber ich glaube, ich bekomme gar keine Gelegenheit dazu." Insgeheim gab ich dem Hauptkommissar recht.

„Aber wie ich schon sagte, der Fall ist eine einzige Katastrophe", brummte Steinschulte weiter. „Es gibt kaum Hinweise, die einem irgendwie weiterhelfen könnten. Keinen aufschlußreichen Autopsiebericht – das Opfer ist schlichtweg von der Leiter gefallen und hat sich dabei alles Mögliche gebrochen, was man sich eben so bricht, wenn man von der Leiter stürzt. Keine Haare, Speichelreste oder sonstwas DNA-Taugliches. Eine Menge Fingerabdrücke auf der Aluleiter, klar. Natürlich die vom Opfer, aber auch die von seinem Neffen. Aber der behauptet natürlich, er habe am Tag zuvor selbst mit der Leiter gearbeitet. Die Fingerabdrücke seien nur zu verständlich. Kann natürlich sein. Tatsächlich haben wir eine Zeugenaussage, daß Elmar am Tag vorher selbst auf der Leiter gestanden hat. Aber vielleicht ist das nicht ohne Absicht geschehen. Vielleicht hat er ganz bewußt die Leiter vorher selber benutzt. Zwei Fingerabdrücke konnten wir überhaupt nicht identifizieren. Sie können von sonstwem stammen, von Handwerkern zum Beispiel."

„Egal, wer der Täter ist", warf ich ein. „Die Tat scheint nach meinem Gefühl sehr spontan passiert zu sein, nicht langfristig geplant. Insofern halte ich es für unwahrscheinlich, daß vorher jemand Vorbereitungen getroffen hat."

„Mein Gefühl sagt mir dasselbe", gab Steinschulte zu. „Aber in diesem Fall gibt es fast gar nichts außer Gefühl. Und das ist eine verdammte Scheiße. Kein Mensch glaubt, daß Elmar Schulte-Vielhaber einen Mord begangen haben könnte. Natürlich könnte er es trotzdem gewesen sein, aber ich habe keinen einzigen handfesten Beweis, um ihn festnehmen zu können."

„Mit der Scheunenschmiererei hat sich doch ein neuer Ansatz ergeben", versuchte ich mein Glück. „Habt ihr da irgend etwas herausgefunden?"

„Natürlich hat kein Mensch irgendwas gesehen", stöhnte Christoph. „Alle waren auf diesem dämlichen Erntedankfest. Nur Elmar und seine Mutter sind auf dem Hof geblieben. Elmars Mutter hat angeblich einen Spaziergang gemacht, und Elmar war, wie immer, im Stall beschäftigt, bevor er in die Scheune ging."

„Aber die Beschimpfung deutet doch auf ein bestimmtes Motiv hin, auf eine Art Bauernhasser oder sowas."

„Wir ermitteln in alle möglichen Richtungen", rechtfertigte sich Steinschulte. „Ich habe wirklich tief gegraben, um herauszufinden, ob es hier eine Art Bewegung gegen konventionelle Landwirtschaft gibt. Natürlich gibt es ein, zwei ökologische Bauernhöfe in der Nähe. Aber die Leute da sind keine Fanatiker, sondern ganz friedliche Ökos. Ich war bei den Grünen, ich war bei den Windkraftbetreibern aus dem Nachbarort. Ich habe praktisch Kontakt zu allen aufgenommen, die es wissen müßten, wenn es hier eine radikale Bewegung gegen konventionelle Landwirtschaft gäbe, aber ich habe niemanden gefunden."

„Also, ein bisher unbekannter Einzelgänger?"

„Ehrlich gesagt bezweifle ich das", sagte Steinschulte und drückte seine Zigarette aus. „Der Hof Schulte-Vielhaber ist bei weitem nicht der Prototyp eines kurzfristig wirtschaftenden Hofes, der keinerlei Rücksichten auf die Belange der Umwelt oder des Tierschutzes nimmt. Wie ich gehört habe, gibt es da ganz andere Kandidaten. Vielmehr bin ich nach wie vor der Meinung, daß der Mord tatsächlich der Person Franz Schulte-Vielhaber galt und nicht seinem Berufsstand. Dafür sprechen auch die Sätze, die die Hauptzeugin Gertrud Wiegand aufgeschnappt hat. Wie du vielleicht weißt, war der Bauer nicht gerade beliebt. Und das bezieht sich nicht nur auf seinen Neffen, sondern auf das gesamte Dorf."

„Es freut mich, daß du dich nicht auf Elmar eingeschossen hast", sagte ich.

„Er ist nach wie vor die Nummer 1 auf unserer Liste", gab Steinschulte offen zu. „Er hat das Motiv und die beste Gelegenheit – für beide Taten. Just in diesem Moment wird der gesamte Hof auf den Kopf gestellt. Falls Elmar an der Wand herumgepinselt hat, werden vermutlich Spuren zu finden sein. Spritzer an seiner Hose, Handschuhe oder der Pinsel."

„Sag das besser nicht Alexa. Sonst spricht sie nie wieder ein Wort mit dir."

„Ich habe mir meinen Hauptverdächtigen nicht persönlich ausgesucht. Den ganzen Fall würde ich lieber heute als morgen abgeben. Was mich allerdings immer wieder beschäftigt, das ist die Scheune. Sie ist offensichtlich vor der Schmiererei durchsucht worden. Dabei standen die Farbeimer ziemlich gut sichtbar gleich am Eingang auf einem Hängeregal. Was also hat der Täter in Wahrheit in der Scheune gesucht? Oder, und das erscheint ebenso einleuchtend, hat jemand lediglich die Farbsuche vorgetäuscht? Das spräche dann wieder für Elmar."

„Was ist mit dem Adoptivsohn? Steht er auch noch auf deiner Liste?"

„Für die Scheunenbekritzelung hat er ein Alibi. Er war tatsächlich zur besagten Zeit in einer Spielhalle. Für den Mord kann er allerdings nichts Passendes aufweisen."

„Aber bei ihm fehlt das Motiv, nehme ich an?"

„Nicht unbedingt. Er dürfte ganz schön sauer gewesen sein, daß er bei der Erbschaft nicht berücksichtigt worden ist. Andererseits wäre er wohl auf dem Hof gesehen worden, wenn er das Gespräch mit seinem Stiefvater gesucht hätte. Es sei denn, er hätte sich von hinten angepirscht, was gegen deine Theorie vom spontanen Handeln spricht."

„Meine Theorien haben sich in diesem Fall nicht gerade als bahnbrechend erwiesen", gab ich zu. Ich hielt es an der Zeit, der Polizei endlich von unseren eigenen Untersuchungen zu erzählen. Ich berichtete von der vergewaltigten Magd Maria Scholenski, die heute Koslowski hieß und im Altenheim lebte, und auch von ihrem Sohn Josef samt seiner geheimnisvollen Sonntagsneuigkeit. Christoph Steinschulte hörte aufmerksam zu und zündete sich dabei noch eine Zigarette an.

„Die Sache ist nicht uninteressant", sagte er abschließend. „Wie ich schon sagte, ich glaube, der Mord hat etwas mit der Person des Franz Schulte-Vielhaber zu tun. Die Spur kann durchaus weit in die Vergangenheit reichen."

„Unter den Umständen könnte es noch viele Menschen geben, die mit dem Bauern etwas auszumachen haben."

Ich erwähnte die Möglichkeit von Fremdarbeitern, außerdem alles, was ich über den Schwarzmarkt nach dem Krieg gehört hatte.

„Das ist alles sehr wenig konkret", wog Steinschulte ab. „Da gefällt mir die Geschichte mit der Magd schon besser. Da wäre doch ein eindcutiges Rachemotiv vorhanden."

„Alexa hat die Frau gesehen", warf ich ein. „Seitdem ist sie nicht mehr so sicher."

„Aber den Sohn werde ich überprüfen", meinte Steinschulte. Er hielt die Zigarette einen Moment qualmend im Mund und schrieb auf einen Notizblock. „Schönen Dank für die Hinweise."

„Sie sind bestimmt in guten Händen bei dir. Wir selbst werden wohl kaum noch etwas zu diesem Fall beitragen können."

„Bestell deiner Freundin trotzdem schöne Grüße", sagte der Hauptkommissar grinsend. „Heute wage ich noch keine Entschuldigung. Ich werde es zu einem späteren Zeitpunkt versuchen. Jetzt muß ich dringend weg – sehen, ob die Durchsuchungsaktion auf dem Hof etwas ergeben hat."

„Was glaubst du?"

„Ich bin Pessimist geworden!"

Steinschulte winkte und verschwand in seinem Auto.

26

Als ich zu Alexa zurückging, stand sie gerade mit Elmar zusammen und redete auf ihn ein.

„Ich verstehe das nicht. Warum hast du ihm das erlaubt?"

„Ich habe nichts zu verbergen", verteidigte Elmar sich. „Außerdem wäre er sonst eine halbe Stunde später mit einem Durchsuchungsbefehl zurückgekommen."

„Ich glaub's einfach nicht. Dieser arrogante Idiot stellt dein ganzes Haus auf den Kopf."

„Sie wollen vorsichtig vorgehen", versuchte Elmar zu beschwichtigen. „Ich weiß gar nicht, warum du dich so aufregst. Du bist ja schlimmer als Frank."

„Wieso Frank?" wollte ich wissen.

„Der hat auch einen Anfall gekriegt, als er eben davon erfahren hat. Und dann ist er wutentbrannt abgezogen."

„Vielleicht hat der etwas zu verbergen", sagte ich.

„Je eher der Verdacht von mir genommen wird, desto besser", meinte Elmar und machte ein trotziges Gesicht.

„Wie auch immer."

Alexa verstand die Botschaft und bohrte nicht weiter.

„Kommt ihr noch mit zum Kaffeetrinken?" fragte Elmar dann. „Es wird höchste Zeit, daß ich mich da sehen lasse."

Alexa sah mich einen Augenblick an. Unsere Minen drückten beide nicht ungeteilte Begeisterung aus.

„Ich glaube nicht", sagte Alexa schließlich. „Wir überlassen lieber der Verwandtschaft das Feld."

Elmar versuchte zum Glück nicht, uns zu überreden. Alexa fragte mich, ob ich noch Zeit für einen Sprung zu ihren Eltern hätte. Eigentlich drückte mich die Arbeit, doch Alexa sah nach wie vor so schlecht gelaunt aus, daß ich einem Streit aus dem Weg gehen wollte. Vielleicht munterte der Besuch bei ihren Eltern sie auf.

Herr Schnittler war gerade am Straßenrand in ein Gespräch vertieft, als wir uns näherten. Die beiden Männer bemerkten uns erst, als wir unmittelbar vor ihnen standen.

„Das ist Herr Reineke", sagte Alexas Vater bemüht. „Er hat das Haus von Friedhelm Droste gekauft und umgebaut."

„Wir hatten schon das Vergnügen", sagte Alexa schmunzelnd. „Und – Sie sind wieder mit dem Rad unterwegs?"

Tatsächlich hatte Herr Reineke das rechte Hosenbein am Schlag zusammengebunden und hielt mit der Linken lässig das Rad. „Irgend etwas muß man für die Kondition ja tun", sagte er lächelnd. „Sonst verrostet man, ohne daß man es selber merkt."

„Wart ihr auf der Beerdigung?" wandte sich Herr Schnittler jetzt an uns.

Alexa nickte. „Leider ist immer noch nicht alles in Ordnung mit Elmar, obwohl jemand dieses Schimpfwort an die Scheunenwand gemalt hat. Dieser Hornochse von Kommissar hat sogar behauptet, Elmar könnte das höchstselbst getan haben, um jeden Verdacht von sich zu weisen."

„Das gibt's doch gar nicht!" Herr Schnittler war ebenfalls voll der Entrüstung.

„Kaum zu fassen", sagte Herr Reineke und schüttelte den Kopf.

„Trotzdem darfst du dir nicht alles so zu Herzen nehmen", meinte Alexas Vater besorgt. „Du siehst richtig mitgenommen aus. Wir müssen einfach darauf hoffen, daß
die Polizei die Sache bald aufklärt."

„Das ist bei dem Kommissar höchst fragwürdig",
grummelte Alexa.

Sanft schob Herr Schnittler seine Tochter Richtung Haus.
Herrn Reineke winkte er zum Abschied zu.

„Bis demnächst mal!" rief Herr Reineke und schwang
sich auf sein Rad. Alexa lächelte ihm nach.

„Ein ganz netter Kerl!" sagte Herr Schnittler wie zur
Erklärung.

„Er hat das Haus sehr schön umgebaut", sagte Alexa,
während sie Seite an Seite mit ihrem Vater ins Haus stiefelte.

„Ja, er hat es mir mal gezeigt, als ich zufällig vorbeikam.
Ein offener und herzlicher Mann. Er hört übrigens gerne,
wenn ich alte Geschichten über das Dorf erzähle."

„Wahrscheinlich ist er der einzige, der die Geschichten
noch nicht kennt", sagte Alexa ironisch.

„Meine Geschichten sind auch beim dritten Erzählen noch
gut", frotzelte ihr Vater zurück. „Ich gebe ihnen jedesmal
ein anderes Ende."

„Laßt uns auf den Balkon setzen", sagte Alexa, als wir
im Haus angekommen waren. „Die Sonne scheint noch
ein bißchen. Wo ist Mama überhaupt?"

Alexas Mutter war beim Friseur, am nächsten Tag wollte sie zu einer Silberhochzeit, da mußte sie gut aussehen.

„Erzähl uns auch mal Geschichten aus dem Dorf!" bat
Alexa, als wir uns in den Stühlen auf dem Balkon niedergelassen hatten.

„Am besten etwas über den Hof Schulte-Vielhaber",
schlug ich vor. „Wie hat's denn bei denen im Krieg ausgesehen?"

„Soviel ich weiß, hat's bei Schulte-Vielhabers immer
ganz gut ausgesehen. Und im Krieg ging's den Bauern
bekanntlich sowieso besser als den meisten anderen."

„Wir haben gehört, daß sich der alte Bauer schon zu
Beginn des Krieges als Soldat hat einziehen lassen, so daß
Franz den Hof frühzeitig übernehmen mußte. Hat es zu

der Zeit Zwangsarbeiter gegeben, die auf dem Hof helfen mußten? Speziell aus dem Osten?"

„Zwangsarbeiter? Aus Rußland oder Polen?" Herr Schnittler legte seine Stirn gewaltig in Falten. „Nicht daß ich wüßte. Ein Knecht war da. Wie hieß der noch gleich? Na, der Name fällt mir nicht mehr ein, aber aus dem Osten war der nicht, soviel ist sicher. Und dann natürlich die beiden Jungs, Franz und Paul. Nee, Zwangsarbeiter sind da nicht gewesen, da bin ich ziemlich sicher."

„Aber daß nach dem Krieg eine ehemalige Fremdarbeiterin auf dem Hof zu arbeiten begonnen hat, das weißt du doch?" Alexa sah ihren Vater genau an.

„Ich vermute, du willst auf die Sache mit dieser Magd hinaus", Herr Schnittler sah seine Tochter mit gerunzelter Stirn an. „Vor Ewigkeiten gab es das Gerücht, das gebe ich zu, aber ich habe nie geglaubt, daß da was dran ist. Ich bin um einiges jünger als Franz Schulte-Vielhaber. Die Geschichte damals habe ich mitgekriegt, als ich noch ein halber Junge war."

Alexa ließ die Sache auf sich beruhen und lehnte sich zurück. Es schien tatsächlich so zu sein, daß weite Teile des Dorfes von der Vergewaltigungsgeschichte nichts Rechtes mitbekommen hatten. Die Sache war ganz offensichtlich totgeschwiegen worden.

„Um nochmal auf den Krieg zurückzukommen", knüpfte ich wieder an. „Die Söhne haben den Hof also ganz gut herübergebracht?"

„Das kann man wohl sagen. Der Hof hatte ja schon immer eine gewaltige Größe, und durch den Schwarzmarkthandel nach dem Krieg werden die Schulte-Vielhabers wohl nicht ärmer geworden sein."

„Haben sie viel gehandelt?" wollte Alexa wissen.

„Wer viel hat, kann viel abgeben", sagte ihr Vater lapidar. „Der Paul hat mal in der Schule erzählt, mit ihrer Bettwäsche könnten sie alle Äcker abdecken. Einige Bauern haben damals wirklich alles genommen. Teppiche, Wäsche, Möbel und vor allem Schmuck. Es würde mich nicht wundern, wenn Schulte-Vielhaber mehr in seinen Schatullen hätte als die Königin von England."

„Aber hier auf dem Land hatten die Leute doch meist

selbst noch ein paar Tiere, auch wenn sie Handwerker waren", gab Alexa zu bedenken. „Ein Schwein, eine Kuh, drei Hühner, die meisten waren doch Selbstversorger, wenn auch arme."

„Das stimmt, die meisten sind auch nach dem Krieg mehr schlecht als recht zurechtgekommen. Aber die Leute aus der Stadt, die waren wirklich arm dran. Und die kamen bis hierhin aufs Land, um tauschen zu können. Das halbe Ruhrgebiet wird im Krieg einmal hiergewesen sein, um etwas einzutauschen."

„Gut, daß die Zeiten vorbei sind", sagte Alexa und kuschelte sich in ihre Jacke.

„Gibt es für diese Geschichte eigentlich auch zwei Versionen", fragte ich, „ich meine, haben Sie dafür ein gutes und ein trauriges Ende?"

„Nein, für den Krieg habe ich nur eine Version", Alexas Vater lehnte sich ebenfalls in seinem Stuhl zurück. „Über den Krieg erzähle ich nichts als die Wahrheit."

27

Alexa wußte nicht mehr ein noch aus. Sie hatte das Gefühl, sie mache alles falsch, und wußte doch nicht, was sie anders machen sollte. Wie Vincent sie angeschaut hatte. Es war schwierig zu bestimmen, was in seinem Blick alles mitschwang. Unverständnis natürlich, Angst und auch Verzweiflung. Und als sie dann weitergesprochen hatte, nur noch Ungläubigkeit. Was hätte er auch denken sollen, wenn sie aus heiterem Himmel damit um die Ecke kam? Sie sei körperlich ziemlich am Ende, hatte sie gesagt, der Job sei so anstrengend gewesen in den letzten Wochen, eigentlich habe sie sich auch nur deswegen häufiger frei genommen in den vergangenen Tagen. Überhaupt sei sie in einer ganz seltsamen Stimmung. Sie müsse über so viele Dinge nachdenken, vor allem über ihre Beziehung, ihre Zukunft. Sie würde ganz plötzlich alles in Frage stellen, sie wisse auch nicht, warum. In Wirklichkeit war sie die ganze Zeit kurz davor gewesen, in Tränen auszubrechen, sich an Vincents Hals zu schmeißen und zu fragen, wie es weitergehen solle. Doch sie war nicht in Tränen ausgebrochen, auch wenn sie das ihre gesamte Selbstbeherrschung gekostet hatte. Vincent hatte immer wieder gefragt, warum, warum denn nur. Ob er etwas falsch gemacht habe. Ob es einen anderen Mann in ihrem Leben gebe. Ob sie sich in ihrer Freiheit eingeschränkt sehe. Irgendwann hatte er dann gar nichts mehr gesagt, sondern nur noch geguckt, mit einem Blick, in dem so vieles war. Erst am Ende, als sie das Auto endgültig verließ, hatte er noch ein paar Worte gemurmelt. „Ich verstehe das alles nicht", hatte er gesagt. „Dieses Leben und den Herbst, die Fragen und die Frauen, ich verstehe gar nichts." Alexa hatte sich nicht mehr umgedreht, denn dann hätte sie garantiert losgeheult. Sie war einfach gegangen ohne einen weiteren Blick oder ein weiteres Wort. Sie war in ihre Wohnung gestiefelt, hatte sich auf ihr Bett gelegt, und dann hatte sie wirklich geheult, wie ein Schloßhund hatte sie geheult.

Kurze Zeit später war sie eingeschlafen und erst wieder wach geworden, als das Telefon klingelte. Zunächst hatte sie erwogen, gar nicht dran zu gehen. Es war Vincent, da war sie sich sicher, und schon wieder hätte sie nicht gewußt, was sie sagen sollte. Aber irgendwann war sie dann doch gegangen, und zu ihrem Erstaunen war es keineswegs Vincent gewesen, sondern Friederike Glöckner, eine entfernte Bekannte von Vincent, eine Schauspielerin, die ziemlich exaltiert war und ziemlich penetrant, wenn es darum ging, Vincent anzuhimmeln.

„Ich hoffe, ich störe nicht", flötete Friederike Glöckner. „Aber du bist meine letzte Rettung."

Friederike sagte das so, als wollte sie ganz sicher gehen, daß Alexa sich nicht einbildete, mehr zu sein als für irgend jemanden die letzte Rettung.

„Ich muß unbedingt mit Vincent sprechen – ganz dringend", trällerte Friederike weiter. „Ich habe es schon tausendmal bei ihm versucht, und ich kann dir sagen, meine Zeit ist kostbar. Ständig läuft dieser dämliche Anrufbeantworter, auf den ich natürlich längst gesprochen habe. Es ist so, daß ich am Elisabeth-Gymnasium eine Theater-AG anbieten soll, zusammen mit einem Kollegen vom Vinzi.

Den muß ich jetzt erreichen, aber er hat mir seine Nummer gar nicht gegeben. Er scheint eine Geheimnummer zu haben, haben ja viele Pauker, habe ich mir sagen lassen. Auf jeden Fall steht er nicht im Telefonbuch. Aber Vinzi wird die Nummer sicher wissen, und deshalb muß ich jetzt unbedingt mit Vinzi sprechen."

„Vincent ist nicht hier", sagte Alexa kühl. „Ich kann dir also nicht weiterhelfen."

„Ich hab's mir fast gedacht", trompetete Friederike schrill. „Als ich ihn mit dieser wahnsinnig gutaussehenden Frau am Samstag abend in der Pizzeria sah, da hab' ich's mir fast gedacht."

Alexa fiel aus allen Wolken. „Mit welcher wahnsinnig gutaussehenden Frau?" hauchte sie in den Hörer.

„Wie, du kennst sie noch gar nicht? Nun, in gewisser Weise ist es ja ganz rücksichtsvoll von Vinzi, wenn er dir nicht sofort seine neue Flamme vorstellt."

Alexa dachte, daß sie gleich in Ohnmacht fallen würde. „Am Samstag abend?"

„Natürlich, am Samstag abend. Die beiden schienen bester Stimmung zu sein, aber mach dir nichts draus! Vincent ist jemand, der seinen Spaß braucht, nicht so der solide Typ, nicht der Kerl zum Heiraten. Sei froh, daß du ihn los bist! So, jetzt muß ich aber Schluß machen. Ciaociao."

Alexa hatte das Gefühl, die Welt um sie herum würde sich drehen. Ein heftiger Schwindel überkam sie. Vincent mit einer Frau beim Italiener? Am Samstag abend, als er angeblich korrigiert hatte? Natürlich, sie hatte ihn nicht erreicht. Was hatte er noch als Ausrede genannt? Er habe etwas Abstand gebraucht und sei noch einmal raus gegangen. Von einem Rendezvous mit einer neuen Frau keine Rede. Ein dicker, fetter Kloß setzte sich in Alexas Lunge fest und hinderte sie fast am Atmen. Das würde sie nicht aushalten. Nicht auch das noch. Alles, aber nicht das!

28

Ich konnte es nicht fassen. Während ich den Berg in Richtung Wald hinaufschnaubte, gingen die Bilder mit mir durch. Das Entsetzen hatte mich so sehr gepackt, daß ich kurzerhand meine Joggingschuhe geschnappt hatte und losgelaufen war. Ich konnte einfach nicht glauben, was eben passiert war. Und vor allem hatte ich nicht den blassesten Schimmer, warum das alles. Ich ließ die letzten Häuser oberhalb des Krankenhauses hinter mir, als ich mich fragte, ob ich die Beziehung zu Alexa so falsch eingeschätzt hatte. Es klang vielleicht pathetisch, aber im Falle von Alexa hatte ich von Anfang an das Gefühl gehabt, sie sei die Frau fürs Leben – wenn es die überhaupt gab. Klar hatten Alexa und ich uns auch immer mal wieder gestritten – es hatte Verletzlichkeiten gegeben, wie die Sache mit Elmar, als wir den ganzen Sonntag nicht miteinander gesprochen hatten - aber nie hatte ich das Gefühl gehabt, daß unsere Beziehung wirklich gefährdet war. Wenn ich das Gefühl gehabt hätte, wäre es mir wahrscheinlich ähnlich schlecht gegangen wie jetzt.

Inzwischen war ich in den Wald hineingelaufen, natürlich war es viel zu spät. Es dämmerte schon, und im Wald würde schon bald völlige Dunkelheit einkehren, die beste Gelegenheit also, um über eine Wurzel zu stolpern und sich wer weiß was zu brechen. Ich mußte daran denken, daß ich an einem meiner ersten Tage im Sauerland fast dieselbe Strecke gejoggt war. Es war sogar der Tag gewesen, an dem ich mich zum ersten Mal mit Alexa verabredet hatte. Alexa hatte eingewilligt, obwohl sie mich zu diesem Zeitpunkt praktisch gar nicht gekannt hatte. Prompt hatte ich mich im Wald derartig verlaufen, daß ich die Verabredung verpaßt hatte. Alexa hatte eine ganze Weile stinksauer im Restaurant gesessen und auf mich gewartet. Als ich endlich völlig verschwitzt hereingedampft war, war sie bereits verschwunden. Am Ende hatte es dann doch noch geklappt mit uns beiden, zumindest bis zum heutigen Tag.

Inzwischen war ich ziemlich ins Schwitzen gekommen, dieser Anstieg direkt zu Beginn war nicht gerade läuferfreundlich. Aber wenn ich die Kapelle erstmal hinter mir gelassen hatte, wurde es vorübergehend besser. Wie oft war ich diese Strecke später mit Alexa zusammen gegangen, besonders in der Zeit, als sie ihren Hund noch hatte und regelmäßig lange Spaziergänge machen mußte. Ich war eigentlich nicht der typische Spaziergänger, aber zusammen mit Alexa hatte mir sogar das Spaß gemacht. Vielleicht war das eins der grundlegenden Dinge, die uns beide verbunden hatten – wir hatten uns stundenlang etwas zu erzählen gehabt, uns über alles Mögliche ausgetauscht. Wir hatten soviel zusammen gelacht. Wir hatten – ich kam mir vor, als würde ich über eine Verstorbene reden.

Natürlich, ich konnte mir auch vormachen, daß diese Trennung nur vorübergehend wäre, eine kurzfristige Laune Alexas, die sie selber nicht beschreiben konnte. Aber ich war erfahren genug, um diese Situation richtig einschätzen zu können. Wenngleich ich keinen Schimmer hatte, wie Alexas Gefühle entstanden waren, so wußte ich doch sicher, daß sie von Dauer sein würden. War es nicht bei Angie genauso gewesen? Hatte nicht auch sie aus Rücksichtnahme zunächst nur von einer zeitlich begrenzten Trennung gesprochen und dabei schon längst einen anderen Mann gehabt? Ob das bei Alexa ähnlich war? Allein der Gedanke, daß Alexa jemand anders kennengelernt haben könnte, schnürte mir die Kehle zu. Ich verdrängte den Gedanken und mußte prompt an Angie denken. Ihr Angebot, nach Köln zu gehen, sah ich plötzlich mit ganz anderen Augen. Vielleicht war es das Schicksal, das all diese Ereignisse hatte zusammenkommen lassen. Vielleicht sollte es so sein, daß ich nach meinem zweijährigen Ausflug ins Sauerland nach Köln zurückkehren würde. Unter Umständen war das meine Zukunft: in Köln leben, einen neuen Job beginnen, meinen alten Freundeskreis wieder aufnehmen und dort ins neue Millennium starten. Eine völlig neue Situation, mit der ich mich erst würde anfreunden müssen.

Inzwischen hatte ich das Gefälle am Kreuzweg hinter mich gebracht und mußte wieder eine Steigung nehmen. Ehrlich gesagt war diese Laufstrecke der reinste Horror: rauf, runter, rauf, runter – für die Gelenke das allerletzte. Nun ja, eventuell würde ich ja bald wieder um den Decksteiner Weiher laufen, ohne Steigungen, im Pulk vieler dynamisch joggender Großstädter. Ich lief durch einen Haufen Laub, den der Wind an dieser Stelle angehäuft hatte, so daß die Blätter durcheinanderwirbelten. Alexa hatte das immer „Laubtreten" genannt. Es gab mir einen Stich, als ich an all das dachte. Mehr denn je wurde mir bewußt, daß ich insgeheim mein Leben ganz anders geplant hatte. Ich lief schneller und powerte mich total aus. Es muß geradezu verrückt ausgesehen haben, wie ich, klitschnaß geschwitzt, durch die Dämmerung des Waldes peste. Mein Atem war eine Mischung aus Hecheln und Weinen, das sich auf einem letzten Sprint auf dem Trimmpfad noch steigerte. Schließlich konnte ich nicht mehr. Kurz vor einem Kollaps hielt ich an und ließ mich langsam weinend ins Laub sinken. „Warum nur?" wimmerte ich und hielt die Hände vors Gesicht, als hätte ich auch an diesem Ort noch Angst, entdeckt zu werden. „Warum warum warum nur?"

Erst eine Viertelstunde später stand ich auf und stellte fest, daß es inzwischen im Wald völlig dunkel geworden war. Ich wischte mir durchs Gesicht und schmeckte eine salzige Mischung aus Schweiß und Tränen auf meinen Lippen. Nach wie vor saß die Verzweiflung in meinem Bauch und schien sich immer weiter in meinen Körper hineinzufressen. Trotzdem hatte ich einen Entschluß gefaßt, einen kleinen, aber wichtigen Entschluß. Ich wollte mich nicht hängenlassen. Ich mußte etwas tun in den nächsten Tagen. Ich würde jetzt nach Hause gehen und meine Arbeiten zu Ende korrigieren, zur Not bis spät in den Morgen hinein. Außerdem würde ich meine Stunden vorbereiten. Oh nein, ich würde mich nicht hängenlassen. Und morgen würde ich noch mehr tun. Ich würde nach Renkhausen fahren und diesen Fall lösen. Zumindest würde ich den offenen Fragen nachgehen. Ich konnte selbst nicht erklären, was mich dazu trieb, mich weiter in diese Sache hineinzubegeben. Vielleicht war es das Bedürfnis, die Dinge abzuschließen. Die Dinge abzuschließen, bevor ich das Sauerland verließ.

29

Wie immer im Leben lief alles anders als geplant. Die Sache mit Josef Koslowski zum Beispiel war mir 'ganz einfach von der Hand gegangen', wie man so schön sagt. Ich hatte hin und her überlegt, wie ich mich ihm annähern konnte, ohne allzu großes Mißtrauen zu erwecken. Und dann war dieser Telefonanruf gekommen. Max hatte sich nämlich gemeldet, um zu erzählen, daß er der sauerländischen Heimat ein weiteres Stück näher gekommen sei. Er halte sich jetzt in Münster auf, bei einem ehemaligen Kommilitonen aus seiner Jura-Studienzeit, und werde bald zurückkommen. Im stillen hatte ich geschmunzelt. Ich sah es als Riesenfortschritt an, daß Max ganz locker über seine Studienzeit sprach, nachdem er früher über alles geschwiegen hatte, was auch nur annähernd mit dieser Zeit zu tun gehabt hatte. Seit den Ereignissen, die ihn als Studenten so sehr aus der Bahn geworfen hatten, hatte er still und in sich gekehrt vor sich hingelebt. Seit Jahren hatte er sich durch Taxifahren finanziert, ohne sich die Frage zu beantworten, ob er das wirklich wollte. Außerdem hatte Max nie von einer Beziehung erzählt – all das Auswirkungen einer „Schuld, die ihn nie verlassen würde", wie Max selbst gesagt hatte. Dann irgendwann war eine Wende eingetreten. Als Folge einer lebensbedrohlichen Situation hatte Max sich der Vergangenheit gestellt und er hatte für sich befunden, daß er mit seinem Leben noch etwas anfangen wollte.

„Ich mache mir jetzt noch einen schönen Tag in der Stadt und komme dann morgen", erklärte Max. „Ich meld' mich bei dir, sobald ich da bin."

„Falls man sich in Münster einen schönen Tag machen kann, tu das", hatte ich etwas schnoddrig geantwortet. „Ich könnte dir jetzt die Vorteile Kölns aufzählen, aber als westfälisches Kaltblut würdest du das sicher nicht zu schätzen wissen. Im übrigen - halt!" sagte ich und unterbrach mich selbst. „Du bist in Münster."

„In der Tat. Ich glaube, das sagte ich bereits."

„Das ist ganz phantastisch."

„Danke, falls das so eine Art Kompliment sein soll. Aber

wenn ich mich nicht irre, hast du das eben noch ganz anders gesehen."

„Du bist in Münster", wiederholte ich nachdenklich. „Dann mußt du für mich etwas erledigen!"

„Aha!"

Und dann erzählte ich. Von Elmar Schulte-Vielhaber und dem Verbrechen auf dem Hof, von Maria Scholenski und ihrem Sohn Josef. Wann Maria aus Renkhausen weggegangen war und warum uns der Sohn jetzt interessierte. Lang und breit erzählte ich alles, was Max wissen mußte, um Josef Koslowski auszuquetschen.

„Wir wissen nicht genau, wie alt Josef ist", erklärte ich. „Womöglich ist er gar nicht ein Kind aus Maria Scholenskis Ehe, sondern der leibliche Sohn von Franz Schulte-Vielhaber. Ein Grund mehr, Haßgefühle zu entwickeln."

Max schien sich am anderen Ende Notizen zu machen. Ein braver Detektiv, ich würde ihn zu meinem offiziellen Assistenten machen.

„Du tust einen Dienst an der Menschheit, wenn du was rauskriegst", schwadronierte ich pathetisch.

„Ich tue dir bestenfalls einen Gefallen", grunzte Max in der ihm eigenen Art. Auch eine in jeder Hinsicht inspirierende Weltreise hatte ihm die nicht abgewöhnen können.

„Egal, warum du es tust – Hauptsache, du findest was raus!"

Max hatte versprochen sich zu melden, falls er etwas herausgefunden hatte. Spätestens am nächsten Tag sollte ich von ihm hören.

Danach war ich nach Renkhausen gefahren, um mit Elmar zu sprechen - mit Elmar und seiner Mutter. Und auch da war alles anders gekommen. Kurz, bevor ich den Feldweg zum Hof befahren konnte, war mir ein Polo entgegengekommen, der Schulte-Vielhaber'sche Polo, der sonst auf dem Hof stand. Am Steuer Elmars Mutter.

Vielleicht war es der Blick, den Hannah Schulte-Vielhaber in den Rückspiegel warf, gerade als sie an mir vorbeifuhr, vielleicht war es auch mein untrügliches kriminalistisches Gespür. Auf jeden Fall bog ich in die Zufahrt zum Hof nur ein, um meinen Wagen zu wenden. Danach gab ich Vollgas und heftete mich in ausreichendem Abstand an Hannahs Auto. Ich wurde ein wenig aufgeregt. Nicht umsonst guckte ich abends hirnrissige Krimiserien aus den 70er Jahren. Darin war es üblich, daß die Detektive mit Schlaghosen und einem dämlichen Grinsen im braungebrannten Gesicht ihren Verdächtigen genau auf diese Weise auf die Spur kamen. Meistens dramatisierte sich die Verfolgungsszene ein wenig, wenn der Verdächtige merkte, daß er verfolgt wurde. Dann wurde Vollgas gegeben und mit quietschenden Reifen geprotzt. Das allerdings war von Hannah Schulte-Vielhaber nicht zu erwarten. Jedenfalls nicht im Augenblick. Artig blieb sie auf der Bundesstraße, hielt sich strikt an jede Geschwindigkeitsbegrenzung und bog erst an dem Hinweisschild *Alte Mühle* erstmalig ab. Ich war mir nicht sicher, ob das ein Ort oder ein Gebäude war. In sicherem Abstand folgte ich ihr. Der Weg ging mitten durch die Felder, war aber ganz gut ausgebaut und wurde offensichtlich vielfach als Abkürzung genutzt. Nach zwei Kilometern bog Hannah in einen schmaleren Weg ein. Als ich näher kam, sah ich das Schild *Privatweg* an der Einmündung. In etwa zweihundert Metern Entfernung konnte ich hinter ein paar Bäumen ein Gebäude erkennen, ebenfalls ein alter Bauernhof, aber nach meinem Ermessen ziemlich klein. Ich würde mich mit dem Auto kaum dem Haus nähern können, ohne aufzufallen. Folglich fuhr ich ein paar Meter weiter, wo rechts ein grasbewachsener, schmaler Wirtschaftsweg abging, und parkte das Auto dort. Ich sah an mir herunter. Meine Kleidung war nicht gerade tarnfarben, aber ich hatte ja auch nicht vor, durch das Feld zu robben. Statt dessen lief ich auf dem Privatweg, versuchte einen unauffälligen Gesichtsausdruck aufzusetzen, behielt aber die ständige Furcht bei, daß Hannah mich plötzlich entdecken könnte. Allerdings hatte ich ihr Auto noch gar nicht erspäht.

Als ich nur noch wenige Meter vom Haus entfernt war, hörte ich Stimmen. Mein Atem stockte. Wie sollte ich erklären, warum ich plötzlich diesen Privatbesitz heimgesucht hatte? Gut, einem Fremden konnte ich irgendwas von wegen Telefonieren verklickern, aber Hannah Schulte-Vielhaber war schließlich nicht blöd. Wenn sie mich hier sah, würde sie sofort erraten, daß ich ihr heimlich gefolgt

war. Ich sah mich panisch um. Links war eine Art Holz-
schuppen, an den einige Gartengeräte angelehnt waren.
Wenn ich mich nicht täuschte, war sogar die Tür eine
Handbreit offen. Ich lief lautlos die paar Schritte dorthin
und verschwand in dem Schuppen, die Tür ließ ich, wie
sie war. Der Schuppen war an den Wänden vollgestellt
mit ausrangierten Gartenmöbeln, zwei Rasenmähern und
diversen Gartenkleinteilen. Durch die Ritzen des alten
Holzes spähte ich nach draußen. Tatsächlich, da war sie,
Hannah Schulte-Vielhaber, und an ihrer Seite ein voll-
bärtiger Mann in ihrem Alter. Er hatte schwarz meliertes
Haar und trug ein blau-weiß gestreiftes Fischerhemd. Sein
Körper war kräftig, aber nicht dick, er wirkte durchtrai-
niert. Lachend sagte er etwas zu Hannah und faßte ihr
dabei auf den Unterarm. Dann gingen beide zügig zum
Wohnhaus hinüber.

Ganz offensichtlich wurde der Hof nicht mehr bewirt-
schaftet. Zwar waren die Nebengebäude noch vorhanden, doch deutete gar nichts daraufhin, daß sie noch zu
landwirtschaftlichen Zwecken genutzt wurden. Kein Trekker, kein Hälmchen Stroh, kein typischer Geruch. Im Gegenteil entdeckte ich jetzt, daß an der gegenüberliegenden
Scheune das Schiebetor nicht ganz zugeschoben war.
Durch die schmale Ritze konnte man auch aus der Entfernung ein Segelboot erkennen. Der Besitzer verpachtete
also die Nebengebäude oder war selber ein Wassersport-
ler.

Plötzlich erstarrte ich. Irgend jemand hatte mich von hinten berührt. Ein Schrei blieb mir in der Kehle sitzen. Ich
fuhr herum. Irgend etwas schnüffelte an mir herum. Es
mußte ein Hund sein, allerdings ein mordsmäßig großer,
vielleicht auch eine Mischung aus einem Pony und einem
Bernhardiner. Mittlerweile war gentechnisch ja fast alles
möglich. Unter Umständen züchtete der Hofbesitzer hier
in aller Heimlichkeit Lebewesen, die man gar nicht züch-
ten durfte, kreuzte Schlangen mit Vogelspinnen, auf der
ständigen Suche nach dem horrormäßigsten Urviech.
Natürlich spann ich heillos herum. Bislang konnte ich an
meinem Schuppengenossen wirklich nichts aussetzen.
Wenn man die ständige Schnüffelei als tierisches Hände-

schütteln anerkannte, konnte man bei dem schwarzen, zotteligen Köter sogar von einer übertriebenen Höflichkeit sprechen. Er mußte sich schon länger im Schuppen aufgehalten haben, jedenfalls war kein anderer Eingang erkennbar. Ich bewegte mich nicht und ließ das Vieh weiter an meinen Händen herumschnuppern. Langsam gewann ich Vertrauen. Das Tier war nicht gerade als Kampfhund abgerichtet. Jedenfalls konnte man davon ausgehen, wenn er bei Fremden, die sich unerlaubt Zugang zum Grundstück verschafft hatten, derartige Liebesbekundungen von sich gab. Wie zur Unterstützung dieser These wedelte der Hund mit dem Schwanz. Aus unerklärlichen Gründen schien er mich zu mögen.

„Braver Hund", sagte ich und begann das Tier zu streicheln. Ich sagte auch „Braves Pony", um ihn nicht zu verärgern, falls ich mit dem Hund danebengelegen hatte. „Du bist ja ein ganz Lieber", schleimte ich rum und wurde nicht einmal rot dabei. Alexa wäre stolz auf mich gewesen, hätte sie mich so gesehen. Alexa! Der Gedanke an sie machte mich unvermittelt krank.

„Hennes!" Ich blickte erschrocken nach draußen. Was war denn nun schon wieder los? Durch die Ritzen zwischen den Schuppenbrettern sah ich, daß der Mann aus der Haustür des alten Bruchsteinhauses herausgetreten war. „Hennes!" rief er noch einmal.

Verdammt, wer hielt sich denn noch alles hier auf? Womöglich würde mir gleich noch ein fröhlicher Sechsjähriger durch die Beine krabbeln.

„Hennes, Fressen!"

Plötzlich kam Bewegung in den Hund. Er war also Hennes. Rücksichtslos drängelte er sich an mir vorbei und aus dem Schuppen heraus. In Windeseile war er bei seinem Herrchen.

„Da bist du!" Der Haus- und Hundebesitzer kraulte Hennes die Seite. Gut, daß der nicht sprechen konnte! Aber vielleicht konnte er ja, wenn das Fischerhemd noch ein paar Papageiengene hineingekreuzt hatte. Mit zwei Sätzen war Hennes im Haus und sein Herrchen stiefelte hinterher.

Was nun? Ich sah mir das Wohnhaus nochmal genauer

an. Es schien vor nicht allzu langer Zeit gründlich renoviert worden zu sein. Die Fenster wirkten wie gerade erst
eingebaut, alles war perfekt in Schuß. Offensichtlich hatte sich hier jemand einen romantischen Ruhesitz auf dem
Lande geschaffen. Ich beschloß, mein Versteck zu verlassen. Wenn ich Glück hatte und Hennes erstmal mit Fressen statt mit Schnüffeln beschäftigt war, konnte ich vielleicht noch was herauskriegen. Vorsichtig verließ ich den
Schuppen und ging langsam auf das Wohnhaus zu. Leider
konnte ich mich beim Überqueren des kleinen Hofes nir-
gendwo verbergen. Wenn jetzt zufällig jemand aus dem
Fenster schaute, war ich entdeckt. Die letzten Meter lief
ich und drückte mich dann gleich neben einem Rosen-
strauch an die Hauswand. Direkt an der Ecke war das
erste Fenster. Ich ging in die Knie und kroch um die Hausecke herum. Mein Herz schlug bis zum Hals, als ich einen
Blick durchs Fenster warf. Toll, das schien eine Art Ab-
stellraum zu sein. Nicht gerade sehr aufschlußreich. Ich
lief in der Hocke weiter den Grasstreifen am Haus entlang bis zum nächsten Fenster. Das war die Küche, eine
große Küche, die ein wenig unaufgeräumt wirkte. Vermutlich wohnte der Hausbesitzer ganz alleine hier. Als
nächstes kam eine Tür, die von der Küche auf die Terrasse führte. Ich huschte daran vorbei unter das nächste Fenster. Dieses Fenster war sehr groß. Ich schien also im
Wohnzimmerbereich angekommen zu sein. Vorsichtig hob
ich den Kopf und warf einen Blick ins Innere. Zunächst
konnte ich gar nichts erkennen, weil es drinnen recht dunkel war und ich mich erst an die Lichtverhältnisse gewöhnen mußte. Dann sah ich Hannah Schulte-Vielhaber und
den Unbekannten vorm Kamin stehen, der in eine Ecke
des Zimmers eingelassen war. Ich schluckte – zum einen
wegen dieser Entdeckung, zum anderen weil ich mir vor-
kam wie ein Spanner. Die beiden küßten sich leidenschaftlich und waren völlig ineinander versunken. Zum Glück
küßten sie mit geschlossenen Augen.

30

Den Weg zur Straße hinunter nahm ich im Galopp. Ich hatte keine Lust, jetzt noch erwischt zu werden. Dort angekommen stockte mir plötzlich der Atem. Träumte ich oder wurde da gerade mein Wagen in die Höhe gehoben? Das gab's doch gar nicht. Irgendein Idiot auf einem Trekker schien dort eine Nummer für einen *Wetten-daß*-Auftritt einzustudieren. Anders war es nicht zu erklären, daß dieser Typ krampfhaft versuchte, mit zwei Gabeln, die vorn am Trecker angebracht waren, mein Auto anzuheben. Ich stürmte auf die andere Straßenseite und schrie schon von weitem. Der Fahrer war jedoch zu sehr in seinem Element und bemerkte mich erst, als ich gestikulierend vor ihm stand. Er nickte mir gelassen zu, ließ mein Auto auf den Boden und stellte dann den Motor ab.

„Was machen Sie mit meinem Auto?" kreischte ich hysterisch.

„Das sieht man doch, ich stelle es an die Seite." Der Typ meinte das ernst. Für diesen Kerl in grüner Hose und kariertem Hemd mit seiner abgeschabten Schirmmütze auf dem Kopf gab es nichts Selbstverständlicheres als mal eben mit dem Trecker ein Auto an die Seite zu stellen.

„Sie tun was?" Ich konnte es immer noch nicht glauben.

„Na, ich stell' das Auto an die Seite, nachdem ein Döspaddel es hier mitten in den Weg gestellt hat."

Döspaddel? Ich? Ich hätte platzen können vor Wut. Zornig warf ich einen Blick auf meinen Wagen. Gut, er war nicht optimal geparkt, aber woher sollte ich wissen, daß dieser dämliche Landwirtschaftsweg tatsächlich genutzt wurde?

„Ich war doch nur ein paar Minuten weg", verteidigte ich mich. „Müssen Sie deshalb mein Auto zerstören?"

„Zerstör'n?" Der Bauer vor mir schien nicht recht zu verstehen. „Ich wollte es doch nur eben an die Seite stellen." Es war zwecklos mit ihm. Mit den schlimmsten Erwartungen ging ich zu meinem Auto hin. Wenn ich Pech hatte, war die Bodenplatte gerissen, die Ölwanne geplatzt oder sonstwas los. Auf den ersten Blick war nicht viel zu sehen. Bei den vielen Kratzern im vorderen Bereich war nicht zu entscheiden, welche gerade erst dazugekommen waren.

„Wahrscheinlich ist unten drunter·alles im Eimer", murmelte ich wütend.

„Unsinn", meinte der Bauer, dessen faltig gegerbtes Gesicht irgendwie originell war. „Ich mach' das schließlich nicht zum ersten Mal mit meinem Frontlader."

Das glaubte ich ihm aufs Wort.

„Selbst schuld, wenn man die Karre hier in die Quere stellt", grummelte er jetzt. „Hätte ich die Polizei holen sollen oder einen Abschleppdienst? Das hätt' ja ewig gedauert und ein Vermögen gekostet. Und jetzt noch rummaulen."

Ich wurde versöhnlicher. „Wahrscheinlich ist ja alles gut gegangen, aber ich war wirklich nur ganz kurz auf dem Hof dort drüben."

„Und warum parkt ihr dann hier?" Das liebte ich. Um das „Sie" zu umgehen, wichen viele Sauerländer auf das „Ihr" aus, auch wenn sie es nur mit einer einzigen Person zu tun hatten.

„Ich wollte mich erstmal ein wenig umschauen", sagte ich zögernd.

„Ist ja auch ein komischer Kauz, der Lutz, aber im Grunde ein echter Kerl."

„Lutz ist der, dem der Hof gehört?"

„So ist es, ein Spinner in gewisser Weise, aber ein echter Kerl."

Irgendwie fand ich es witzig, daß mein Gegenüber den anderen als Spinner bezeichnete. Es hätte für ihn selbst keine zutreffendere Bezeichnung geben können.

„Na, ein Künstler eben." Der Bauer sagte das so, als wäre es schon ein Witz an sich, wenn jemand ein Künstler war. „Der macht –äh – Skup - turn", mein Traktorfahrer war sich bei dem Wort nicht ganz sicher. „Figuren macht der, aus Holz."

„Und davon kann er leben?"

„Ach", der Bauer blinzelte vergnügt mit den Augen. „Leben muß der davon nicht. Geld hat der wie andere Heu in der Scheune. Der hat sich doch den ganzen Hof machen lassen. Ganz schick ist das da jetzt. Guck mal hier, zu der Seite ist im Giebel alles aus Glas."

Tatsächlich war der Giebel, den man von unserer Warte aus sehen konnte, im modernen Stil in Glas gehalten. Er ging zu den Feldern raus, dem Hof abgewandt.

„Von da kannze gucken", sagte der Bauer. „Meilenweit."

„Und wo hat der das Geld dazu her?" wollte ich wissen.

„Der Demmert? Arzt ist der gewesen, irgendwo in Norddeutschland. Geschnippelt hat er, hat er mir erzählt, von morgens bis abends operiert. Da hat er jetzt keine Lust mehr zu. Von jetzt an nimmt er das Messer nur noch für seine Figuren."

„Und jetzt lebt er ganz allein da?" fragte ich. „Allein auf dem großen Hof?"

„Nicht allein", erwiderte der Bauer. „Mit seinem Hund. Mit dem Hennes." Ich wußte nicht, ob der Bauer das ernst meinte.

„Also, wenn ich das Auto nicht wegsetzen soll, dann müßtet ihr da jetzt wegfahren." Der Bauer deutete auf mein Gefährt. „Ich muß nämlich noch ein bißchen was schaffen."

„Klar doch", sagte ich und lief zu meinem Auto. Bevor ich einstieg, winkte ich dem Treckerfahrer noch einmal zu. „Und schönen Dank für Ihre Hilfe!"

„Keine Ursache", rief der Bauer zurück. „Mach' ich doch immer gerne für euch!"

31

Zwanzig Minuten später saß ich im Eiscafé in Hesperde und schlürfte einen Espresso. Eine heftige Müdigkeit hatte mich plötzlich überkommen, die ich mit einer Ladung Koffein zu bekämpfen versuchte. Es war kein Wunder, daß ich schlapp machte. Bis spät in die Nacht hinein hatte ich korrigiert und war dann auf dem Sofa eingeschlafen. In den paar Stunden bis zum Morgengrauen hatte ich heftig von Alexa geträumt, bis ich schließlich ab sechs Uhr wieder am Schreibtisch gesessen hatte, um meinen Unterricht vorzubereiten.

Ich bestellte noch einen Espresso und rieb mir die Augen. Hannah Schulte-Vielhaber hatte einen Liebhaber.

Ganz offensichtlich in aller Heimlichkeit, denn weder hatte Alexa davon gewußt noch war dieser Künstler auf der Beerdigung aufgetaucht. Außerdem hatte Hannah das Auto hinter die Scheune gestellt, offenbar, um es vor neugierigen Blicken zu schützen. Hochoffiziell gab es Lutz Demmert also nicht – fragte sich nur, warum.

Ich rief mir noch einmal Elmars Mutter ins Gedächtnis. Sie war in den Ermittlungen bislang völlig vernachlässigt worden. Natürlich weil sie ein Alibi hatte oder, besser, ein Beinah-Alibi. Schließlich hatte Frau Wiegand bei ihr Eier gekauft und sofort anschließend draußen die Stimmen gehört. Hannah hätte also durch einen anderen Ausgang zu ihrem Schwager stürmen, sich heftig mit ihm fetzen und ihn dann von der Leiter holen müssen. Schier unmöglich. Außerdem hatte Gertrud Wiegand eine männliche Stimme gehört. So war Elmars Mutter schlichtweg aus den Ermittlungen rausgefallen. Jetzt aber änderte sich die Lage. Hannah Schulte-Vielhaber hatte einen Freund, der vielleicht genauso viel Interesse am Tod des Ekelbauern hatte wie Hannah selbst. Und die mußte ein Interesse haben – ganz klar. Seit Jahren hatte sie mit Franz Schulte-Vielhaber unter einem Dach gelebt, hatte seine grobe Art und vielleicht sogar ungewollte Annäherungen überstehen müssen. Außerdem mußte sie unter der ständigen Angst gelitten haben, daß Elmar, ihr einziger Sohn, enterbt wurde, obwohl der seine ganze Kraft in die Erhaltung des Hofes gesetzt hatte. In der Tat – die Lage hatte sich geändert. Es stellte sich heraus, daß Elmars Mutter das bei weitem stärkste Motiv überhaupt hatte. Ihr Schwager Franz hatte Elmar und Anne das Leben zur Hölle gemacht. Es mußte furchtbar für sie gewesen sein, wie die Beziehung in die Brüche ging, nur weil der Alte sich ständig einmischte. Und was konnte sich Hannah mehr wünschen, als daß Elmar glücklich verheiratet war? Schließlich profitierte sie selbst auch davon. Unter Umständen würde sie dann ohne schlechtes Gewissen vom Hof weggehen und zu ihrem Lutz ziehen können. Für Lutz selbst war klar: Solange Altbauer Franz lebte, würde Hannah sich nie ganz für ihn entscheiden können. Ohne Franz aber konnte Elmar sich an Anne binden und Hannah wäre frei.

Inzwischen machte sich das Koffein in meinem Körper breit und entfachte in mir eine ungesunde Unruhe. Ich versuchte klar zu denken und alle Möglichkeiten in Betracht zu ziehen. Lutz Demmert konnte sich von hinten an den Hof angenähert haben, mit einem Fahrrad vielleicht. Unter Umständen hatte Hannah ihm vorher mitgeteilt, daß ihr Schwager wieder an der Dachrinne zugange war. Lutz konnte Franz von der Leiter geholt haben und direkt verschwunden sein. Vielleicht hatte er sich auch einen Moment versteckt, als er Frau Wiegands Schritte gehört hatte, und war erst abgehauen, als Frau Wiegand ins Haus gerannt war. Lutz hatte ja nicht ahnen können, daß Frau Wiegand gerade über den Hof marschierte, als er unter der Leiter stand. Im Normalfall hätte alles wie ein tragischer Arbeitsunfall ausgesehen, wenn da nicht die Ohrenzeugin gewesen wäre.

Ich rekapitulierte, was Frau Wiegand auf dem Hof mitangehört hatte. „Ich habe nichts Schlimmes getan" – das sollte der Bauer kurz vor seinem Sturz gesagt haben. Vielleicht hatte Lutz dem Bauern vorgeworfen, er habe Hannah lange genug das Leben zur Hölle gemacht. Oh ja, Lutz kam durchaus als Täter in Betracht.

Wie mußte es dann aber für sie gewesen sein, als Elmar entgegen allen Planungen in Verdacht geraten war? Falls alles so abgelaufen war, mußte Hannah daran fast zerbrochen sein. Vielleicht deshalb der Versuch, den Verdacht auf jemanden von außerhalb zu lenken, der etwas gegen Bauern allgemein hatte. Nach Steinschultes Angaben war Hannah zur Zeit der Schmiererei gerade spazieren gewesen. Sie konnte also die Sache selbst durchgezogen haben, vielleicht aber auch zusammen mit Lutz.

Die Bedienung brachte mir den zweiten Espresso, und ich schlürfte ihn mit einem Mal herunter. Hannahs Gesicht tauchte in meinem Gedächtnis auf. Es war beinahe unmöglich, sich diese zerbrechliche Person als kaltblütige Mörderin vorzustellen. Oder wirkte Hannah nur deshalb so schwach und angeschlagen, weil sie ein Kapitalverbrechen auf dem Gewissen hatte und noch dazu mitansehen mußte, wie ihr Sohn das eigentliche Opfer dieses Unternehmens wurde? Hannah mußte über eine innere Stärke verfügen. Anders hätte sie die vielen Jahre mit ihrem Schwager unter einem Dach, den Tod ihres Mannes und die alleinige Verantwortung für Elmar gar nicht ertragen können. Aber hatte Hannah auch die Stärke besessen, einen Menschen umzubringen, um sich von den bestehenden Problemen zu befreien? Verfügte sie über die notwendige Kaltblütigkeit?

Mein Gedanken drehten sich im Kreis. Die Nervosität, die mich erfaßt hatte, war da nicht gerade förderlich.

Ich zögerte, was zu tun war. Christoph Steinschulte mit meiner Entdeckung konfrontieren? Selbst mit Hannah sprechen? Oder zunächst mal weitere Nachforschungen anstellen? Warum konnte Alexa jetzt nicht hier sein? Ich hätte sie so sehr gebraucht. So sehr.

32

Zur selben Zeit saß Alexa im Behandlungsraum der Tierarztpraxis Hasenkötter und machte Mittagspause. Sie war deutlich angeschlagen, versuchte aber bei ihren Arbeitskollegen so wenig wie möglich durchsickern zu lassen. Den Vormittag hatte sie einigermaßen überstanden, am Nachmittag würde sie ein bißchen herumfahren und Hausbesuche machen können. Das war auf der einen Seite anstrengender als die Sprechstunde in der Praxis, auf der anderen Seite war diese Arbeit abwechslungsreicher. Alexa hatte zum Mittag nur ein Joghurt gegessen. Sie konnte sich vorstellen, daß das für ihre Schwangerschaft nicht eben gut war, aber mehr hatte sie schon seit gestern nicht herunterbringen können. Allein der Gedanke an ihre Situation und die Möglichkeit, daß Vincent sie betrogen hatte, verlieh ihr ein Brechgefühl, wie sie es sich schlimmer nicht vorstellen konnte. Alexa versuchte diese Gedanken zu verdrängen und das auf die unterschiedlichste Art und Weise. Im Moment war sie dabei, einen Zettel zu erstellen. Er enthielt Namen, Orte und Uhrzeiten. Am allermeisten aber enthielt er Fragezeichen. Vielleicht war das der Grund, warum Alexa so lange diesen Zettel anstarrte, nachdem sie ihn von oben bis unten beschrieben hatte. Wenn man ihn lange genug anstarrte, verschwammen die Buchstaben auf dem Blatt – und alles zusammen ergab das Symbol ihrer eigenen Situation: ein einziges verschwommenes Fragezeichen.

33

Was ich zuerst wahrnahm, war ein unbändiger Gestank. Als ich um die nächste Kurve fuhr, wußte ich auch, woher er stammte. Auf dem Acker an der Einfahrt zum Schulte-Vielhaber'schen Hof wurde Gülle gefahren – und das nicht zu knapp. Der Mann auf dem Trecker war Elmar. Ich erkannte ihn auf Anhieb und hielt daher rechtzeitig am Wegrand. Elmar pflügte mit einem Monstrum von Gerät Jauche unter – oder war es Gülle? Alexa hatte mir den Unterschied vor Urzeiten mal erklärt, doch hatte ich damals nicht vermutet, daß ich mal so eng mit der Landwirtschaft in Berührung kommen sollte.

Elmar wurde natürlich nicht auf mich aufmerksam, als ich ihn rief. Seine Maschine machte einen Heidenlärm. Ich lief am Rand des Ackers lang und stellte mich dorthin, wo Elmar auf dem Rückweg seine Schleife ziehen würde. Elmar sah mich und winkte. Langsam pflügte er auf mich zu. Als ich da stand und wartete, wurde mir erst bewußt, wie unglaublich groß die hinteren Räder des Treckers waren, noch deutlich größer als die von dem Bauern, der heute versucht hatte, mein Auto 'an die Seite zu setzen.' Elmars Räder waren größer als ich selbst und wirkten ziemlich beängstigend.

„Kann ich dich einen Moment sprechen?" brüllte ich, als er nah genug herangekommen war und seinen Hörschutz abgenommen hatte. Elmar verstand mich erst im zweiten Anlauf.

„Ich hab' die Zeit im Nacken!" brüllte er schließlich zurück. „Kannst du nicht eine Schleife mitfahren?" Als er meinen fragenden Blick sah, zeigte er auf den seitlichen Sitz, auf dem ich Platz nehmen sollte. Ich ging die paar Schritte zu ihm hin, matschte mir in der Zeit meine Schuhe vollkommen mit der übelriechenden Masse ein und kletterte dann etwas schwerfällig die zwei Stufen hinauf.

„Nicht gerade ein Luxussitz", meinte Elmar, als ich mich an ihm vorbeiquetschte und meine langen Beine mühselig verstaute, „aber du willst ja so auch nicht in Urlaub fahren."

Ich mußte mich erst an das Fahrgefühl gewöhnen. Das Gefährt ruckelte ziemlich, und man saß ausgesprochen hoch.

„Wie geht's Alexa?" brüllte Elmar.

„Keine Ahnung!" brüllte ich zurück.

Elmar sah mich fragend an. „Habt ihr etwa Ärger?"

„Ich glaube schon."

Elmar merkte, daß ich nicht länger darüber sprechen wollte. „Steinschulte hat schon wieder angerufen", meinte er dann. „Er hat mich nach dieser Magd gefragt, die angeblich hier gearbeitet haben soll."

„Und was hast du ihm gesagt?"

„Dasselbe wie euch. Ich weiß nichts darüber! Ich bin schließlich kein Nachkriegskind, sondern noch jünger als du."

„Danke für den Hinweis", murmelte ich. Dann brüllte ich wieder: „Weißt du eigentlich gar nichts über den Krieg? Ich meine, wie es hier auf dem Hof bei euch so gewesen ist."

„Mein Onkel war nicht gerade ein begeisterter Geschichtenerzähler", schrie Elmar zurück. „Aber es ist interessant, daß du fragst. Er hat nämlich vor kurzem öfter damit angefangen."

„Womit angefangen?"

„Na, mit solchen Kriegssachen. Ich glaube, es begann, als mal ein Bericht über Beutekunst im Fernsehen lief. Du weißt schon: Sachen, die im Krieg verschleppt worden sind und die jetzt zurückgegeben werden oder auch nicht."

„Was hat dein Onkel dazu gesagt?"

„Er an seiner Stelle würde die Sachen auch nicht zurückgeben."

„Aber das war nicht mehr als seine Meinung", erwiderte ich enttäuscht.

„Nicht ganz. Mama sagte dann, wenn er solche Schätze hätte, bräuchte er eh nicht mehr jeden Tag in den Stall."

„Und dann?"

„Dann sagte mein Onkel, er habe seine Geschäfte schon gemacht, da brauche sie sich mal gar keine Sorgen machen. Und er würde gar nichts zurückgeben, auch wenn sich das jemand einbildete."

„Was hat er denn damit gemeint?"

„Das hat meine Mutter auch gefragt. Aber er hat nichts weiter dazu gesagt. Jedenfalls nicht an dem Tag."

„Und später?"

„Ein anderes Mal hat er gesagt, es gebe Leute, die könnten die Vergangenheit nicht ruhen lassen. Aber er ließe sich nicht unter Druck setzen, auf gar keinen Fall. Was im Krieg gelaufen wär, das wär vorbei. Fertig aus."

„Warum erzählst du das erst jetzt?"

„Weil mich vorher nie einer danach gefragt hat. Ich hielt es für das übliche Geschwätz meines Onkels. Er mußte ja zu allem seinen Senf dazugeben. Warum dann nicht auch über Beutekunst und Kriegsverarbeitung und sonstwas? Meinst du, es hat irgendeine Bedeutung?"

„Keine Ahnung. Im Moment kann ich nicht viel damit anfangen."

„Sag' ich doch!" Elmar wendete am Ende des Ackers den Pflug.

„Wo ist eigentlich deine Mutter?"

„Sie wollte einkaufen. Aber das ist schon eine Weile her."

„Ist sie öfter so lange weg?"

Elmar blickte mich verdutzt an. „Was soll denn die Frage? Meine Mutter ist doch nicht mein Hund. Sie kann doch hingehen, wohin sie will, und braucht sich nicht bei mir abzumelden."

„Klar, war auch nur so eine Frage."

Dann schwiegen wir eine Weile.

„Hast du dich eigentlich entschieden?" nahm ich irgendwann das Gespräch wieder auf. „Ich meine, was den Hof angeht."

Elmar blickte starr geradeaus. „Ich kann hier nicht weg", sagte er dann. „Ich kann mir nicht vorstellen, den Hof einfach liegenzulassen." Als ich nichts erwiderte, blickte Elmar mich an. „Ein Außenstehender kann das vielleicht nicht verstehen", meinte er fast entschuldigend. „Ein Außenstehender denkt vielleicht: Warum das alles? Siebzig Stunden arbeiten bei geringem Ertrag. Noch dazu macht das kaum eine Frau mit. Immer morgens früh raus. Fast nie in Urlaub. Warum das alles?"

„Dann erkläre es mir!" brüllte ich. „Warum das alles?"

Elmar zögerte einen Augenblick, bevor er antwortete. „Weil einen das ganz schön glücklich macht. Entscheidungen selber treffen, draußen an der Luft sein, die Äcker bearbeiten, die schon mein Urgroßvater beackert hat, etwas wachsen sehen. Das macht einen glücklich. Verstehst du das?" Ich sah in Elmars Gesicht, das voller Überzeugungskraft war. Und ich sah das Gesicht des schrulligen Frontlader-Bauern vor mir.

„Das kann ich verstehen", sagte ich dann. Und ich meinte es ernst.

Dann schwiegen wir wieder.

„Willst du hinten absteigen?" Ich nickte zustimmend. Mein Geruchssinn war inzwischen völlig betäubt. Außerdem war ich heiser von der Brüllerei.

„Bestell Alexa schöne Grüße!" schrie Elmar, als ich in den Matsch sprang „Falls du sie mal siehst!"

Griesgrämig verzog ich den Mund und watschte auf das Gras am Rande des Ackers. Unter meinen Füßen klebten ganze Kubikmeter lehmigen Stinkebodens. So langsam wurde mir die Verbundenheit des Bauern mit der Scholle sprichwörtlich klar.

34

Als ich zu meinem Auto ging, sah ich, daß inzwischen Hannah zurückgekehrt war. Ihr Auto stand ganz nah bei der Haustür. Einen Moment zögerte ich, was ich tun sollte. Schließlich hatte ich Christoph Steinschulte noch nicht erreicht, sondern nur auf die Mailbox seines Handys gesprochen. Dort hatte ich ihm von Lutz Demmert berichtet und natürlich meine Überlegungen hinzugefügt. Ich wußte nicht, was Steinschulte jetzt unternehmen würde, noch viel weniger hatte ich eine Idee, wie er Kontakt zu mir aufnehmen konnte. Kurzerhand entschied ich mich, selbst etwas zu unternehmen. Ich holte mein Auto und stellte es direkt neben dem Polo ab. Als ich ausstieg, sahen mich zwei Augen lauernd und mißtrauisch an. Sie waren hell und kühl und zu kleinen Schlitzen geformt. Einen Moment später nahm die Katze reißaus. Sie sprang einen Stapel mit Kaminholz hinauf und von dort in das geöffnete Fenster der Scheune hinein.

Da die Haustür nur angelehnt war, machte ich kein langes Federlesens, sondern ging schnurstracks ins Haus hinein. Hannah war allerdings weder in der Küche noch im Wohnzimmer, und so stand ich ziemlich blöde im Flur herum. Plötzlich hörte ich oben eine Tür und Hannah kam die breite Treppe hinunter. Ganz offensichtlich hatte sie sich etwas frisch gemacht. Als sie mich sah, lächelte sie schwach.

„Sie sind das", sagte sie schließlich. „Ich habe Sie gar nicht kommen hören."

„Die Tür war auf", erklärte ich, „da bin einfach reingekommen."

„Elmar ist gerade auf dem Feld, falls Sie ihn suchen."

„Ich weiß. Aber eigentlich möchte ich mit Ihnen sprechen."

„Mit mir?" Hannah Schulte-Vielhaber hob erstaunt die Augenbrauen.

Vielleicht ist sie eine gute Schauspielerin, dachte ich und folgte Hannah ins Wohnzimmer. Früher hätte ein solches Zimmer sicher Stube geheißen. Es verfügte über einen riesigen Ofen, der von einer Holzbank umgeben war. Dort nahm Hannah jetzt auch Platz. Ich selbst wollte lieber stehen und hielt mich am Fenster auf. Hannah sah mich erwartungsvoll an.

„Warum erzählen Sie Elmar nichts von Ihrem Freund?" Die Offensive traf. Hannah erbleichte und starrte mich entgeistert an. „Woher – woher wissen Sie das?" stammelte sie dann.

„So etwas kommt irgendwann immer heraus", wich ich aus. „Warum haben Sie es Elmar nicht erzählt?"

„Elmar?" Hannah wanderte mit ihren Augen hilfesuchend im Zimmer herum. „Elmar hat seinen Vater abgöttisch geliebt."

„Aber Elmars Vater ist seit zwanzig Jahren tot, soviel ich weiß, und Elmar selbst ist ein erwachsener Mann. Sie können nicht im Ernst glauben, Ihr Sohn sei zu schwach für eine solche Wahrheit."

„Ich war mir doch lange selbst nicht sicher, was die Sache mit Lutz anging. Ich habe ja praktisch gar keine Erfahrung mit Männern. Ich wußte nicht, ob ich mich auf meine Gefühle verlassen konnte. Und dann -", Hannah begann beim Sprechen ein wenig zu schluchzen. „Dann wurde mir bewußt, daß ich diesen Mann wirklich liebe und daß ich gar nicht mehr ohne ihn sein möchte. Und je mehr ich das weiß, desto größer ist meine Angst, damit Elmar zu verletzen."

„Aber Elmar hatte doch selbst eine Freundin."

„Genau! Darüber war ich auch unsäglich glücklich. Ich habe immer gedacht, wenn Elmar und Anne heiraten, dann ist die Zeit endlich gekommen. Dann werde ich Elmar von Lutz Demmert erzählen." Ich schluckte. Es machte mich betroffen, wie sehr Hannah genau das beschrieb, was ich vorher vermutet hatte.

„Und dann ist der Franz dazwischengekommen?"

„Das kann man wohl sagen!" Hannahs Stimme war jetzt erstaunlich gefaßt. „Der Franz hat alles kaputtgemacht. Er hat Anne davongeekelt, und wir konnten nichts dagegen tun."

„Und deshalb wollten Sie Ihren Schwager loswerden?"

„Loswerden? Wie meinen Sie denn das?" Hannah sah mich mit großen Augen an.

„Frau Schulte-Vielhaber, Ihr Schwager hat Sie fast Ihr ganzes Leben lang unterdrückt. Er war ein Scheusal, ein egoistischer und grober Klotz. Daher wollten Sie endlich ohne ihn und seine Attacken leben, nicht wahr?"

„Wovon reden Sie?" Hannahs Stimme wurde jetzt zusehends schrill. „Ich habe Franz nicht gemocht, das gebe ich ja zu, und es war kein Vergnügen, mit ihm in einem Haushalt zusammenzuleben. Aber ich habe ihm nichts zuleide getan, das können Sie mir glauben." Elmars Mutter blitzte mich mit ihren blauen Augen an. „Außerdem war ich in der Küche, als das Unglück passierte. Ich hatte gerade

Eier verkauft, das wissen Sie doch."

„Das weiß ich, natürlich", stimmte ich zu. „Aber ich weiß auch, daß Ihr Freund Lutz in der Zwischenzeit sehr wohl von hinten an den Hof gekommen sein kann. Er kann Franz zur Rede gestellt und ihn dann von der Leiter gestürzt haben, oder etwa nicht?"

„Sie sind ja verrückt geworden. Lutz könnte keiner Fliege was zuleide tun. Er ist der sanftmütigste Mensch, den ich kenne. Außerdem ist er noch nie auch nur in die Nähe des Hofes gekommen. Darum hatte ich ihn ausdrücklich gebeten."

Ich blickte Hannah Schulte-Vielhaber direkt in die Augen, um festzustellen, ob sie die Wahrheit sagte. Sie hielt meinem Blick stand.

„Im übrigen weiß auch der Herr Hauptkommissar von meiner Beziehung", schoß sie hinterher. „Ich habe ihn sofort am Anfang über die Sache aufgeklärt. Er hat mir versprochen, darüber Stillschweigen zu bewahren."

Das saß. Christoph wußte also Bescheid. Folglich hatte er Demmert unter die Lupe genommen und sein Alibi überprüft. So eine Pleite. Ich kam mir vor wie ein kleiner dummer Junge. Schlimmer noch. Wie ein stümperhafter anmaßender Amateurschnüffler.

„Es tut mir leid", wagte ich den Rückzug. „Ich wollte Sie nicht zu Unrecht verdächtigen. Aber diese heimliche Liebschaft, das wirkte alles so -"

„Wenn Sie jetzt fertig sind, kann ich ja endlich an die Arbeit gehen." Hannah ging an mir vorbei und ließ mich allein am Fenster stehen.

„Steinschulte hat mir nichts erzählt", rief ich noch hinterher. Hannah Schulte-Vielhaber würdigte mich keines Blickes mehr. Ich war mir noch nie im Leben so dumm vorgekommen. Als ich nach draußen verschwinden wollte, sah ich, daß meine Schuhe eine Spur von braunem, übelriechendem Matsch hinterlassen hatten.

35

Max hatte noch keine Idee, wie er es anfangen sollte. Seit über einer Stunde saß er nun auf der Bank gegenüber dem Vierfamilienhaus an der Osnabrücker Straße und überlegte, wie es am geschicktesten sei. Nun, Max hatte keine Eile. Eben hatte er probehalber einmal an der Klingel mit dem Namen Koslowski geschellt und dabei festgestellt, daß noch niemand zu Hause war. Max stand auf, um sich ein wenig die Beine zu vertreten. Es war gleich vier. Wenn Josef Koslowski irgendwann von der Arbeit nach Hause käme, wäre es schon gut, wenn Max nicht weitere zwei Stunden über ein Konzept nachdenken müßte. Schon zum dritten Mal im Laufe der letzten Stunde überquerte Max die Straße und näherte sich der Eingangstür. *Koslowski* stand auf der dritten Klingel von oben. Max öffnete den Briefschlitz mit der Hand und spähte hinein. Nur Werbung, soweit er erkennen konnte. Allerdings lag die Post ziemlich weit unten im Kasten. Max hätte sie eh nicht herausfischen können, jedenfalls nicht mit der bloßen Hand. Als sich plötzlich die Haustür öffnete, fuhr Max ein Schrecken durch die Glieder. Er fühlte sich ertappt. Im selben Augenblick stellte sich Erleichterung ein. Ein Handwerker im Blaumann trat aus der Tür, in der Linken einen metallenen Werkzeugkasten. Er nahm Max gar nicht zur Kenntnis, sondern steuerte sofort auf seinen Lieferwagen zu, der ein paar Meter weiter geparkt stand. Schwerfällig fiel hinter ihm die Haustür zu. Beinah! Im letzten Augenblick klemmte Max seinen Arm dazwischen. Die Tür quetschte ihm seinen Unterarm ab. Max drückte die Tür wieder auf und stand im Hausflur, allerdings mit einem schmerzenden Unterarm.

Das Haus war gut gepflegt, aber einfach in der Ausstattung. Ein grau gesprenkelter Fliesenboden, ein schmuckloses weißes Geländer. Max' Schritte hallten durch das ganze Treppenhaus, als er langsam nach oben stieg. Schon im zweiten Stock wurde er fündig. An der Etagentür zu Koslowskis Wohnung war zunächst nichts Auffälliges. Akkurates Messingschild, Fußmatte mit der Aufschritt *Herzlich Willkommen* und zwei kitschigen Enten darauf, in der Tür dann der obligatorische Türspäher. Doch etwas Auffälliges. Unten vor der Tür lag ein Paket, ein kleines, gut verklebtes Paket, adressiert an Herrn Josef Koslowski, Osnabrücker Straße 22 in Münster. Max betrachtete den Absender. *Gabriele Sender* aus Detmold. Das einzige, was über sie zu sagen war: Sie hatte eine fein säuberliche, mädchenhafte Handschrift.

Max wog das Paket in der Hand. Es war etwas kleiner als ein Schuhkarton und für seine Größe ungemein leicht. Auf keinen Fall waren Bücher darin. Wahrscheinlich hatte ein Nachbar das Paket für Koslowski angenommen und ihm dann vor die Tür gelegt. Vorsichtig schüttelte Max es in seiner Hand. Es war nichts Aufschlußreiches zu hören. Kein Rasseln, kein Rappeln, kein Klirren. Ganz plötzlich hörte Max unten die Haustür. Unwillkürlich fuhr ihm ein Schreck in die Glieder. Anstatt das Paket wieder abzustellen, behielt er es in der Hand und schlich damit ein Stockwerk höher. Von unten hörte er Schritte näherkommen. Er wagte es nicht, einen Blick über das Treppengeländer zu werfen, sondern tapste weiter lautlos nach oben. Endlich verstummten die Schritte. Ein Schlüssel war zu hören, eine Tür auf - und dann wieder zugezogen. Jemand mußte in Koslowskis Wohnung verschwunden sein, ganz klar. Max überlegte einen Augenblick, was zu tun war. In der Hand hielt er immer noch das Paket. Endlich hatte er eine Idee. Er befand sich jetzt im Stockwerk direkt über Koslowski. Hier wohnte jemand mit dem Namen *Pennkämper*. Max nahm das Paket fester unter den Arm und ging zielstrebig die Stufen hinunter zu Koslowskis Tür.

Josef Koslowski öffnete nicht direkt, nachdem Max geklingelt hatte. Erst als Max gerade zum zweiten Mal drücken wollte, hörte er hinter der Tür ein Geräusch. Endlich steckte jemand den Kopf nach draußen.

„Herr Koslowski?" Der Mann nickte. „Ich hätte da ein Paket für Sie. Es ist abgegeben worden, als ich gerade oben zu Besuch in der Wohnung war. Jetzt dachte ich, ich bringe es Ihnen eben vorbei."

Beim Sprechen bemerkte Max, daß es ein ziemlicher Nachteil war, nicht zu wissen, ob Pennkämpers eine Familie, eine alleinstehende Frau oder ein älterer Herr war.

„Bei Renate?" sagte Koslowski und tat Max damit einen Riesengefallen.

„Genau, bei Renate", meinte der und nickte heftig mit dem Kopf.

„Komisch, sonst geben sie es immer unten bei Frau Reinschmidt ab."

„Die wird dann heute wohl nicht dagewesen sein", sagte Max verbindlich.

„Na dann, schönen Dank", Koslowski wollte gerade die Wohnungstür zuziehen.

„Ach, ich hätte da noch eine Bitte!" 'Jetzt oder nie', dachte Max. „Ich bin zum ersten Mal in Münster und bräuchte dringend einen Stadtplan. Renate hat ihren wohl verlegt, jedenfalls haben wir schon die ganze Wohnung abgesucht. Könnten Sie mir da vielleicht aushelfen?"

Koslowski runzelte einen Augenblick die Stirn, dann öffnete er die Tür. „Da muß ich mal nachschauen", meinte er. „Kommen Sie ruhig einen Augenblick herein."

Koslowski nahm das Paket mit ins Wohnzimmer und legte es dort auf eine Kommode. Erst jetzt konnte Max den Mann ausgiebig mustern. Er hatte einen mächtigen Kopf mit dunklen Haaren, die schon ein wenig gelichtet waren. Max schätzte den Mann auf um die fünfzig. Dafür hatte er einen sehr durchtrainierten Körper, der unter seiner Jeans und einem Rollkragenpullover regelrecht spannte. Koslowskis Wohnung war ganz im Stil eines Junggesellen eingerichtet, schlicht und einfach, mit wenig Dekoration. Allerdings war es verhältnismäßig aufgeräumt.

„Ich hab' den schon ewig nicht mehr gebraucht", erklärte Koslowski, während er in einem Bücherregal herumsuchte.

„Sie wohnen also schon lange hier in Münster?"

„Das kann man wohl sagen. Ich bin hier praktisch groß geworden, zumindest ganz hier in der Nähe, in einem kleineren Dorf. Aber seitdem ich arbeite, bin ich hier in Münster, und es gefällt mir nach wie vor gut."

„Hier kann man bestimmt gut alt werden", schwafelte Max. „Die Stadt ist nicht zu groß und nicht zu klein. Eigentlich genau richtig."

„Da haben Sie recht, allerdings weiß ich nicht, ob das

klappt." Koslowski wandte sich Max zu, lächelte aber in sich hinein. „Ich kenne da jemanden. Die versucht mit allen Mitteln, mich nach Detmold zu locken. Zum Beispiel mit selbstgestrickten Socken." Koslowski machte eine Kopfbewegung, die auf etwas hindeuten sollte. Es dauerte einen Moment, bis Max kapierte, daß er das Paket meinte. Offensichtlich mit Socken bestückt.

„Und – lassen Sie sich locken?"

Koslowski drehte sich jetzt ganz um und unterbrach seine Suche kurzfristig. „Sie hat schon die besseren Argumente", erklärte er dann. „Sie wohnt mit ihren Kindern in Detmold. Die will sie dort natürlich nicht rausreißen."

„Das ist klar!" stimmte Max zu.

„Eigentlich ist die Sache in trockenen Tüchern. Wenn alles klappt, hab' ich ab November eine Stelle in Detmold. Ich meine nur, falls Sie jemanden kennen, der kurzfristig eine Wohnung sucht."

„Dann werd' ich an Sie denken."

Max stromerte ein wenig im Wohnzimmer herum. Auf einem Sideboard wurde er fündig.

„Na, wenn das keine Ähnlichkeit ist", palaverte er. „Ihre Mutter nehme ich an." Er hielt ein Foto hoch, das Josef Koslowski mit einer alten Dame zeigte. Koslowski nahm die Frau herzlich in den Arm. Die Frau wirkte dadurch wie eingeklemmt. Trotzdem zeigte das Bild eine große Herzlichkeit.

„Ja, das ist meine Mutter", bestätigte Koslowski mit einem Seitenblick. Inzwischen stöberte er auf einem anderen Regalbrett herum. Max hoffte, daß er noch eine Weile weitersuchen mußte.

„Wohnt sie auch hier in Münster?"

Koslowski ließ sich in seiner Suche nicht beirren. „Nein, sie lebt in einem Altenheim in Lüdinghausen. Das ist nicht allzu weit von hier."

„Und Ihr Vater? Lebt der auch noch?"

„Mein Vater? Mein Vater lebt nicht mehr."

„Ach, hier ist ja noch ein Bild von Ihrer Mutter", Max versuchte, das Gespräch in Gang zu halten. „Sie wird sich sicher freuen, wenn sie jetzt ein paar Enkelkinder bekommt, nicht wahr?"

Koslowski hielt in seiner Arbeit inne. Max dachte einen Augenblick lang, er sei in seinen Äußerungen zu weit gegangen. Doch dann antwortete Koslowski ohne Verärgerung.

„Ehrlich gesagt weiß ich nicht, wie meine Mutter das aufnimmt mit den beiden Mädchen. Wissen Sie, sie ist eine ganz katholische Person. Eine geschiedene Frau ist nicht unbedingt das, was sie sich immer als Schwiegertochter gewünscht hat."

„Vielleicht ändert sich das, wenn sie Ihre Freundin einmal kennengelernt hat."

„Das kann ich nur hoffen, aber bisher bin ich mit der Wahrheit noch nicht rausgerückt. Ich hab's immer wieder vor mir hergeschoben."

Max überlegte, wie er wieder auf den Vater zu sprechen kommen konnte, ohne daß es aufgesetzt klang.

„Haben Sie zu den Töchtern Ihrer Freundin schon ein gutes Verhältnis?"

„Das kann man wohl sagen!" Koslowski strahlte jetzt. „Zwölf und vierzehn sind die beiden. Ich muß sagen, es hat von Anfang an gut geklappt mit uns dreien – mit uns vieren, meine ich. Ich wollte mich nie aufdrängen, aber die Kinder haben mich von Anfang an dabeihaben wollen."

„Das ist nicht selbstverständlich", meinte Max, als habe er solche Situationen schon hundertmal am eigenen Leib erfahren. „Das kann auch ganz anders laufen."

„Der Ex-Mann meiner Lebensgefährtin kümmert sich um nichts", erzählte Koslowski jetzt ganz hemmungslos. „Der wohnt in Frankfurt und läßt kaum von sich hören."

„Kaum vorstellbar."

„Das finde ich auch. Die Mädchen sind so nett."

„Nun, Vater ist nicht gleich Vater", seufzte Max pathetisch. „Haben Sie gute Erfahrungen mit Ihrem Vater gemacht?" Max wußte, daß die Frage sehr direkt war, der Übergang zudem ziemlich brüchig. Trotzdem, Koslowski schluckte den Fisch.

„Fragen Sie mich nicht danach!" Koslowski kam langsam auf Max zu und nahm vorsichtig das Bild seiner Mutter in die Hand. „In meinem Leben gibt es gleich zwei davon. Einen, den ich nie gekannt habe, weil er meine Mutter gleich nach der Geburt verlassen hat, und einen guten, der immer für mich da war." Koslowski sah Max mit einem ernsten Blick an. „Das war mein eigentlicher Vater, der Mann, der meine Mutter geheiratet hat, als sie schon in Umständen war. Er hängt hier vorne an der Wand, mein Vater."

Max folgte Koslowski zu einem Portrait eines ernst dreinschauenden Mannes mit einer ausgeprägten Hakennase.

„Ein schönes Bild", sagte Max. „Und Ihren eigentlichen Vater, wollten Sie den niemals wiedersehen?"

„Warum?" fragte Koslowski und stellte das Bild seiner Mutter wieder hin. „Er ist es nicht wert, finde ich. Das ist der richtige", Koslowski zeigte noch einmal auf das Bild an der Wand. „Das ist mein richtiger Vater."

Max fragte sich, ob Koslowski sich niemals gewundert hatte, warum seine so katholische Mutter vor der Ehe schwanger geworden war. Wahrscheinlich hatte er nicht sehen wollen, was beinahe unübersehbar war.

Max nickte nachdenklich. „Sie haben recht, Herr Koslowski. Sie haben absolut recht. Und in einem bin ich mir sicher. Sie selbst werden auch ein guter Vater, ganz bestimmt."

Als Koslowski lächelte, sah er ein wenig aus wie Franz Schulte-Vielhaber.

36

Der Anpfiff war nicht von schlechten Eltern. Christoph Steinschulte hatte von Stümperei gesprochen, von vorwitzigem Verhalten und überhaupt. Er gab an, selbst mit Lutz Demmert gesprochen und sein Alibi überprüft zu haben. Es war bombenfest.

Zerknirscht hatte ich mich dann an den Schreibtisch gesetzt und eine Klassenarbeit für den nächsten Tag aufgesetzt. Natürlich hatte ich mich sehr schlecht konzentrieren können. Die Müdigkeit überfiel mich erneut, außerdem rauschten verschiedenste Bilder durch meinen Kopf. Das blutige Gesicht von Franz Schulte-Vielhaber stand in fast überdeutlicher Klarheit vor meinen Augen, und alle, die mit ihm zu tun gehabt hatten, schwebten körperlos um ihn herum. Elmar und Frank, Hannah und Lutz, Ursel Sauer, deren Geheimnis wir noch immer nicht nachgegangen waren. Maria Scholenski, die ich mir als eine kleine gebrechliche Frau vorstellte, die fortwährend Polnisch sprach.

„Der Mord hat etwas mit der Person von Franz Schulte-Vielhaber zu tun", so hatte Christoph Steinschulte gemeint. Das sagte sich so leicht. Der Bauer war ein alter Mann gewesen. Wie viele Menschen hatte er in seinem Leben gekränkt, verletzt, betrogen? War das heute überhaupt noch nachvollziehbar? Es fehlte das Packende, an dem man diesen Fall hochklemmen konnte, wie einen festsitzenden Deckel auf einem Farbeimer.

Ich mußte an Alexa denken, und eine furchtbare Trauer überkam mich. Noch immer hatte sie nicht angerufen, um etwas zurückzunehmen, zu beschwichtigen, neu anzufangen. Was sie gesagt hatte, galt. Galt gestern, galt heute, galt morgen. Heute war Dienstag. Mich überkam beinah eine Übelkeit. Heute würde ich Angie Bescheid sagen müssen. Spätestens heute abend. Ich hatte noch mit keinem Menschen vernünftig über das Angebot gesprochen. Noch nicht einmal mit mir selbst.

Meine Gedanken wurden vom Telefonklingeln übertönt. Ich überlegte, ob es noch einmal Christoph Steinschulte sein könnte. Vielleicht hatte er bei seiner Anraunzerei einen Aspekt vergessen und wollte diesen jetzt nachliefern. Vielleicht war es aber auch Alexa. Meine Stimme muß voller Erwartung geklungen haben. Leider war nur Elmar am Apparat.

„Ich hab da was", sagte er, nachdem er sich mit Namen gemeldet hatte. „Ich habe eben in den Sachen meines Onkels herumgestöbert. Ich meine jetzt nicht die aus seinem Zimmer. Die hat ja die Polizei längst durchgesehen. Nein, wir haben da einen Vorraum zum Schweinestall, wo in Ordnern Lieferscheine abgeheftet werden und so."

„Und was hast du da gefunden?" Wann kam Elmar endlich auf den Punkt?

„In dem Raum ist auch ein Verschlag mit Kleidung von Onkel Franz. Gummistiefel, ein alter Pullover und so. Ich wollte die Ecke endlich mal ausmisten und da habe ich hinter ein paar Brettern eine Kiste entdeckt."

„Eine Kiste, aha. Und was war drin?"

„Schmuck!"

„Schmuck?"

„Zwei Kästen voll Schmuck. Ketten, Armbänder, Ringe. Ich kenne mich nicht besonders gut aus, aber ich glaube -"

„Er ist echt?"

„Genau, das glaube ich. Ich fand's ziemlich komisch, daß die Sachen in der alten Kiste liegen. Da dachte ich, das könnte interessant sein, zumal meine Mutter davon, glaube ich, nichts weiß."

„Hast du sie nicht gefragt?"

„Ehrlich gesagt, nein. Sie ist heute in so einer seltsamen Stimmung. Ich wollte erstmal mit dir oder Alexa reden, auf den Steinschulte hatte ich auch keinen Bock."

„Hat Frank was mitgekriegt?"

„Frank? Der ist schon gestern wieder abgezwitschert. Als er von der Hausdurchsuchung gehört hat, hat er seine Sachen gepackt und ist gefahren. Ich glaube, er hatte Angst, daß man seine eigene Wohnung auch noch auf den Kopf stellen würde."

„Gut, Elmar. Es ist nett, daß du mich ins Vertrauen gezogen hast. Wenn es dir nichts ausmacht, komme ich nochmal zu euch. Einverstanden?"

„Klar! Was soll ich denn jetzt mit dem Schmuck machen?"

„Laß ihn liegen! Faß nichts mehr an! Laß alles, wie es war! Bis gleich!"

Nachdem ich aufgelegt hatte, überlegte ich einen Moment lang, Christoph Steinschulte anzurufen. Verständlicherweise war ich nach seinem Anpfiff nicht gerade scharf auf ein weiteres Gespräch. Ich beschloß daher, ihm lieber ein ungestörtes Abendessen zu gönnen.

37

Alexa war ziemlich aufgeregt. Vor allem, weil sie ihr Wissen mit niemandem teilen konnte. Sie wurde fast zerrissen von dem Drang, bei Vincent anzurufen. Schließlich hatte der von Anfang an diese Spur im Auge gehabt. Und jetzt dieser Anruf von Maria Koslowski. Alexa war völlig ratlos. Steinschulte würde sie auf keinen Fall anrufen, aber Vincent? Vielleicht war ja alles nur ein riesiges Mißverständnis. Vielleicht ließ sich diese Sache mit der gutaussehenden Frau in der Pizzeria mit einem Satz ausräumen. Alexa gab sich einen Stoß. Sie war kein kleines Mädchen mehr. Sie konnte solche Dinge ausdiskutieren. Kein Problem. Als sie die Tasten an ihrem Telefon drückte, zitterten ein wenig ihre Hände. Sie hörte es zweimal tuten, dann kam Vincents Stimme auf dem Anrufbeantworter. Alexa legte auf und fühlte den dicken, klebrigen Kloß, der ihren Hals versperrte. Für den zweiten Anruf nahm sie sich viel weniger Zeit. Flugs tippte sie die Kölner Vorwahl ein, warf einen Blick auf die Uhr und entschied sich dann, es bei Robert zu Hause zu versuchen. Es war schließlich nach fünf, eine Zeit, zu der Robert sich gewöhnlich nicht mehr an der Uni aufhielt. Robert war Assistent für Alte Geschichte und schrieb gerade wie wild an seiner Habilitationsschrift. Am wichtigsten aber war: Robert war Vincents bester Freund. Und Alexa verspürte ein überaus dringendes Gefühl, mit Robert zu sprechen. Gott sei Dank meldete er sich bereits nach dem ersten Klingeln. Er schien erfreut, Alexas Stimme zu hören

„Mensch, ihr habt euch ja ewig nicht mehr gemeldet. Was ist los bei euch?"

„Es gibt da ein Problem", begann Alexa zaghaft. „Um genau zu sein, gibt es gleich mehrere Probleme."

„Du redest von Vincents Angebot, nach Köln zu gehen, hab' ich nicht recht?"

Alexa erstarrte.

„Alexa, wäre es so schlimm für dich, deine Stelle zu wechseln? Ich hätte euch so gerne beide hier in Sichtweite des Doms. Könntest du dir das nicht vorstellen? Gut, ich gebe zu, du müßtest dich von sauerländischen

Rindviechern verabschieden und hättest in Zukunft mehr
mit neurotischen Großstadt-Pinschern zu tun. Doch dafür
hättest du das Glück, in der schönsten Stadt der Welt zu
wohnen, nahe bei einem guten Freund wie mir, und bräuch-
test nicht -"

„Robert?"

„Alexa, was ist los?"

„Mir ist nicht gut. Nimm's mir nicht übel. Ich meld' mich
ein andermal wieder."

38

Trotz des Feierabendverkehrs war ich schon nach vierzig Minuten bei Elmar. Der hatte wohl den Stall seit dem
Gespräch nicht verlassen. Er hockte neben der Kiste, als
müsse er sie bis zum Sanktnimmerleinstag bewachen. Ich
verdrängte den penetranten Stallgeruch, der mir beim Ein-
treten sofort in die Nase zog.

„Hast du was angefaßt?" fragte ich.

„Bevor wir telefoniert haben, schon", Elmar verteidigte
sich sofort. „Ich wollte ja wenigstens wissen, was drin
ist."

Ich überlegte einen Augenblick, wie wir jetzt vorgehen
sollten. Prompt fiel mir mein Verbandskasten wieder ein.
Zum Glück hatte Alexa ihn aufgerüstet, nachdem wir einst-
mals nach einem Schützenfest tatsächlich Erste Hilfe hatten leisten müssen. Mit jahrelanger Verspätung hatte Alexa
endlich für Einmalhandschuhe gesorgt. Ich ging zum Auto,
holte sie aus dem Kasten und zog mir die hauchdünnen
Dinger schon im Gehen an.

„Was wird das denn?" fragte Elmar, als er mich damit
sah.

„Wenn Fingerabdrücke da sind, dann möchte ich sie nicht
verwischen."

Viel weniger noch wollte ich mir einen zweiten Anschiß
von Hauptkommissar Steinschulte holen. Aber der war
mir wahrscheinlich sowieso sicher, nachdem wir ihm den
Schmuckfund nicht sofort mitgeteilt hatten.

Elmar hatte nicht untertrieben. In den beiden Kistchen,

173

die in der großen Holzkiste versteckt gewesen waren, fand sich Schmuck der unterschiedlichsten Art. Ketten aus Gold mit verschiedensten Steinen. Smaragde, Rubine, Brillanten – auch für den Laien eine beeindruckende Vielfalt. Perlenketten waren natürlich auch dabei. Außerdem Armbänder, Armreifen und Ringe. Die Ringe waren in einem kleinen Tütchen extra verpackt.

„Das gibt's doch gar nicht", staunte ich. „Und das gehört nicht etwa zum allgemeinen Familienerbe?"

„Um Gottes willen. Der Familienschmuck ist in Mamas Besitz. Den hat ihr Tante Mia kurz vor ihrem Tod übergeben. Und Mama verstaut den Schmuck sicher nicht in einer alten Holzkiste im Schweinestall."

„Dann sind es tatsächlich Schwarzmarktgewinne", sagte ich nachdenklich. „Wertsachen, die in Kriegs- oder Nachkriegszeiten gegen Lebensmittel eingetauscht worden sind."

Ich nahm vorsichtig eine wuchtige Halskette heraus. Sie war so steif, daß sie mehr wie ein Halsband wirkte. Plötzlich fiel mein Blick auf ein Zettelchen, das sich zwischen den übrigen Ketten kräuselte. Vorsichtig nahm ich es heraus. Es war mit einem Klebestreifen an einer Perlenkette befestigt. Darauf stand eine Zahl: *1.400*

Elmar sah mir interessiert über die Schulter. „Ob das ihr Wert ist?" fragte er leise.

„Kann schon sein." Ich suchte mit dem Finger weiter in der Kiste herum. Tatsächlich fand sich ein zweites Schildchen an einer mit Brillanten besetzten Halskette, *ca. 8000* stand darauf.

Auch bei den Ringen wurden wir fündig. Einer, mit einem honigfarbenen Stein, war mit *4500* gekennzeichnet, ein anderer mit verschiedenen Smaragden mit *7500*.

Elmar und ich saßen eine Weile schweigend vor den Kistchen und starrten hinein.

„Da kommt ganz schön was zusammen", meinte Elmar schließlich. Treffender hätte man es nicht formulieren können.

„Hast du eine Ahnung, wo dein Onkel die Sachen hat schätzen lassen?"

Elmar dachte einen Augenblick nach. „In Hesperde gibt

es eigentlich nur einen einzigen Juwelier. Aber die Vorstellung, daß mein Onkel jemals in dem Laden war, ist fast ein Widerspruch in sich."

„Er muß ja nicht gerade in seinen Stallklamotten hingefahren sein", brummte ich. „Wir rufen da jetzt an. Und dann müssen wir auch deine Mutter hinzuziehen. Vielleicht kann sie uns weiterhelfen."

„Und die Sachen?" Elmar blickte stirnrunzelnd auf die beiden Holzkistchen, als er aufstand.

„Die nehmen wir mit rein", entschied ich. „Sonst vergreifen sich noch die Schweine daran."

Im Haus suchte Elmar zunächst mal das Telefonbuch.

„Ich kann auch die Auskunft anrufen", rief ich gerade, als Hannah Schulte-Vielhaber die Treppe herunter kam.

„Sie können wohl heute kaum von uns lassen, wie?" sagte sie zynisch, als sie mich sah.

Elmar wuselte immer noch im Wohnzimmerschrank nach dem Telefonbuch herum.

„Es tut mir wirklich sehr leid, was heute passiert ist", wandte ich mich an sie. „Aber im Augenblick tut sich eine ganz andere Spur auf. Elmar hat etwas Außergewöhnliches entdeckt. Schauen Sie nur, hier!"

Ich kniete mich vor die Kistchen, die ich mit meinen OP-Handschuhen vorsichtig im Eingangsbereich auf den Boden gestellt hatte. Hannah kam näher heran. Als ihr Blick auf den Schmuck fiel, runzelte sie die Stirn.

„Was ist das?" fragte sie, während sie sich neben mir herunterbeugte.

„Das ist Schmuck, den Elmar drüben im Schweinestall entdeckt hat. Haben Sie ihn schon mal irgendwo gesehen?"

Hannah blickte wie gebannt auf das, was sie da sah. Ich hielt vorsichtig mit den Handschuhen zwei, drei Ketten hoch, um sie ihr genauer zeigen zu können.

„Nie gesehen", sagte sie dann. „Wirklich, den hab' ich noch nie gesehen."

„Und Sie sind sich sicher, daß er nicht zum Familienschmuck gehört, den Franz aus irgendwelchen Gründen woanders gelagert hat?"

„Das wüßte ich", sagte Hannah bestimmt. „Ich lebe nun

lange genug hier im Haushalt."

„Wunderbar!" sagte ich. Hannah blickte mich erstaunt an.

„Ich meine, ich bin mir ziemlich sicher, daß dieser Schmuck aus Schwarzgeldgeschäften Ihres Schwagers hervorgegangen ist. Wahrscheinlich liegt er bereits seit fünfzig Jahren in dieser Kiste."

Elmars Mutter brauchte eine Weile, um diese Information zu verarbeiten.

„Das ist interessant", sagte sie dann ganz in Gedanken.

„Hat Ihr Schwager sich irgendwann mal darüber geäußert? Elmar erwähnte, er habe mal solche Andeutungen gemacht."

„Zu Schwarzgeldgeschäften? Nicht, daß ich wüßte. Oder doch. Einmal vorm Fernseher, aber da ging es eigentlich um Kunstschätze, die im Krieg den Besitzer gewechselt haben. Er schwafelte irgendwas von eigenen Geschäften, aber ansonsten? Allerdings hat Franz grundsätzlich nicht mit mir über persönliche Dinge gesprochen. Er hat mit uns gegessen, ich habe seine Wäsche mitgewaschen. Wenn es sein mußte, haben wir ein paar Stunden gemeinsam vorm Fernseher verbracht. Ich kann nicht behaupten, daß wir jemals intensive Gespräche geführt hätten."

„Aber mir ist was eingefallen", Elmar kam langsam aus dem Wohnzimmer, in der Hand das gesuchte Telefonbuch. „Mein Onkel hat einmal von Rücklagen gesprochen, von Geldreserven, von denen ich nichts zu wissen bräuchte. Da ging es um Investitionen, kurz nachdem der Bioland-Berater bei uns gewesen war. Onkel Franz hat ja ein Heidentheater gemacht wegen dieser Sache. Ich hab' ihm vorgeworfen, daß der Hof den Bach runtergeht, wenn wir überhaupt nicht investieren. Zur Not, so habe ich argumentiert, müßten wir eben einen Bauplatz verkaufen. Er würde nicht in solch einen Öko-Mist investieren, hat er mich dann angeschrien. Und Bauplätze würden schon mal gar nicht verkauft. Wenn investiert werden müsse, dann habe er noch andere Rücklagen. Da hab' ich natürlich gefragt, was er denn damit meint. Das ginge mich nichts an, hat er gesagt. Heute kann ich mir denken, warum."

„Das ist ein guter Hinweis", sagte ich und kam mir im

selben Moment vor wie der Oberlehrer. Wie um das Gefühl zu verdrängen, nahm ich Elmar das Telefonbuch aus der Hand. *Schneider* hieß das Juweliergeschäft. Die Nummer war schnell gefunden. Ich warf einen Blick auf die Uhr. Es war kurz vor halb sieben. Wenn alles gutging, konnten wir noch jemanden erreichen.

Eine junge Frauenstimme meldete sich schon nach dem ersten Schellen. Ich erkundigte mich nach dem Inhaber des Ladens.

„Was wünschen Sie denn?" fragte die Stimme darauf. Man konnte praktisch heraushören, wie angenervt sie war von Kunden, die den Chef sprechen wollten, wenn es um eine Batterie in der Armbanduhr ging.

„Es geht um sehr hochwertigen Schmuck, der vielleicht bei Ihnen geschätzt worden ist", sagte ich geschäftsmäßig.

„Herr Schneider, für Sie!" hörte ich sie in den Raum rufen. Dann kam jemand anders an den Apparat. Die Stimme war schon älter. Kurz vor der Geschäftsaufgabe, schätzte ich, wenn sich nicht ein geeigneter Nachfolger fand.

„Jakobs", meldete ich mich hochprofessionell. „Ich leite die Untersuchungen im Fall Franz Schulte-Vielhaber."

In Anbetracht von Elmar und Hannah Schulte-Vielhaber, die mich mit großen Augen ansahen, entbehrte das nicht einer gewissen Komik. Wir waren schon ein hammerstarkes Ermittlungsteam.

„Herr Schneider, wir sind bei der Untersuchung des Besitzes des Toten auf eine Sammlung sehr hochwertigen Schmucks gestoßen. Wie es aussieht, sind die Stücke bereits einmal geschätzt worden. Können Sie uns dazu irgendeine Auskunft geben?"

Einen Moment war es still am anderen Ende. Juweliermeister Schneider mußte das Gehörte erst einmal einordnen. „Ich hab' schon geahnt, daß sich mal irgendwer an mich wendet", sagte Herr Schneider mit einer etwas brüchigen Stimme. „Ich meine, als ich gehört habe, daß der Schulte-Vielhaber vielleicht eines unnatürlichen Todes gestorben ist."

„Also, hatten Sie tatsächlich mit diesem Schmuck zu tun?"

Ich nickte Elmar und Hannah mit großen Augen zu.

„Das kann man so sagen", erklärte Herr Schneider. „Das war vor gut einem Jahr. Da kam der Bauer ganz unverhofft zu mir. Mit einer einfachen weißen Plastiktüte. Er wollte mich allein sprechen, und ich nahm ihn mit hinten in die Werkstatt. Da packte er dann aus. Drei oder vier Ketten hatte er dabei, außerdem ein paar Ringe. Was das wert sei, hat er gefragt. Das solle ich mal herausfinden."

„Hat der Bauer etwas über den Schmuck gesagt? Woher er ihn hat zum Beispiel?"

„Natürlich habe ich ihn das gefragt. Es waren ja ganz erlesene Stücke dabei. Das gehe mich nichts an, hat er gesagt. Da habe ich dann auch nicht mehr weiter gefragt."

„Und Sie haben den Schmuck dann geschätzt?"

„Soweit das in meinem Vermögen lag. Ich bin kein Experte für solche Sachen. Ich hätte da jemanden hinzuziehen müssen. Aber so gut es ging, habe ich eine Bewertung abgegeben, und das hat dem Schulte-Vielhaber auch gereicht."

„Können Sie sich noch an bestimmte Summen erinnern?"

„Nicht im einzelnen. Aber das, was bei mir auf dem Tisch lag, das habe ich insgesamt auf mindestens Dreißigtausend geschätzt."

„Ich bin Ihnen sehr dankbar", schloß ich. „Sie haben uns mit Ihren Informationen sehr geholfen."

„Herr Jakobs?" Der Juwelier hatte noch etwas zu sagen. „Ich hatte damals natürlich schon so meine Vermutung, wo der Bauer den Schmuck herhatte."

„Und zwar?"

„Das waren ganz alte Stücke, aber offensichtlich keine Erbstücke, sonst hätte der Mann nicht so ein Geheimnis darum gemacht. Wenn Sie mich fragen, dann war das Tauschware aus der Nachkriegszeit."

„Danke, Herr Schneider, das haben wir auch schon vermutet. Ich bin froh, daß ich Sie gefragt habe."

Als ich den Hörer auflegte, sagte erst einmal keiner was.

„Wie ich gedacht hätte", berichtete ich dann.

Als ich hochblickte, sah ich, wie Hannah versonnen ihre Unterlippe knetete.

„Ich hab' da so eine Idee", murmelte sie schließlich.

„Wahrscheinlich ein Hirngespinst, aber der Mann kam schrecklich oft. Und er fragte auch immer so seltsam."

Elmar und ich müssen sie beide gleichermaßen erwartungsvoll angeschaut haben.

„Vielleicht setzen wir uns erstmal in die Küche", meinte Hannah, und das taten wir dann auch.

39

Die erste Stunde war Alexa einfach nur entsetzt gewesen. Sie hatte das Gefühl, alles würde ihr aus den Händen gleiten. Konnte sie sich denn derartig getäuscht haben? Bis vor kurzem hatte sie gedacht, die Beziehung mit Vincent sei von Vertrauen geprägt gewesen. Alexa hatte das Gefühl gehabt, daß sie sich über alles, und seien es noch solche Banalitäten, ausgetauscht hatten. Stundenlang hatten sie gemeinsam die Wälder durchstreift oder nebeneinander auf dem Bett gelegen, um ihren Alltag oder das Leben im allgemeinen zu bequatschen. Nie zuvor hatte Alexa mit einem Partner eine solch innigliche Beziehung gehabt, die trotzdem nie langweilig geworden war. Und nun das? Da hatte Vincent eine Frau kennengelernt, mit der er sich heimlich traf? Da hatte er seine Rückkehr nach Köln geplant, ohne sie auch nur im mindesten einzubeziehen? Alexas Magen zog sich zusammen, so weh tat ihr die Vorstellung. Hatte sie sich wirklich dermaßen täuschen können? Nun, sie selber hatte eine Trennung herbeigeführt, vor ein paar Tagen. In dem Schreck, mit ihrer neuen Situation leben zu müssen, hatte sie sich zunächst ganz auf sich selbst zurückgezogen. Aber im Grunde – im Grunde hatte sie nichts anderes getan als gewartet. Auf Vincent. Der um sie kämpfen würde. Der ihr Geheimnis erraten und sich freuen würde. Sie mußte sich eingestehen, das wirklich gedacht zu haben. Und jetzt saß sie allein da. Es war unfaßbar.

Irgendwann dann war Alexa der Telefonanruf wieder eingefallen. Daß Maria Koslowski sich überhaupt nochmal bei ihr melden würde, damit hatte Alexa im Traum nicht gerechnet. Alexa war sich noch nicht einmal sicher gewesen, daß die alte Dame das mit der Telefonnummer so richtig mitbekommen hatte. Schließlich war sofort danach die Pflegerin hereingekommen und hatte für eine Menge Aufregung gesorgt. Und jetzt hatte sie sich tatsächlich bei ihr gemeldet, Maria Koslowski, die in vielerlei Hinsicht erstaunlich war. Und sie hatte etwas erzählt, was Alexa sehr nachdenklich gemacht hatte. Maria hatte als junge Magd mitbekommen, daß Franz Schulte-Vielhaber nach dem Krieg Geschäfte gemacht hatte. Natürlich tauschte jeder Bauer Lebensmittel ein, das wußte auch Maria. Aber Schulte-Vielhaber, der sei ein anderes Kaliber gewesen. Der sei unerbittlich gewesen und habe für einen Goldring oft nicht mehr als sechs Pfund Kartoffeln herausgerückt. Er habe eben am meisten gehabt, er mit seinem großen Hof. Folglich hatte er auch am meisten abgeben können. Und dabei viel herausgeschlagen. Alexa hatte Marias Bericht andächtig gelauscht, doch nicht so recht gewußt, was sie damit anfangen sollte.

„Haben Sie eine bestimmte Erinnerung an jemanden, mit dem sich der Bauer wegen dieser Sache gestritten hat?"

„Es waren so viele da", war Marias Antwort gewesen. „Und fast alle aus dem Ruhrgebiet. Zu Fuß sind die manchmal gekommen oder mit dem Fahrrad, in den Taschen das, was sie eintauschen wollten. Und wenn sie auf den anderen Höfen nichts bekommen haben, dann sind sie zu Schulte-Vielhaber gekommen, denn der hatte immer was. Aber was der denen gegeben hat! Zwei Würste, ein Säckchen Kartoffeln. Nichts war das, nichts. Und wenn die Leute geschimpft haben, weil's zu wenig war, dann hat er gegrinst. 'Dann fahrt doch wieder nach Hause', hat er dann gesagt. 'Dann fahrt doch! Ich brauch' euch nicht!' Und am Ende haben sie immer zugestimmt und haben die Gerste genommen, für einen guten Teppich vielleicht oder für ein Schmuckarmband. Was sollten sie auch tun?"

„Schreckliche Zeiten! Gut, daß das vorbei ist. Wie geht's denn eigentlich Ihrem Sohn?" hatte Alexa dann noch aus Neugier gefragt. „Hat er was von sich hören lassen?"

„Das hat er, das hat er", hatte Maria zu Alexas Erstaunen gesagt, „und das, obwohl heut Dienstag ist. Und sonst kommt er doch immer nur sonntags. Bis eben ist er dagewesen. Er sagte, er müsse es mir jetzt schon sagen. Das sei ihm nun endlich klargeworden."

„Und was hatte er zu sagen, was war die freudige Nachricht?" Alexa hatte vor Aufregung geschwitzt.

„Na, was glauben Sie? Er will sich doch noch aufs Heiraten verlegen, mein Junge, und das in seinem Alter. Nett sieht sie ja aus, seine Madame, er hat mir ein Foto gezeigt, nur macht mich eins traurig. Geschieden ist sie und hat auch zwei Kinder von einem anderen Mann. Ob das dann was werden kann?"

Alexa hatte nicht gewußt, was sie sagen sollte. Daß sich hinter Josef Koslowskis Neuigkeit eine solche Geschichte verbarg, machte sie erst einmal sprachlos. Zumindest für zehn Sekunden.

„Das wird schon das richtige sein", hatte sie dann weise gesagt. „Jetzt freuen Sie sich mal für Ihren Sohn. Und Enkelkinder bekommen Sie jetzt auch noch, ist das denn nicht schön?"

„Ja, meinen Sie wirklich?"

„Ganz bestimmt mein' ich das so."

„Na, wenn Sie das so sagen."

Nach dem Gespräch hatte sich Alexas Gehirn dann in Bewegung gesetzt. Ob das wirklich eine Möglichkeit war? Daß jemand sich rächen wollte, für das, was ihm nach dem Krieg auf dem Hof widerfahren war? Und wenn ja, wer sollte das gewesen sein? Die Leute aus dem Dorf wohl kaum. Ihr Vater hatte ja selber gesagt, daß die Menschen aus dem Ruhrgebiet gekommen waren, um Lebensmittel zu tauschen. Aus dem Ruhrgebiet! Es hatte immer mehr zu rattern begonnen. Mit dem Fahrrad waren sie gekommen, hatte Maria Koslowski erzählt. Mit dem Fahrrad. Aus dem Ruhrgebiet. Alexa hatte alle Zeugenaussagen noch einmal durchdacht, hatte sogar den Zettel mit ihren Notizen hervorgekramt. Und dann war sie ihr aufgefallen, diese Kleinigkeit, von der sie plötzlich glaubte, daß sie die ganze Zeit schon an ihr genagt hatte. Hannes Schröder hatte ausgesagt, er habe Reineke auf dem Hof gesehen. Außerdem hatte er auf dem Rückweg Gertrud Wiegand bemerkt, die unten an der Straße gestanden und gequatscht hatte. Gertrud Wiegand aber hatte Reineke nicht gesehen, als sie auf den Hof kam. Er mußte also einen anderen Weg genommen haben als den über die Straße. Er hatte den Feldweg genommen. Er war der einzige, der den Feldweg genommen hatte. Mit dem Fahrrad. Aus dem Ruhrgebiet.

Kurz zuvor hatte Franz Schulte-Vielhaber die Leiter umgestellt. Hannes hatte die Leiter noch auf der dem Hof zugewandten Seite gesehen, bei Frau Wiegand war sie schon nicht mehr da gewesen. Dafür aber Bauer Franz, der sich mit Elmar vorm Stall gestritten hatte. Nach dem Streit war Franz hinter der Scheune verschwunden – und Frau Wiegand war ins Haus gegangen. Zu der Zeit mußte Reineke sich hinter der Scheune aufgehalten haben. Er hatte gewartet, vielleicht im Verborgenen, bis der Bauer oben auf der Leiter stand. Dann mußte er ihn angesprochen haben. Und dann? Dann war er wieder abgefahren. Mit dem Fahrrad. Aus dem Ruhrgebiet.

Fünf Minuten später hatte Alexa im Auto gesessen. Sie wollte die Sache durchziehen. Dann eben ohne Vincent!

40

Immerhin hatte ich diesmal sofort Steinschulte angerufen. Er hatte sich unsere neue Theorie angehört, ein wenig herumgegrummelt und dann eingewilligt, zu Reineke hinzufahren.

„Wir treffen uns dann da", hatte ich hinzugefügt, und der junge Hauptkommissar war wohl so verblüfft gewesen, daß er nicht zum Protestieren gekommen war, bevor ich aufgelegt hatte.

Hannahs Hirngespinst, wie sie es genannt hatte, war nicht von schlechten Eltern gewesen. Zunächst nur eine bloße Idee, weil dieser Mann ungewöhnlich häufig auf den Hof gekommen war und zweimal ein Gespräch mit Franz unter vier Augen gesucht hatte. Auch weil er Hannah ganz direkt nach ihrem Verwandtschaftsverhältnis zu Franz gefragt hatte. Immer wieder hatte er sich außerdem nach dem Hof erkundigt, wie es wirtschaftlich aussehe, wer denn erben solle. Und dann war da einmal dieser Satz gewesen, der Hannah jetzt wieder eingefallen war und an dem sich ihr ganzes Hirngespinst festmachte. „Warum trägt eine so schöne Frau wie Sie eigentlich nie Schmuck, Frau Schulte-Vielhaber?"

Das hatte er schon gefragt, als er erst zum zweiten Mal zum Eierkaufen gekommen war. Der Satz war Hannah im Gedächtnis geblieben. Und dann hatte plötzlich alles zusammengepaßt: das Alter, das Ruhrgebiet, die Verbindung zum Dorf, von der er Alexa erzählt hatte. Und dann hatte Elmar noch eine Vermutung geäußert: „Damals, als jemand an der Scheune rumgemalt hat, da ist doch die Scheune durchsucht worden. Vielleicht hat da jemand den Schmuck gesucht. Könnte doch sein, oder?"

Ich war zunächst skeptisch gewesen. Noch Stunden zuvor hatte ich Hannah und ihren Liebhaber unter die Lupe genommen. Auch dieses Mal hatten wir keinerlei Beweis für unsere Vermutungen. Aber immerhin hatte sich ja diesmal Steinschulte für die Sache interessiert. Er würde schon wissen, was weiter zu tun war.

Als ich Alexas Auto am Straßenrand sah, war ich mehr als perplex. Ich hatte mich noch gar nicht richtig orientiert und gerade zwei Jungs, die auf dem Mountainbike unterwegs waren, nach Reinekes Haus gefragt, da sah ich Alexas Fiat an der Straße stehen. Einen kurzen Moment lang dachte ich noch, sie sei bei irgendwelchen Bekannten im Dorf und habe nur zufällig hier geparkt. Doch je länger ich darüber nachgrübelte, desto unwahrscheinlicher war dieser Gedanke. Dann befiel mich plötzlich heftige Panik. Wenn dieser Reineke nun tatsächlich ein Mörder war, dann befand sich Alexa womöglich in Gefahr. Unter Umständen hatte sie etwas herausgefunden und war nun einfach zu ihm hingerannt. Ich stürzte aus dem Auto und blieb dann in aller Hektik stehen. Was sollte ich nur tun? Klingeln und nach Alexa fragen? Erstmal auf Steinschulte warten? So lange würde ich es nicht mehr aushalten! Ich sah mich aufgeregt um. Das Haus sah dunkel und still aus. Während in den umliegenden Häusern inzwischen innen Licht brannte, war Reinekes Haus stockduster. Ich ging den gepflasterten Weg zur Haustür und zögerte einen Augenblick. Dann sah ich, daß ein schmalerer Weg ums

Haus herum in den Garten führte. Unwillkürlich beschloß ich, mich erst einmal umzusehen. An der Giebelseite des Hauses warf ich einen Blick ins Innere des Hauses – das Arbeitszimmer zweifellos. Als ich um die nächste Ecke bog, blieb mir plötzlich das Herz stehen. Jemand stand unvermittelt vor mir, doch mein Gegenüber war ähnlich erschrocken. Es war Alexa.

„Was machst du denn hier?" herrschte sie mich an.

„Das könnte ich genauso fragen." Ich versuchte in gedämpfter Lautstärke zu sprechen.

„Brauchst du aber nicht. Ich sag's dir eh nicht."

„Alexa, das ist kein Spaß. Reineke könnte Franz Schulte-Vielhaber umgebracht haben!"

„Woher weißt denn du das?"

„Weil wir im Schweinestall Schmuck gefunden haben und weil Hannah etwas eingefallen ist und weil ich schlau bin."

„Das halte ich für ein Gerücht. Viel schlauer bin ich. Ich weiß Bescheid, obwohl ich vom Schmuck keine Ahnung hatte."

„Wir können uns jetzt gerne ein Stündchen darüber streiten."

„Dazu habe ich keine Zeit. Aber wo du gerade schon mal hier bist, könntest du mir eben helfen."

„Helfen? Ich? Dir? Wobei?"

„Ich habe dahinten ein offenes Fenster gefunden." Alexa zeigte an der Häuserwand entlang. „Wahrscheinlich die Gästetoilette. Leider ist das Fenster nicht allzu groß und dazu noch ziemlich hoch. Du könntest mir eine Räuberleiter machen."

„Du willst in das Haus eindringen? Du bist ja wohl verrückt. Nicht mit mir."

Ich verschränkte die Arme vor der Brust, um meinen Worten Nachdruck zu verleihen.

„Dann mach' ich es eben anders. Irgendwo ist bestimmt ein Gartenstuhl aufzutreiben." Alexa sah sich suchend um. Allerdings war die Terrasse schon winterfest gemacht und abgeräumt.

„Das darfst du nicht." Ich stellte mich mit ausgebreiteten Armen vor sie, als wollte ich ein Kaninchen einfan-

184

gen. „Gleich kommt Steinschulte und wird sich der Sache annehmen. Wir brauchen uns um nichts weiter zu kümmern."

„Steinschulte!" Alexa prustete verächtlich vor sich hin. „Auf den lohnt es sich nicht zu warten."

„Alexa, immerhin gehört er der Polizei an. Er wird Reineke befragen oder das Haus durchsuchen oder sonstwas tun."

„Das kann ich genauso gut, denn im Moment ist Reineke nicht da."

„Aber er kann jeden Augenblick zurückkommen. Weißt du, was das bedeutet?"

„Vincent, jetzt laß mich in Ruhe! Ich bin schon groß und werde jetzt in dieses Haus einsteigen."

Alexa drängte sich an mir vorbei und ging zielstrebig auf das Fenster zu.

„Alexa, was willst du denn da drinnen? Das ist Hausfriedensbruch. Das darf man nicht. Außerdem wissen wir gar nicht, ob er es wirklich war."

„Du mußt mir nicht helfen", Alexa drehte sich provokativ zu mir herum. „Ich komme schon alleine klar. Was sich übrigens auch auf unsere allgemeine Situation bezieht."

„Was ist überhaupt los mit dir? Warum hast du mir den Laufpass gegeben? Warum willst du jetzt auf Teufel komm raus in dieses Haus rein?" Inzwischen waren wir unter dem Toilettenfenster angekommen.

„An deiner Stelle würde ich mich jetzt zurückhalten. Machst du nun eine Räuberleiter oder nicht?"

„Alexa, ich bin quasi Beamter. Ich darf noch nicht mal abends in Freibäder einbrechen, geschweige denn in fremde Häuser einsteigen."

„Man muß sich entscheiden im Leben. Ja oder nein?"

Seufzend faltete ich die Hände und ging in die Hocke. Alexa stieg gekonnt mit dem Fuß in meine Hände und versuchte, sich am Fenster hochzuziehen.

„Etwas höher noch", keuchte sie.

„Alexa, du weißt, ich liebe dich samt deiner wunderbaren Figur, aber meine Kräfte sind begrenzt." Ich gab mein Bestes.

„Ich bin zwar schwanger, aber zugenommen habe ich

noch nicht." Ein Ruck ging durch meinen Körper, der Alexa irgendwie in die Gästetoilette befördert haben muß. Auf jeden Fall war sie plötzlich nicht mehr zu sehen.

„Du bist was?" kreischte ich.

„Ich bin schwanger." Die Stimme kam von innen und hörte sich irgendwie hohl an.

„Dann – dann – dann -" Es hätte mich nicht gewundert, wenn ich bei dieser Gelegenheit zum Vollzeitstotterer geworden wär. „Dann werde ich ja Vater."

„Das ist nicht ganz auszuschließen."

„Wie? Was soll das heißen? Ja oder nein? Vater meine ich jetzt." Ich hüpfte herum, um Alexa endlich mal wieder sehen zu können.

„Du wirst Vater", Alexas Kopf wurde plötzlich im Fenster sichtbar. „Aber du brauchst dir darüber keine weiteren Gedanken zu machen." Jetzt war Alexas Kopf wieder weg.

„Keine Gedanken?" Du bist ja wohl verrückt geworden. Keine Gedanken? Ich werde Vater! Alexa, wo bist du, laß mich sofort hinein."

Ihre Stimme kam jetzt von weiter weg. „Ich möchte dein Beamtengehalt nicht aufs Spiel setzen, mach dir keine Mühe! Und selbst wenn du demnächst nach Köln wechselst, ist ein Vorstrafenregister nicht gerade eine gute Referenz." In meiner Aufregung nahm ich ihren letzten Satz gar nicht zur Kenntnis.

„Alexa!" Ich versuchte, meiner Stimme einen ärgerlichen Tonfall zu geben. „Alexa, jetzt laß mich rein!"

„Schrei doch nicht so rum!" Alexa steckte jetzt ihren Kopf aus einer Terrassentür, die sie geöffnet hatte. „Gleich steht die gesamte Nachbarschaft vor der Tür."

„Und wenn schon, ich werde Vater. Du kommst jetzt da raus und legst dich ins Bett!"

„Du bist ja verrückt. Ich bin doch nicht krank. Ich sehe mich jetzt hierdrin um. Vielleicht finde ich was Passendes."

„Alexa!"

Alexa war wieder verschwunden. Zum Glück hatte sie die Terrassentür nicht wieder verriegelt. Mir brach der Schweiß aus. Ich hatte es bislang immer für ein Charakteristikum amerikanischer 50er-Jahre-Filme gehalten, wenn schwangere Frauen als völlig unzurechnungsfähig dargestellt wurden, doch aus Alexas Verhalten zu folgern, ging mit der Hormonumstellung tatsächlich eine vorübergehende Verrücktheit einher.

„Alexa! Wo bist du? Du darfst dich jetzt nicht aufregen, verstehst du?"

„Ich bin im Arbeitszimmer. Und wenn du weiter so rumschreist, ziehe ich dir einen Lexikonband über die Rübe. Die haben mindestens sechs Kilo."

Als ich die Tür zum Arbeitszimmer gefunden hatte, war Alexa gerade dabei, eine Schreibtischschublade zu durchwühlen.

„Alexa, was machst du da?"

„Ich suche was. Das habe ich doch gesagt."

In der Schublade hatte sie es jedenfalls nicht gefunden. Die knallte sie wieder zu. Fast gleichzeitig versuchte sie, die Tür an der linken Schreibtischseite zu öffnen.

„Ich habe keinen Schlüssel", fluchte sie.

„Alexa, ich werde Vater. Wir können jetzt hier nicht über Schlüssel diskutieren."

„Vincent", Alexa verharrte in ihrer Stellung und sah mich durchdringend an. „Du wirst Vater, o.k. Wir werden das später diskutieren. Aber jetzt müssen wir diesen Reineke überführen, und da ist es irgendwie kontraproduktiv, wenn du ständig davon redest, daß ich mich ins Bett legen soll. Kapiert?"

Ich holte gerade Luft, um ein paar Gegenargumente anzuführen. Doch Alexa sah mich weiter so unverwandt an, daß ich innehielt. „Von mir aus", sagte ich dann. „Ich bin sogar bereit, dir zu helfen, aber wenn diese Sache überstanden ist und wir das Ende tatsächlich überleben, weil nicht zufällig Gustav Reineke erscheint, um zwei Mitwisser niederzuknallen, dann legst du dich ins Bett. Kapiert?"

„Kapiert." Ich konnte nur hoffen, daß Steinschulte endlich eintraf und uns sanft aus dem Verkehr zog.

„Trotzdem habe auch ich aus Versehen keinen Schlüssel für diesen fremden Schreibtisch dabei", grummelte ich.

„Dann müssen wir das Ding eben aufbrechen."

„Kein Problem. Erinnerst du dich an Petzi und seine

Freunde? Da konnte der Pelikan auch immer diverse Werkzeuge aus seinem Schnabel zaubern. Warum nicht auch ich?" Ich öffnete meinen Mund bis zum Anschlag.

Alexa verdrehte genervt die Augen. „Dann sieh dich doch mal um! Vielleicht findest du was Passendes. Das Schloß ist ja nicht gerade eine Herausforderung für die Panzerknacker. Es erinnert mich beinah an das Schloß, das ich als Kind am Poesiealbum hatte."

Auf dem Schreibtisch fand ich als erstes einen Brieföffner, aber der war aus Holz und wirkte nicht sonderlich stabil. In unmittelbarer Nähe fand sich ein Schraubenzieher.

„Damit geht's vielleicht." Ich drängte mich neben Alexa und hebelte eifrig am Schloß herum.

„Was erwartest du eigentlich dahinter?" fragte ich, während ich mit aller Kraft stemmte.

„Irgendwas", Alexa wirkte so unbedarft wie ein junges Mädchen. „Der wird das Ding ja nicht ohne Grund abgeschlossen haben. Dauert's noch lange?" Alexa schien nicht zu bemerken, wie ich bereits ins Schwitzen gekommen war.

„Ich bin kein Mann roher Kräfte, sondern ein Mann des Geistes", brabbelte ich, während sich Schweiß auf meiner Stirn sammelte.

„Du bist ein Mann vieler Worte, würde ich eher sagen." Knacks. Endlich brach das Schloß aus der Holztür heraus.

„Ganz nebenbei ist das hier Sachbeschädigung", wisperte ich. „Trotzdem toll, wie ich das gemacht hab, was?"

„Mit dem Gerät hätte das auch meine Ommma gekonnt." Alexa wußte schon, wie sie mich hochbringen konnte. Sie wartete nicht auf eine Antwort, sondern begann sofort, im Inneren des Schrankes herumzuwühlen.

„Hast du schon seine Briefmarkensammlung gefunden?" fragte ich, da mich eine Welle schwarzen Humors mittlerweile gänzlich erfaßt hatte. Meine schwangere Freundin und ich begingen gerade einen handfesten Einbruch. Meine Beamtenstelle konnte ich mittlerweile abschreiben, mein Ruf würde als solcher auf ewig verloren sein.

„Schau mal hier!" Alexa hatte einen Ordner aufgeschlagen und blätterte aufgeregt darin herum. „Hab ich's nicht gesagt? Zeitungsartikel zum Thema Schwarzmarkt, geschichtliche Untersuchungen, Stellungnahmen – eine ganze Mappe zu diesem Thema. Man kann so schlecht lesen. Machst du mal eben das Licht an?"

„Bist du verrückt geworden?" wisperte ich zurück. „Sollen wir draußen noch ein Schild anbringen: *Bitte nicht stören. Hier wird gerade eingebrochen!?"* Alexa hörte mich gar nicht.

„Das gibt's doch gar nicht. Hier ist ein Durchschlag eines Briefes an Schulte-Vielhaber. Eine Aufforderung, den Schmuck an Reineke zurückzugeben!"

Ich beugte mich neugierig über Alexa. Tatsächlich, ein maschinengeschriebener Brief in verwaschen-blauer Schrift, wie man sie von veralteten Durchschlagsbögen kennt. Der Brief war vom Anfang des Jahres mit der Aufforderung, den *Schmuck der Familie Reineke, der in den Jahren 1945 und 1946 unrechtmäßig den Besitzer gewechselt hat, gegen ein geringes Entgelt zurückzugeben.*

„Ist eine Antwort dabei?" fragte ich flüsternd.

„Nein, leider nicht", Alexa blätterte weiter. „Aber das hätte mich auch gewundert. Schulte-Vielhaber war nicht der Typ, der Briefe aufsetzte. Der klärte sowas lieber von Mann zu Mann."

„Paß auf, wir nehmen diesen Ramsch jetzt mit und übergeben ihn Christoph Steinschulte", sprach ich auf Alexa ein.

„Kann der überhaupt lesen?"

Ich warf Alexa einen vorwurfsvollen Blick zu.

„Na gut, du hast ja recht", willigte sie dann endlich ein. „Mehr können wir jetzt hier nicht machen. Ich guck nur mal eben, ob wir auch nichts übersehen haben." Kurzerhand griff sie nach der Schreibtischlampe, knipste das Licht an und leuchtete damit das Innere des Schrankes aus wie mit einer Taschenlampe.

„Was ist denn das hier?" Alexa hatte noch etwas Interessantes gefunden. Ungeduldig sah ich ihr über die Schulter. Sie holte eine kleine Blechkiste zutage, eine alte Plätzchendose, wie ich auf den ersten Blick erkannte.

„Alles Fotos", sagte Alexa, während sie den Stapel vergilbter schwarz-weißer Aufnahmen durch ihre Finger gleiten ließ. „Gustav Reinekes Vergangenheit, würde ich sagen."

„Das würde ich auch sagen!" Die Stimme kam von der Terrassentür her. Sie fuhr uns so sehr durch Mark und Bein, daß wir wie gelähmt waren. Reineke kam langsam auf uns zu, wie immer mit dem angeklemmten Hosenbein, in der rechte Hand hielt er eine Luftpumpe.

„Was zum Teufel tun Sie da?" Aufgebracht kam Reineke auf seinen Schreibtisch zu.

„Wir haben einen Blick auf Ihre Unterlagen geworfen", sagte Alexa, die als erste ihre Stimme wiedergefunden hatte. „Herr Reineke, Sie haben Franz Schulte-Vielhaber umgebracht, aus Rache, weil er Ihnen nicht den Schmuck zurückgeben wollte, den Sie im Krieg gegen Nahrungsmittel eingetauscht haben. Geben Sie es doch zu!"

„Was reden Sie denn da? Und wie können Sie sich erlauben, in mein Haus einzudringen und meinen Schreibtisch aufzubrechen?"

Reineke und Alexa standen sich jetzt aufgebracht gegenüber. Schützend zog ich Alexa zu mir herüber.

„Sie sind mit dem Fahrrad auf dem Hof gewesen, aber Sie sind nicht, wie von allen angenommen, über die Straße gefahren, sondern Sie haben den Feldweg genommen - eine phantastische Möglichkeit, um nach dem Mord in Windeseile ungesehen zu verschwinden." Alexa kam jetzt richtig in Fahrt. „Ihre ganze Rückkehr in dieses Dorf hatte keinen anderen Grund, als mit der Vergangenheit abzurechnen, habe ich nicht recht?"

„Was verstehen Sie schon von der Vergangenheit?" Reinekes Stimme zeugte jetzt von einer immensen Bitterkeit. „Sie haben keinen Krieg miterlebt. Sie haben keine Ahnung, was Hunger bedeutet. Alle zwei Wochen bin ich als Junge mit dem Rad hierher gekommen und habe für das Notwendigste gesorgt. Wie den letzten Dreck hat man uns behandelt, wie den letzten Dreck." Reineke steigerte sich fast unkontrolliert in seine Wut hinein.

„Ich habe mal eine kleine Schwester gehabt. Können Sie sich das vorstellen? Und diese kleine Schwester ist quasi verhungert. Sie hatte eine Lungenentzündung und hat sich davon nie erholt. Sie hätte Pflege gebraucht, gute Medikamente und eine ausgewogene Ernährung. Aber die konnten wir ihr nicht geben. Wissen Sie, was das bedeutet? Wissen Sie, was es bedeutet, wenn die eigene Schwester einem in den Händen wegstirbt? Nein, das wissen Sie nicht. Und deshalb würde ich Ihnen nicht raten, sich anzumaßen, über mich zu urteilen."

„Über Sie zu urteilen, ist tatsächlich nicht unsere Aufgabe." Ich versuchte möglichst sachlich zu klingen. „Wir werden jetzt gehen und diesen Ordner Hauptkommissar Steinschulte übergeben. Es obliegt ihm, diese Sache weiterzuverfolgen."

„Sie glauben doch nicht im Ernst, daß ich Ihnen seelenruhig dieses Material mit auf den Weg gebe?" Reineke kam mit der Luftpumpe in der Hand einen Schritt näher. „Darüber hinaus gibt es keinerlei Handhabe gegen mich. Oder fällt Ihnen irgend etwas ein, das eine Anklage gegen mich rechtfertigt?" Reinekes Augen blitzten listig.

„Haben Sie eigentlich auch die Schrift an der Scheune angebracht?" Alexa hielt es wohl für ratsamer, das Thema zu wechseln. Nebenbei umklammerte sie weiter den Ordner mit den Unterlagen.

Reineke grinste weiter. „In der Tat war ich zum Erntedankfest auf dem Hof. Es war mir nicht recht, daß der junge Bauer in Verdacht geraten war. Er ist ein netter Kerl, wie mir scheint. Ich wollte nicht, daß er für seinen Onkel in die Bresche springen muß."

„Das heißt, Sie haben die *Bauernschweine* geschrieben, um den Verdacht umzulenken, und sind dann seelenruhig zum Erntedankzug geradelt?" Ich war gespannt, ob Reineke antworten würde, aber offensichtlich hatte er ein starkes Bedürfnis, die Dinge herauszulassen.

„Ich hatte den Tag eigentlich mit Bedacht gewählt. Die Leute vom Männergesangverein hatten mir erzählt, daß der junge Schulte-Vielhaber ihren Trecker fahren würde. Daher schien mir der Termin ungemein günstig. Auf dem Hof würde kaum jemand anzutreffen sein und der Jungbauer hätte ein perfektes Alibi. Von einem früheren Besuch wußte ich, daß Farben auf einem Brett im vorderen Bereich der Scheune aufbewahrt wurden. Pinsel und Handschuhe brachte ich selber mit. Als ich in die Scheune kam, fiel mir plötzlich ein, daß hier der Schmuck gut versteckt sein könnte. Im Haus hatte die Polizei ja alles durchsucht, so dachte ich mir. Außerdem hätte es dem Bauern ähnlich gesehen, diese Schätze in seinem direkten Arbeitsumfeld zu verbergen. Leider bin ich jedoch nicht fündig geworden. Überhaupt kam ja dann alles ganz anders", Reineke schabte betreten mit seinem Schuh auf dem Teppich herum. „Der junge Bauer hat am Erntezug nicht teilgenommen und stand damit wieder im Mittelpunkt der Verdächtigung."

„Dumm gelaufen!" sagte Alexa sarkastisch. „Ziemlich abgebrüht haben Sie sich anschließend beim Erntedankzug sehen lassen, um noch ein halbes Alibi mitzunehmen."

„Da haben Sie recht. Für Ihren Freund Elmar tut es mir wirklich leid. Er wird auch weiterhin mit den Verdächtigungen leben müssen."

„Das glaube ich kaum", meinte Alexa trotzig. „Auch ein Idiot wie Steinschulte wird die Ermittlungen jetzt auf Sie beschränken, Herr Reineke."

„Und mir nichts beweisen können." Reineke grinste ein weiteres Mal selbstgefällig.

„Das bleibt abzuwarten", lenkte ich ab. „Aber mal im Ernst, warum haben Sie Schulte-Vielhaber umgebracht? Glaubten Sie etwa, Sie könnten Ihre Wertgegenstände auf diesem Wege zurückbekommen?"

„Ich wollte meinen Schmuck wiederhaben", Reinekes Stimme bekam jetzt etwas Wehleidiges in einer Mischung mit seltsamer Verrücktheit.

„Ich wollte ihn zurückkaufen. Zu einem fairen Preis. Doch er wollte ihn nicht herausrücken. Er behauptete, er habe ihn rechtmäßig gekauft. Dabei ist das gelogen. So etwas ist nicht rechtmäßig." Reineke stand kurz vor einem Weinkrampf. „Dieser Bauer war ein Unmensch. Ich habe es mit eigenen Augen gesehen, wie er eine junge Frau vergewaltigt hat, als ich noch ein kleiner Junge war. Ich habe es mit eigenen Augen gesehen."

„Sie haben – was?" Alexa und ich starrten uns an.

„Eine junge Polin war das. Sie arbeitete auf dem Hof.

Ich habe es mit eigenen Augen gesehen, als ich einmal nachmittags auf den Hof kam. Die Frau hat geschrien, doch der Bauer hat ihr den Mund zugedrückt." Reineke sah aus, als würde er die Szene ein zweites Mal miterleben. „Ihre Augen waren riesengroß. Solch eine Angst hat sie gehabt. Aber ich konnte doch nichts machen, ich war noch zu klein. Ich stand hinter der Scheune und mußte alles mitansehen. Irgendwann bin ich dann weggelaufen. Ich bin nur noch gelaufen, obwohl ich noch gar nichts getauscht hatte. Danach bin ich nie mehr zurückgekommen."

„Jedenfalls nicht mehr als kleiner Junge", fügte Alexa leise hinzu. „Aber später, später sind Sie dann gekommen. Aber warum nach so vielen Jahren?"

„Ich hatte mich mehrfach an den Bauern gewandt, als ich noch in Bochum wohnte", erklärte Reineke zögerlich. Ich habe ihm zwei Briefe geschrieben, auf die er nicht geantwortet hat. Am Telefon behauptete er, er habe meinen Schmuck gar nicht mehr. Der sei ihm in der Nachkriegszeit verlorengegangen."

„Warum sind Sie dann überhaupt nach Renkhausen gezogen?"

„Als ich nach meiner Pensionierung ein Häuschen suchte, war es für mich wie eine Schicksalsbestimmung, als ich in einem Anzeigenblättchen ein Angebot über eine Immobilie in Renkhausen sah. Der Sohn des ehemaligen Besitzers wohnt selbst in Dortmund und hat das Haus daher auch im Ruhrgebiet angeboten – als ein Haus im Grünen für den gestreßten Ruhrpötter."

„Und dann haben Sie Schulte-Vielhaber erneut aufgesucht?"

„Diesmal habe ich es ganz vorsichtig versucht. Ich wollte erstmal wissen, ob der Schmuck tatsächlich verschwunden ist. Irgendwann habe ich den Bauern dann doch zur Rede gestellt, aber er hat sich praktisch geweigert, mit mir zu sprechen. Ich habe es immer wieder versucht", erklärte Reineke weinerlich. „Leuten wie mir wolle er nichts verkaufen, hat er gesagt."

„Haben Sie ihn auch auf die Vergewaltigung angesprochen?"

„Das war das Schlimmste. Erst hat er alles geleugnet.

Aber als ich ihm beschrieben habe, wo ich ihn gesehen habe und wie die Frau aussah, da ist er stutzig geworden. 'Was willst du eigentlich von mir?' hat er zu mir gesagt. 'Sie war eine Polin, sie konnte froh sein, daß sie hier was zu beißen hatte.' Das hat er gesagt, das war kurz, bevor ich dann zum letzten Mal zum Hof gefahren bin."

„Um ihn umzubringen."

„Um ihm zu sagen, daß ich die Sache öffentlich machen würde, wenn ich nicht sofort meinen Schmuck wiederbekäme. Meinen Schmuck, der mir rechtmäßig zusteht."

„Und?"

„Er hat gesagt, ich solle mich zum Teufel scheren. Er habe Erkundigungen über mich eingeholt. Mir würde ja doch keiner glauben. Ich sei ja selbst ein Pole. Das hat er gesagt, weil ich aus Breslau stamme. Und dann hat er ganz höhnisch gelacht und ist auf seine Leiter gestiegen. Ich war so voller Zorn und habe gerufen, er habe mir jetzt genug Leid angetan. Aber er hat nur gebrüllt, ich solle verschwinden. Und dann habe ich die Leiter gepackt. Das hat er bemerkt und noch geschrien, er habe nichts Schlimmes getan und ich solle die Leiter loslassen. Aber ich habe daran gerissen und dann ist sie umgestürzt mit voller Wucht, und der Bauer ist auf den Beton geknallt. Einen Moment habe ich ihn nur angestarrt, wie er da lag in seinem Blut, aber dann habe ich Schritte gehört und bin zu meinem Fahrrad geeilt, das ich um die Ecke an die Rückwand der Scheune gestellt hatte. Ich hörte, wie eine Frau aufschrie und wie sie anschließend zum Haus rannte. In der Zeit bin ich abgehauen mit meinem Fahrrad, über den Feldweg."

Reineke fuhr sich mit dem Jackenärmel über die Augen.

„Er war solch ein Schwein. Der Schmuck gehört mir. Ich habe mir alles aufgeschrieben, als ich noch ein Junge war und immer wieder zu ihm hinmußte. Ich habe mir aufgeschrieben, was ich für all die Sachen bekommen habe: Hier!" Reineke hockte sich hin und kramte im Schreibtisch herum. Wie im Wahn riß er verschiedene Dinge heraus und suchte offensichtlich verzweifelt nach dem Zettel.

„Fünf Kilo Äpfel für einen Goldring, zehn Kilo Getreide für die wertvollste Kette meiner Mutter, das soll rechtmä-

ßig sein?" Reinekes Stimme überschlug sich beinah. Wie
ein Wahnsinniger schmiß er jetzt einzelne Blätter aus den
Fächern heraus.

„Und das obwohl meine Schwester im Sterben lag, im
Sterben, verstehen Sie das? Aber ich habe alles aufgeschrieben. Gleich zeige ich Ihnen den Zettel und dann können Sie selbst sehen, wie rechtmäßig das war." Alexa und
ich standen völlig hilflos neben Reineke und wußten nicht,
was wir tun sollten.

„Herr Reineke, lassen Sie es gut sein!" Wir fuhren alle
herum. Max stand plötzlich im Raum, mein alter Freund
Max. Er mußte von der Gästetoilette gekommen sein.
Wahrscheinlich ebenfalls durchs Fenster. Reineke reagierte
als erster. Er holte aus und warf seine Luftpumpe mit voller Wucht auf den Eindringling. Dann nahm er einen glä-
sernen Briefbeschwerer vom Schreibtisch und schmetterte
ihn hinterher. Im selben Augenblick hechtete er zur
Terrassentür und floh nach draußen. Alexa und ich standen noch immer wie gelähmt da.

„Vincent", schrie Alexa plötzlich. „Tu doch was!"

Ich dachte nicht nach, sondern rannte hinterher. Als ich
um die Hausecke stürmte, sah ich gerade noch, wie Reineke sich auf sein Fahrrad schwang und losfuhr. Eine
Hundertstel Sekunde lang, dachte ich daran, zum Auto zu
laufen, doch im nächsten Moment realisierte ich, daß ich
damit keine Chance hatte, wenn Reineke querfeldein fuhr.
Ich sah hektisch um mich. Angelehnt an das Haus neben-
an standen die beiden Mountainbikes der Nachbarjungs.
Sie waren nicht abgeschlossen. Ich schnappte mir das erst-
beste und nahm die Verfolgung auf.

„Vincent!" hörte ich dann noch Alexas Stimme angst-
voll rufen, während ich schon in die Pedalen trat. 'Frau-
en', dachte ich nur noch. 'Die wissen auch nicht, was sie
wollen. Den Helden oder den Softi.'

Reineke legte ein beachtliches Tempo vor. Kein Wunder, wenn er das Fahrrad von Kindesbeinen an gewohnt
war. Wahrscheinlich war das Fahrrad in seinen wahnhaften
Kindheitserinnerungen zum Symbol seines Lebens geworden. Ich selbst kam mit dem hochtechnisierten Rad der
Jungs nur mäßig zurecht. Es war ein schwerer Gang ein-

gestellt, und ich raffte die Funktion der Gangschaltung nicht oder nahm mir keine Zeit, einen Blick darauf zu werfen. Folglich fühlten sich meine Beine inzwischen an, als hätte ich Metall in die Oberschenkel implantiert bekommen. Wie ich vermutet hatte, bog Reineke plötzlich nach rechts von der Straße auf einen Feldweg ab. Er warf einen Blick nach hinten und sah mit entsetztem Blick, daß ich ihm folgte. Auf dem Feldweg stellte sich ein weiteres Problem ein. Wir ließen jetzt die Straßenlampen hinter uns. Je weiter wir uns von der Straße entfernten, desto düsterer würde es werden. Immerhin erkannte ich einen Vorteil. Der Weg wurde holpriger. Da war ich mit meinem Mountainbike schlichtweg besser dran. Was die Geschwindigkeit anging, so hielten wir ungefähr denselben Level. Es gelang mir nicht, den Abstand zwischen uns zu verkürzen. Doch Reineke schaffte es ebensowenig, mich abzuhängen. Jetzt bog Reineke ein weiteres Mal nach rechts ab. Als ich ebenfalls die Kurve nahm, merkte ich, daß der Untergrund hier noch viel schlechter war. Der Weg war steinig und voller Schlaglöcher, auf dem Mittelstreifen wuchs kniehoch das Gras. Dabei zeigte sich ein leichtes Gefälle. Reineke gelang es, das Tempo zu erhöhen. Doch ich profitierte nun von dem geeigneteren Fahrrad. Ich konnte bergab ebenfalls beschleunigen und hatte zudem den Vorteil, daß ich mich in der Dunkelheit an Reineke orientieren konnte. Er jedoch konnte den Weg vor sich bestenfalls noch ahnen. Es gelang mir, den Abstand von acht auf höchstens sechs Meter zu verkürzen. Reineke sah sich ein weiteres Mal um. Ich konnte sein Gesicht kaum erkennen, die Bewegung seines Kopfes aber hatte ich wahrgenommen. Weiter rasten wir den Weg entlang. Immer noch profitierten wir von leichtem Gefälle. 'Nur nicht fallen!' kam es mir immer wieder in den Sinn. Bei einem Sturz würde mir nicht nur Reineke auf Nimmerwiedersehen entkommen. Der eine oder andere Knochenbruch würde unvermeidlich sein, so schätzte ich. Reineke versuchte noch einmal, sein Tempo zu erhöhen. Er trampelte den Hang hinunter wie ein Verrückter. Wahrscheinlich war er tatsächlich verrückt.

Ich selbst legte ebenfalls zu. Meine Oberschenkel schmerzten inzwischen wie der Teufel, doch die Tatsache, daß ich mich Reineke weiter nähern konnte, gab mir neue Kraft. Irgendwann ist auch die schönste Abfahrt zu Ende – alte Radfahrerweisheit. Reineke schien besonderen Schwung zu holen für den jetzt anstehenden Berg. Ich selbst bemerkte den Anstieg erst, als sich meine Oberschenkel noch doller meldeten. Schon nach wenigen Metern kam ich ins Keuchen. Lange würde ich nicht mehr durchhalten, dazu war meine Kondition zu schlapp und der Gang zu hoch. Mein Gehirn schaltete daher auf den letzten Versuch. Meine Beine kämpften – was pathetisch klingt, aber nicht treffender beschrieben werden könnte. Ich kam an Reineke heran. Schon waren mein Vorder- und sein Hinterrad auf einer Höhe. Auch Reineke keuchte. Das hörte ich ganz genau. Trotzdem versuchte er mich abzudrängen. Doch die Wendigkeit meines Crossrades kam mir hier zupaß. Ich gab noch einmal mein Letztes und schaffte es beinah, mit Reineke auf eine Höhe zu kommen. Jetzt mußte irgend etwas passieren. Ich hatte ihn beinahe eingeholt, aber ich mußte ihn jetzt wie auch immer vom Rad kriegen, sonst würde ich gleich kollabieren. In einem Sekundenfilm kamen mir meine Kindheitserinnerungen aus der Cowboyserie *Bonanza* in den Sinn. Wie locker hatte es doch immer ausgesehen, wenn Little Joe sich in vollem Galopp von seinem Pferd auf das des Ganoven gehechtet und ihn damit zur Strecke gebracht hatte. Ich konnte keine Sekunde länger nachdenken. Ich sprang einfach, in voller Fahrt. Noch während ich flog, dachte ich, wie schade es doch war, daß Alexa mich jetzt nicht sehen konnte. Und als ich landete, bemerkte ich, was mich grundlegend von Little Joe unterschied. Der Junge hatte sich kein einziges Mal verletzt.

41

Mein Arm mußte gegipst werden. Falls Elle und Speiche trotzdem nicht gerade stehen blieben, sollte ich operiert werden. Ein Draht sollte dann eine gerade Heilung garantieren. Seitdem der Arm ruhig gestellt war, tat er kaum noch weh. Außerdem spielte ich die Sache herunter, um meinem Image als unverstandener Held weiter Genüge zu tun.

Es war alles so chaotisch abgegangen. Nachdem ich Reineke angesprungen hatte, war der mit voller Wucht aufs Gesicht gefallen. Er mußte sich ziemlich weh getan haben, aber trotzdem wehrte er sich noch beträchtlich. Bei mir schmerzte der Arm wie verrückt, aber ich hatte den Vorteil, auf Reinekes Körper gelandet zu sein, und so konnte ich ihn einigermaßen in Schach halten. Wenige Minuten später war Steinschulte dann in vollem Lauf herangestürmt. Er hatte vom Wagen aus Verstärkung angefunkt. Just als er zum Haus zurückkam, hatte er plötzlich Reineke und mich vorbeirasen sehen. Er war uns mit dem Auto gefolgt, um Schlimmeres zu verhindern, hatte aber mit dem Auto auf dem unwegsamen Feldweg schon bald keine Chance mehr gehabt, war ausgestiegen und uns zu Fuß gefolgt. Steinschulte hatte Handschellen dabei, die er Reineke anlegte.

Im Grunde genommen war es ein Scheißgefühl gewesen, ihn so abziehen zu sehen. Er war ein gebrochener Mann, verfolgt von den Bildern seiner Kindheit, die ihn zu einem Mörder hatten werden lassen. Reinekes Wunsch, den Schmuck zurückzubekommen, war wahrscheinlich dem Wahn entsprungen, dadurch irgend etwas wieder rückgängig machen zu können. Irgend etwas gutzumachen, was er seiner Familie immer schuldig geblieben war. Nicht willentlich, sondern weil die Verhältnisse es nicht anders zugelassen hatten. In Reinekes Gedanken war Franz Schulte-Vielhaber einer der Verursacher, die seine ganze Not herbeigeführt hatten. Einer der wenigen, an die Reineke sich noch hatte wenden können, aber gleichzeitig einer, der über ihn nur höhnisch gelacht hatte.

All das ging mir durch den Kopf, als ich Steinschulte und Reineke den langen Weg bis zur Straße folgte. Ein Weg, auf dem keiner von uns sprach, weil jeder für sich die Situation so bedrückend fand. Wir gingen an Steinschultes Wagen vorbei. Offensichtlich wollte der Kommissar Reineke lieber in dem Streifenwagen unterbringen, der inzwischen angekommen sein mußte. Als wir uns der Straße näherten und das erste Licht den Feldweg beleuchtete, kam uns plötzlich Max entgegen.

Er warf nur einen kurzen Blick auf Christoph und Reineke und kam dann auf mich zu. Einen Augenblick sahen wir uns an, dann fiel er mir wortlos in den Arm. Ich schrie vor Schmerzen. Max fuhr erschrocken zurück. Dann warf er einen Blick auf meinen Arm, an dem mein Hemdärmel locker herumschlockerte. Max schob ihn vorsichtig hoch.

„Oh Scheiße!" sagte er dann. „Das sieht aber ziemlich kaputt aus!"

Tatsächlich konnte man den Bruch von außen gut erkennen. Alexa, die sonst hartgesotten war, hielt sich die Hand vor den Mund, als sie den Arm sah. „Ich bring' dich ins Krankenhaus", sagte sie dann.

„Wir hatten was verabredet", widersprach ich mit fester Stimme. „Erinnerst du dich?"

„Nicht so richtig." Alexa war jetzt ziemlich kleinlaut.

„Du legst dich ins Bett. Kapiert?"

Alexa zögerte noch drei Sekunden, bevor sie endlich antwortete.

„Kapiert", sagte sie dann.

Auf dem Weg ins Krankenhaus in Hesperde ließen wir Alexa bei den Schulte-Vielhabers raus. Elmar und Hannah waren sofort da, um sich um alles zu kümmern. Sie machten Alexa, die wirklich unter Schock stand, eine Couch zurecht und betüddelten sie von vorn bis hinten. Auch Anne war überraschend im Haus und kümmerte sich mit. Ich war einigermaßen beruhigt, als ich mit Max weiterfuhr.

„Jetzt sag mir eins!" wandte ich mich an meinen alten Kumpel, als ich endlich im Auto saß. „Warum standest du plötzlich bei Reineke im Wohnzimmer?"

„Weil ich mit Steinschulte unterwegs war, als du anriefst. Da bin ich dann gleich mitgefahren. Als wir in Reinekes Straße eure beiden Autos stehen sahen, haben wir uns schon gedacht, daß ihr auf eigene Faust etwas unternommen hattet. Vorm Haus haben wir uns getrennt, einer ist rechts rumgegangen und einer linksrum. Christoph hat ziemlich lange vor der Terrassentür gestanden und das Gespräch mitangehört. Dann ist er zum Auto gegangen und hat eine Polizeistreife angefordert. In der Zwischenzeit hatte ich das offene Fenster gefunden und bin da rein. Ich dachte, es wäre besser, wenn wir von mehreren Seiten kämen."

„Hoffentlich sieht Christoph das ähnlich."

Max fuhr sich verlegen durch sein Stoppelhaar. „Von dem krieg' ich noch einen Anschiß, ganz klar. Andererseits war er glücklich, daß der Fall jetzt endlich geklärt ist und daß er selbst noch rechtzeitig vor Ort war."

„Ich will jetzt nicht allzusehr auf meine Rolle in der Geschichte eingehen, aber ich möchte schon am Rande bemerkt wissen, daß allein mein wagemutiger Sprung vom Fahrrad -"

„Danke, reicht schon!"

So war das immer, wenn ich mal was Tolles geleistet hatte.

„Warum warst du überhaupt mit Steinschulte zusammen? Du wolltest doch für mich in Münster was rausfinden!"

Max grinste sein unnachahmliches Grinsen. Erst jetzt merkte ich, wie sehr es mir im vergangenen Jahr gefehlt hatte. „Ich war nicht nur für dich bei Koslowski." Mein Kopf fuhr herum. „Steinschulte hatte mich um dasselbe gebeten. Ein Auftrag, zwei Auftraggeber. Wenn ich dafür abkassiert hätte, wäre das sehr ökonomisch gewesen."

„Warum Steinschulte? Wieso hattest du überhaupt mit dem Kontakt?"

Max rieb sich die Wange. Er sah etwas verlegen aus. „Das hat ein bißchen mit meiner Zukunftsplanung zu tun. Ich werd' demnächst bei der Polizei anfangen. In dieser Sache hatte ich Christoph mehrfach um Auskünfte gebeten."

„Du? Zur Polizei?" Ich konnte nichts anderes als lachen. „Nehmen die heutzutage schon halbe Senioren?"

Max sah mich böse an. „Vergiß nicht, daß ich jünger bin als du."

„Auch das ist mittlerweile kein Garant mehr für ewige Jugend."

„Stell dir vor, bis zweiunddreißig wird man für den höheren Dienst noch angenommen. Die Sache steht. Mach dir da mal keine Sorgen!"

„Es war auch nicht ernst gemeint", lenkte ich ein. „Ich freue mich für dich, Max. Und ich bin froh, daß du wieder hier bist."

„Ich auch!" Max wollte mir einen freundschaftlichen Klaps geben. Leider ging er unter in meinem Schmerzgeheul.

Das Röntgen und Gipsen im Krankenhaus dauerte Gott sei Dank nicht lange. Nach einer guten Stunde waren wir wieder draußen und mein Arm einigermaßen schmerzfrei. Die paar Prellungen am Brustkorb sortierte ich generös in meine Sammlung unbeachteter Heldentaten ein. Natürlich hatte ich es sehr eilig. Ich wollte mit Alexa sprechen. Endlich wollte ich mit Alexa sprechen.

Es war fast zehn, als Max mich auf dem Hof absetzte. Ich nahm mir keine Zeit zum Klopfen, sondern stürzte direkt ins Bauernhaus hinein. Hannah kam mir entgegen und hielt gleichzeitig den Finger vor den Mund. Sie deutete wortlos aufs Wohnzimmer. Leise schlich ich hinein. Dort lag Alexa, zugedeckt mit zwei Wolldecken, und schlief. Ihr rotbraunes Haar war ihr ins Gesicht gefallen. Ich strich es vorsichtig beiseite. Irgendwo in meinem Körper begann etwas heftig zu brennen. Ganz unvermittelt mußte ich weinen. Wie hatte ich nur so dumm sein können? Es war mir unbegreiflich. Erst jetzt konnte ich erkennen, was ich wirklich wollte.

42

Alexa verbrachte den Morgen in einer eigentümlichen Stimmung. Sie war verwirrt. Die Ereignisse des vergangenen Abends erschienen ihr zunächst wie ein seltsamer Traum. Während sie mit offenen Augen auf der Couch lag und zur Kenntnis nahm, daß man sich im Haus allgemein bemühte, sie nicht zu stören, schwirrten ihr die verschiedenen Bilder flackernd durch den Kopf. Der Einstieg in das Haus, Reinekes Flucht und Vincents Sturz. Vincent. Wie hatte sie ihn nur in dieser unmöglichen Situation mit ihrer Schwangerschaft konfrontieren können? Ohne ihm anschließend klarzumachen, daß ihm daraus keinerlei Verpflichtungen entstanden. Verdammt, Vincent. Es hatte so gutgetan, ihn gestern zu sehen, auch wenn sie gemeinsam eingebrochen waren wie Bonni und Clyde und sich fortwährend nur angegiftet hatten. Plötzlich schoß Alexa in die Höhe. Panisch blickte sie auf ihre Uhr. Es war schon nach zehn. Verflixt, sie mußte arbeiten. Heute war Mittwoch, und sie war für die Sprechstunde eingeteilt. In drei Sekunden war sie an der Tür. Im Flur stand Hannah und telefonierte. Sie blickte hoch, als sie Alexa in der Tür stehen sah.

„Ich muß arbeiten", brummte Alexa heiser, ohne Rücksicht auf das Telefongespräch.

Hannah winkte gelassen ab und beendete das Telefonat. „Keine Sorge", sagte sie dann. „Wir haben dich heute morgen entschuldigt. Dein Chef hatte volles Verständnis."

„Na, Gott sei Dank!" Alexa rieb sich die Schläfe. Dann bemerkte sie, daß Hannah noch ganz abwesend war.

„Ist was Schlimmes passiert?"

„Was Schlimmes?" Hannah fuhr aus ihren Gedanken hoch. „Nein, nein, ich habe nur gerade mit Frank telefoniert. Ich wollte wissen, ob er über den Schmuck Bescheid wußte."

„Und?"

„Er hat von Franz vor kurzem ein interessantes Angebot bekommen. Franz wollte ihm die zwei Bauplätze, die er ihm im Testament vermacht hat, wieder nehmen, um sie selbst verkaufen und in den Hof reinvestieren zu können. Dazu der Termin beim Notar. Statt dessen hat er Frank als Pflichtanteil etwas anderes angeboten."

„Den Schmuck", ergänzte Alexa.

„Genau. Allerdings hat Franz sich gegenüber Frank nicht klar geäußert. Er hat gesagt, er habe Wertgegenstände, die Frank zu einem deutlich höheren Preis verkaufen könne als die beiden Baugrundstücke wert wären. Jetzt ist mir klar, warum Frank bei uns den ganzen Haushalt auf den Kopf gestellt hat. Er hat nach den Wertgegenständen gesucht!"

„Nicht ungeschickt, daß Frank den Verkauf des Schmucks in die Hand nehmen sollte", murmelte Alexa. „Er hat sicherlich die richtigen Beziehungen für sowas. Und weit genug weg von hier ist er auch."

„Auf jeden Fall wollte Franz das Zeug loswerden. Die

Anfragen von Herrn Reineke wurden ihm wohl irgendwann zuviel."

„Und was ist mit Vincent?" Alexas Frage kam etwas zögerlich. „Wo ist der denn abgeblieben?"

„Er ist gestern abend noch nach Hause gefahren, trotz seines gebrochenen Arms. Ich glaube, das hätte er gar nicht gedurft." Alexa rutschte das Herz in die Hose. Andererseits, was hatte sie eigentlich erwartet?

„Er läßt heute eine Klassenarbeit schreiben", fügte Hannah erklärend hinzu. „Da wollte er auf keinen Fall fehlen, obwohl er wegen dem Arm nochmal ins Krankenhaus muß."

Alexa ging betreten ins Wohnzimmer zurück und faltete die Decken zusammen.

„Willst du nicht erst einmal duschen?" Hannah war ihr vorsichtig gefolgt.

„Ich glaub', ich mach' mich lieber auf den Weg nach Hause."

„Nicht ohne Frühstück!" Jetzt klang Hannah bestimmt. „Zuerst einmal trinkst du eine Tasse Kaffee."

Alexa fühlte sich derartig zerschlagen, daß sie froh war, daß ihr jemand die Entscheidungen abnahm.

„Ist gut", sagte sie schließlich. „Eine Tasse wird wohl nicht schaden."

Das Frühstück mit Hannah dauerte Stunden. Hannah erzählte von Lutz und daß sie Elmar endlich davon unterrichtet hatte, bevor er es auf anderem Wege erfuhr.

„Wie konntest du nur denken, daß er darüber unglücklich sein könnte?"

„Ich habe gedacht, er sieht es als Verrat an, wenn ich mich mit einem anderen Mann zusammentue und ihn hier mit Franz zurücklasse."

Alexa schüttelte den Kopf. Das halbe Leben schien nur aus Mißverständnissen zu bestehen. Jedenfalls kam ihr das so vor.

„Jetzt bin ich gar nicht zum Kochen gekommen", sagte Hannah plötzlich. „Die Hühner sind noch nicht gefüttert und Elmar scheint vom Erdboden verschluckt zu sein."

Alexa warf einen Blick auf die Küchenuhr. Es war beinahe eins.

„Für mich wird's langsam Zeit", sagte sie und quetschte sich aus der Küchenbank heraus. In diesem Moment stand Vincent in der Tür.

„Eher ging's nicht", sagte er und legte den Kopf mit seinem struppigen blonden Haar etwas schief.

In Alexas Körper drehte sich alles.

„Ich glaub', mir ist schlecht", sagte sie schließlich.

Vincent schüttelte verständnislos den Kopf. „Ich hab' ja schon viel erlebt", sagte er zu Hannah gewandt, „aber eine solche Begrüßung noch nicht."

43

Draußen an der frischen Luft ging es Alexa schon besser.

„Sollen wir ein bißchen gehen?" fragte ich vorsichtig. Alexa nickte nur mit dem Kopf. An der Scheune kamen uns Elmar und Anne entgegen. Elmar grinste nur kurz, ansonsten gingen die beiden wortlos an uns vorbei zum Haus. Erst nach drei Denksekunden bemerkte ich, daß sie beide aussahen, als hätten sie Heu gefahren.

Alexa und ich gingen erst schweigend nebeneinander her - den Feldweg entlang, den auch Reineke damals genommen hatte. Noch fehlten uns beiden die Worte.

„Hast du etwas von Max gehört?" fragte Alexa irgendwann.

„Ja, er hat sich heute morgen gemeldet und mich aus dem Bett geschmissen. Reinekes Fingerabdrücke stimmen mit den Abdrücken auf der Leiter überein, die bislang nicht identifiziert werden konnten. Auch sein Fahrradprofil konnte man in der Nähe des Tatorts nachweisen. Allerdings wäre das wohl gar nicht nötig gewesen. Reineke ist sowieso am Ende."

„Ich kann mich darüber überhaupt nicht freuen. Aber wenigstens hat Hannah erzählt, daß sie und Elmar Herrn Reineke den Schmuck zurückgeben wollen. Frank soll wie geplant zwei Baugrundstücke bekommen."

Während Alexa von der geplanten Testamentsänderung erzählte, blickte ich sie von der Seite an. Alexa sah unge-

mein verletzlich aus. Daran konnten auch ihre Locken
nichts ändern, die wie immer ungebändigt ihr Gesicht um-
spielten. Es fiel jetzt die Sonne in ihr Haar, und mir kam in
den Sinn, daß Alexas Haar das Sinnbild für den Herbst
überhaupt war.

„Alexa, wir müssen endlich einmal über uns sprechen",
begann ich, als sie fertig war.

„Es tut mir leid, wie ich dich gestern überfallen habe",
Alexas Stimme zitterte ein wenig. „Ich möchte dich keineswegs unter Druck setzen. Robert hat mir erzählt, daß
du zurück nach Köln gehen willst. Friederike Glöckner steuerte ihren Teil bei, indem sie mir von einer anderen Frau
berichtete. Du mußt dich also gar nicht erklären. Ich weiß
schon."

„Eine andere Frau?" Ich sah Alexa erstaunt an. „Welche andere Frau?"

„Falls es mehrere gibt, meine ich die, mit der sie dich am
Samstag abend beim Italiener gesehen hat."

„Angie!"

„Ach so, Angie!"

„Nicht 'ach so'!" Ich versuchte, meine ganze Überzeugungskraft in meine Stimme zu legen. „Angie ist völlig
überraschend aus Köln gekommen, um mir ein Angebot
zu machen. Sie wollte mir eine Stelle als festangestellter
Redakteur anbieten."

„Aha!" Ich konnte erkennen, wie Alexas Adamsapfel
sich deutlich sichtbar nach oben bewegte. „Das freut mich
für dich."

„Ich habe die Stelle nicht angenommen."

„Du hast nicht - ?" Alexa war ehrlich erstaunt. „Warum
nicht? Das ist eine einmalige Chance."

„Ich möchte nicht in einem Job arbeiten, den ich allein
Angie zu verdanken habe. Auf keinen Fall. Außerdem will
ich nicht, weil -"

„Ja?"

„Weil – das ist ganz einfach." Ich blieb stehen und stellte mich Alexa gegenüber. „Weil ich – wie soll ich sagen –
weil ich – du bist mir nicht gleichgültig – du bist vielmehr –
ich möchte mal so sagen, unsere Beziehung ist jetzt nicht
etwas, was ich schon mal öfter, wenn du verstehst, was

205

ich meine – wenn man nun mal betrachtet, wie es jetzt die letzten eineinhalb Jahre mit uns war, so würde ich doch festhalten, daß – du verstehst mich sicher, gerade in Anbetracht der Tatsache, daß wir uns ja auch sonst so gut verstehen – ich könnte es natürlich noch etwas klarer -"

„Vincent?" Alexa mußte grinsen. Die Situation war einfach grotesk. „Möchtest du mir etwas sagen?"

„Ja, möchte ich!" Ich faßte vorsichtig in Alexas Haar. Durch die Strähnen schimmerte golden die Herbstsonne. „Ich liebe dich, Alexa. Und ich möchte immer mit dir zusammenbleiben!"

Wir küßten uns lange und ausdauernd. Es war ein Kuß, in dem alles verborgen lag, was wir gemeinsam erlebt hatten. Ein Kuß voller Lachen und Tränen, voller Spannung und Freude, voller Verständnis und Geborgenheit. Irgendwann lösten wir uns voneinander und ich sah, daß Alexas Augen mit Tränen gefüllt waren.

Wir hielten uns fest im Arm und ich sah über ihre Schulter hinweg in die herrliche Herbstlandschaft. Wir waren hier auf einer Anhöhe. In einiger Entfernung konnte man Elmars Hof und daneben das Dorf erkennen. Im Hintergrund bot ein Patchwork aus Braun- und Gelbtönen ein phantastisches Bild. Wälder und Wiesen, Äcker und Wege. Es war grandios.

„Alexa, ich will dich nicht drängen, aber können wir nicht heiraten?"

Alexa lächelte hämisch. „Aber das willst du hoffentlich nicht nur wegen meiner Ommma? Ich meine, weil sie dann glücklicher wäre?"

Ich legte Alexa lachend den Arm um die Schulter und ging mit ihr weiter.

„Das will ich vor allem unseretwegen. Wegen uns dreien, um genau zu sein."

„Das muß ich mir nochmal durch den Kopf gehen lassen. Ich meine, was bringst du denn so an Mitgift mit?"

„Da hast du was falsch verstanden. Es sind in der Regel die Frauen, die was bieten müssen."

„Nicht im Sauerland. Hier muß der Mann drauflegen."

Wir gingen jetzt den Hügel hinunter auf das Dorf zu und bekamen freie Sicht auf die Schützenhalle, die auch in

Renkhausen natürlich nicht fehlen durfte. Plötzlich rutschte Alexa von mir weg, ergriff meine Hand und führte mich zu einer Eiche, die an der Wegkreuzung stand.

„Schau mal, das ist ein Wunderbaum. Jedenfalls haben wir den als Kinder immer so genannt."

Als wir uns näherten, sah ich, daß der Baum von innen ausgehöhlt war. Der Innenraum war so groß, daß bestimmt fünf Kinder darin Platz gefunden hätten.

„Hier haben wir uns früher immer versteckt, der Baum hat so etwas Geheimnisvolles."

Alexa stieg in die Öffnung und zog mich hinterher. Innen war der Baum mit einer Flüssigkeit bestrichen, wahrscheinlich, um ihn vor Insekten zu schützen, die ihn sonst hemmungslos durchbohrt hätten. Für uns beide war es etwas eng. Aber Alexa hatte recht. Es hatte etwas Geheimnisvolles. Vorm Eingang segelte ein Laubblatt auf den Boden.

„Da gibt's doch dieses Gedicht", sagte Alexa plötzlich. „Dieses Herbst-Gedicht von Rilke. Wie geht das noch? Warte mal, ich erinnere mich:
Wer jetzt kein Haus hat, baut sich keines mehr.
Wer jetzt allein ist, wird es lange bleiben,
wird wachen, lesen, lange Briefe schreiben
und wird in den Alleen hin und her
unruhig wandern, wenn die Blätter treiben.
Fürchterlich melancholisch, dieses Gedicht."

„Es gibt noch eine andere Fassung", phantasierte ich aus heiterem Himmel. „Sie ist erst vor kurzem in Rilkes Tagebüchern entdeckt worden und geht so:
Wer jetzt kein Haus hat, baut sich eben eins.
Wer jetzt zu zwein ist, wird es lange bleiben,
wird lachen, reden, Liebesbriefe schreiben
und wird in den Alleen hin und her
gemeinsam wandern, wenn die Blätter treiben."

„Hoffentlich wirst du dich niemals ändern", sagte Alexa und sah mich lange an. „Und wenn doch, müßte ich dich trotzdem lieben."

Dann legte sie ihren Kopf an meine Schulter. In diesem Augenblick wußte ich, daß ich der glücklichste Mensch der Welt war.

Kathrin Heinrichs im Blatt-Verlag:

Ausflug ins Grüne

Sauerlandkrimi & mehr

ISBN 3-934327-00-1
9,20 EURO   DM 18,00

Es ist schon verrückt. Zunächst bekommt Kölschtrinker Vincent Jakobs diese Stelle als Lehrer. An einer katholischen Privatschule. In einer sauerländischen Kleinstadt. Und gerade beginnt er, das gemütliche Städtchen und seine illustren Gestalten zu schätzen, da muß er feststellen, daß sein Vorgänger auf nicht ganz undramatische Weise zu Tode gekommen ist...

Vincent Jakobs' 2. Fall:

Der König geht tot

Sauerlandkrimi & mehr

ISBN 3-934327-01-X
9,20 EURO   DM 18.00

Sauerländische Schützenfeste sind mordsgefährlich! Diese Erfahrung muß auch Junglehrer Vincent Jakobs machen, als er einen Blick hinter die Kulissen wirft. Das Festmotto „Glaube, Sitte, Heimat" haben sich offensichtlich nicht alle Grünröcke auf ihre Schützenfahne geschrieben...